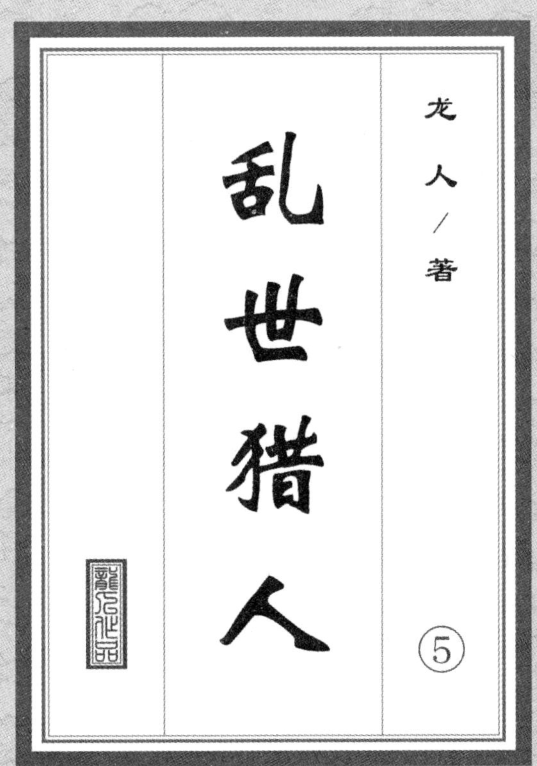

二十一世纪出版社集团
21st Century Publishing Group
全国百佳出版社

图书在版编目（CIP）数据

乱世猎人：全 14 册 / 龙人著 . -- 南昌：二十一世纪出版社集团，2017.10

ISBN 978-7-5568-3104-3

Ⅰ . ①乱… Ⅱ . ①龙… Ⅲ . ①长篇小说－中国－当代 Ⅳ . ① I247.5

中国版本图书馆 CIP 数据核字 (2017) 第 243763 号

乱世猎人：全14册　　龙　人　著

责任编辑　敖登格日乐
出版发行　二十一世纪出版社集团
（江西省南昌市子安路75号　330025）
www.21cccc.com　cc21@163.net
出 版 人　张秋林
经　　销　新华书店
印　　刷　北京龙跃印务有限公司
版　　次　2018年2月第1版　2018年2月第1次印刷
开　　本　710mm × 1000mm　1/16
印　　张　224
字　　数　2327千
书　　号　ISBN 978-7-5568-3104-3
定　　价　700.00元（全14册）

赣版权登字—04—2017—746
如发现印装质量问题，请寄本社图书发行公司调换 0791-86524997

目　录

第五十七章　熬鹰之法

田新球的话音刚落，蔡风脑袋“嗡”地一响，霎时一片空白，本来还寄予的希望，在这一刻全都变成了泡影，不由得喘息有些急促地问道：“你用了毒?”

“有一些，但我更相信我的修罗烈焰掌，你的好兄弟是在中了我一掌与毒物之后，才坠入了深渊之中，你猜会有什么结果?”金蛊神魔田新球冷然道。

“好你个金蛊神魔，总有一天，我会将你碎尸万段!”蔡风的声音之中充满了浓浓的杀机。

“哼，你永远都不会再拥有今生，从下一个月起，你就会是我的好‘绝情’，我叫你去杀谁，你便会乖乖地杀谁，我叫你去杀自己，你也不会有丝毫的犹豫！你说，你还会来杀我吗？从那一天起，你会没有感情，没有自主，虽然有思想，但却永远忠实于我的命令！这有趣吗?”金蛊神魔田新球得意至极地笑问道。

“你这个恶魔，我蔡风与你往日无怨，近日无仇，你为什么要这么害我?”蔡风怒骂道。

金蛊神魔田新球悠然地笑道：“你想知道吗？那我不妨便直说了吧，反正你永远也无法逃出我的手掌心!”说着顿了一顿，在身后的一张石椅上坐下，吸了一口气，抬眼仰望着石室之顶，似陷入了沉思之中。然后才淡淡地道：“在百多年前，你可曾听说过有一个慧远?”

“哼，天下谁会不知道慧远大师!”蔡风不屑地道。

“不错，天下间谁会不知道慧远大师？但天下又有几人知道百年前更有一个势力足可以控制天下的‘天魔门’呢？”

“天魔门?！是什么门派？世所不知，又能有什么大作为？你如说‘天魔门’连玉皇大帝都能够管制下来，岂不更好！”蔡风反唇相讥道。

“哼，无知小儿，懂得什么！永和七年（公元351年），燕、赵联军攻击冉魏、冉闵，杀掉当时名将卢谌。燕、赵之所以能够联军，便是因为我‘天魔门’，而冉闵本是我天魔门中人，却背叛魔门。本来，我天魔门可以顺利地操纵石虎之子，掌握赵国的军政大权，可惜冉闵却想自己做皇帝，屠杀胡羯二十余万人，使中原陷入一片大乱之中。当年的张遇、冉魏都是我‘天魔门’中人，甚至后来，我们魔门的势力早已深入到前燕、前凉两国之中，后来更根深于前秦。便在我们可以将天下统一于魔门之时，却出现了慧远，纵兴佛门，却与我魔门作对。在数十次决战之中，我魔门却输给了慧远。最惨的一次，也是与慧远最后一次决斗，却是在淝水之战。从此，我们魔门便四分五裂，元气大伤，一直到现在慧远死后一百多年才慢慢地再次振兴，这个世上再不会有慧远。虽然数十年前有天痴尊者，有烦难头陀，武功高又如何，却经不起一计之试，便自相残杀，闭关不出，可谓有也等于无！但他们的弟子却各在江湖之中大大地露脸，你爹蔡伤便是烦难头陀的弟子，‘哑剑’黄海正是‘天痴’那牛鼻子的弟子。武功天下无敌有什么用，连自己的妻子都保不住，别人不知道蔡伤、黄海的师父是谁，我‘魔门’却是没有人可以瞒得过！十七年前，你在正阳关的家被抄，亏蔡伤这傻蛋居然真以为是鲜卑族人排挤汉人才会如此，殊不知却是我魔门所操纵。你本来应该有两个哥哥，若是他们仍活着的话，只怕此刻真的成了你蔡家的武林了，只可惜他们没你命大。我们当初算漏了那‘哑剑’黄海，否则，恐怕今日又少了一个如此好的毒人材料！看来是天网恢恢，疏而不漏，老天注定蔡伤会绝后！”说到这里，金盅神魔得意地哈哈大笑起来。

蔡风心头的恨火如炙，声音却极为平静地道：“我娘是你们害死的？”

“可以这么说，只不过根本不用我们亲自动手而已！”金盅神魔田新球得意至极地道。

蔡风头一扭，“啪——”的一声，一口浓浓的口水飞喷而出，金蛊神魔田新球料定蔡风根本没有动手的能力，也便毫无戒备，哪里料到蔡风竟用口水喷他，待发觉时，躲避已是不及，刚好给沾在脸上，不由得伸手一抹，却是浓浓的黏稠至极的口水，不由得大怒，伸手便向蔡风脸上击来。

“啪……啪……”两声脆响，蔡风的脸立即肿起好高，若不是金蛊神魔田新球不想要蔡风性命的话，只怕蔡风这一刻已是气息奄奄了。

蔡风的嘴角缓缓滑出一丝血水，但却放声大笑起来。

金蛊神魔田新球狠狠地道：“笑吧，笑吧，再过十天，你就不会再有笑的机会了！”

“嚓……”一串脚步之声传了过来，一名矮胖的汉子行入石室，单膝跪地恭敬地道：“禀宗主，属下诸人在山崖之下细找过多遍，并没有那小子的尸首，而且下面有一个极深的大水潭，恐怕那小子的尸体随水流走了！”

“顺水搜找三十里，若再找不到就算了！”金蛊神魔田新球不耐烦地道。

“是，属下这就去……”

小村庄好萧条，虽然是夏初，虽然今年的山花依然那么灿烂，但在这个小村庄之中，再也找不到那种欢祥而宁和的气氛，总似有一种难以调解的哀愁笼罩在村子的上空。

年轻人失去了年轻人的活力，小孩失去了小孩的活泼，老人失去了老人的镇定。一切都有些死气沉沉的，只因为少去了一点东西，那是两个人！就是凌伯和凌能丽，没有这两个人的村庄，的确变了，变得萧条，无比的萧条！

凌通要做的事，每天便是练功，练蔡风教给他的功夫。虽然蔡风所教不多，但对于凌通来说，却不简单！凌通始终记住蔡风的一句话：“武功不是要怎样好看、怎样复杂的招式，而是需要力度、速度、准确度。这三种结合得越完美，你的武功便越高！”这是最简单的阐述，却也是最有效的阐述。

凌通每天所做的事情就是踢树干，击树桩，更练习抽刀、出刀的速度，他的对象便是树叶，每一刀刺出的目标都是树叶，有在风中摇摇晃晃的树叶，有他扔到天上再落下来的树叶，周而复始地练，周而复始地出刀。并且每一天都按蔡风所指定的时间打坐、呼吸、练气。

支持凌通的只有一个信念，那就是要杀尽那些坏人，所有欺负他姐姐的坏人都要杀！每天最早起来的都是凌通，每天最后一个下山的人还是凌通。

凌跃夫妻两人起先不明白，但后来才知道凌通是在等人，等蔡风！等蔡风带回凌能丽。因为蔡风在最后一次离开的时候许诺一定要把凌能丽带回来！没有多少人相信蔡风，但凌通却对蔡风的话坚信不移。没有任何人可以损坏蔡风在他心目之中的地位，没有人能够理解他对蔡风的崇慕与尊敬。就像没有人能够知道凌通对凌能丽的感情有多深一般。

凌跃夫妻起初很担心凌通一人那么晚下山会有什么危险，可是在有一天，凌通一个人拖回三匹大灰狼之后，便没有人再为他担心了。那几乎是难以让人相信的事实，因为凌通仍不过十二岁而已，一个十二岁的小孩力毙三匹大灰狼，竟一个人拖了回来，这份力量与能力的确足够让这个小村子轰动。

那天，凌通没有带弓箭，这大半年来，他都未曾用过弓，用的只是蔡风送给他带有黄春风字样的短剑，那是蔡风在速攻营中所用的短剑，算是一等一的好兵器，因为速攻营的装备绝对不会很差。凌通也用过刀，凌跃便有一柄不太好使的刀，但凌通只钟情于那一尺半长的短剑。那一天，也就是用这柄短剑刺入了三匹大灰狼的咽喉，很准！很够力度！也有一匹大灰狼是被拳头和脚踢打死的。那是凌通的脚，凌通的拳头！

没有人会想到凌通居然在这大半年之中变得这般厉害，杨鸿之与杨鸿雁也不信，但在开玩笑之时，被凌通将两个大男人轻松地扔了出去，这个时候，才没有人敢不相信凌通的厉害。而凌跃夫妻更是打心眼里欢喜，他们当然知道这是蔡风的教导，加上他儿子这大半年来所吃的苦头。

凌通在这大半年之中，手和脚没有一处是完整的。每一天都是皮破血流，凌跃自然知道一些简单的药理知识，每天都会用药水为凌通洗手、洗脚，每一次凌二婶都含着眼泪，但凌通却异常坚定，咬紧牙关不叫痛。然而第二天早晨，那手脚的创口又奇迹般地修复，便连凌跃也觉得奇怪，但却知道那绝不是药物的原因，药物最快也要三天才能够结疤，可这只是一个夜晚便焕然若新，根本找不到伤过的痕迹。

凌跃夫妻总觉得奇怪，到后来，忍不住去偷看凌通睡觉，才发现凌通并不睡觉，而是打坐，像一个入定的老僧，那神情肃穆得连凌跃都怀疑，那坐在床边的人是不是他儿子？因此，凌跃终于知道凌通为什么伤处好得这么快。就像当初蔡风的伤势好得那般快一样，在他们的心中自是惊喜异常，其儿练得如此神通，他们当然欢喜了。

凌通近来在那山头逗留的时间更长了，因为在几个月前蔡风派人送来凶手，并说不久将会带回凌能丽，所以他更是望长了脖子，更是满怀期望，练武也更勤，他要让蔡风有一个惊喜，他要让蔡风知道，他是一个好孩子！

凌通每天的事情便是练武、砍柴，最开始是用刀砍，也是为了练刀的速度和准确度，更是练刀的力度，可是后来却是用拳脚来击倒树木。一拳不行，两拳，到后来竟可数拳之下击断碗口粗的树干。凌通也打猎，他有时会选中一只兔子，跟着狂追，看见一只猴子，他也会追，纵跃之间都是紧记着蔡风当初所说的提气、呼气的规则。有时甚至提着两块石头跳跃。

也只有这样日复一日地苦练，才真正地出现了成绩，骄人的成绩！谁也不会想到如此小的孩子便有这般的毅力与恒心。不过这大半年来，凌通从来没有笑过，甚至说话都很少。除了与凌跃夫妻、乔三这三人说过话之外，其余的人便连一句话都未曾讲过。每天凌通做的事还有——便是看书，凌伯留下来的书很多，除医书之外，更有许多藏书。凌通在山上累了，他会看书，会写字，蔡风当初教过他练字，还说过他的武功是从练字开始的。所以凌通也喜欢练字，以一根很粗的树枝做笔。按照蔡风所抄经卷之上的字迹去练习，所仿的却是蔡风的笔法。凌通从小就跟着凌能丽学读书，所以这些书他自然能看懂。每天陪着他的仍有那只大黑猎狗，这正是当初蔡风在山洞中重病之时所见到的大黑狗。这一刻却成了他最亲密的伙伴。每天他总是追着大黑狗上山，开始几个月，他怎么也跑不过大黑狗，可到后来，他竟可以与大黑狗的速度相若。不过这一个月来，他已经能很轻松地追上大黑狗了，这种练功者，的确应算是一个奇才！

凌通手中的粗枝——即木棍运行极快，他已经很顺手地将蔡风的有些笔法模仿得很熟了，每天他总觉得按照这种笔法练下去，越练越顺畅，越练精神也越好。而且越熟练越觉得其中滋味无穷，练得也更为认真。这大半年来凌通只练过《医经》，这是蔡风最先为凌伯抄写的那三卷。凌通都已能将之倒背如流，此刻已然可以脱离经书顺手便将蔡风的笔法练出来。

而正在这时候，一旁的大黑狗竟狂叫起来，将凌通的思路全都打断了，不由得扭头向大黑狗狂叫的方向望去，却不知什么时候多了一个蒙着脸的人。

这个人来得极为突然，似乎连大黑狗也是刚刚才发觉。

“你是什么人？光天化日之下做这种打扮想吓唬人吗？”凌通横眉冷目地喝道，他打心底便对这种藏头露尾的人极为痛恨，所以出言毫不客气。

那人并不答话，伸手折下一根树枝，轻轻地弄去树叶，大步向凌通逼来。

凌通毫不畏惧地望着那个大步行来之人，冷冷地问道：“你想干什么？”

“小子，接招吧！”那蒙面人的声音极为沙哑，说着也不答话，伸手便将手中的树枝刺出。

凌通一惊，这人说打就打，动作可是快到极致，自己甚至来不及抽出腰间的短剑，只好将手中的木棍斜刺过去，不自觉中便像是在练字一般。

“砰——”那人见凌通手中的木棍随手一划，竟恰到好处地攻击到他的胸前大穴玄机穴！不由得忙回转树枝，拂在木棍之上。

原来凌通自小与凌伯在一起，耳濡目染之下，对人身上的各大要穴都知道得极为清楚，而蔡风教他的运气线路本也和穴道有关，自然清楚穴道的重要性。这一刻一出手自然便想到攻击对方的要穴。

凌通被对方树枝拂上，只觉得手中一沉，木棍被扫开，但他并不后退，反手又斜斜挑起，却是斜击对方的肩井穴。

那人似乎早料到凌通这么一招，树枝反挑，将木棍再次挑开，同时，树枝顺势斜扫，直击凌通的小腹。

凌通一惊，慌忙疾退，但他快，对方更快。

“啪——”树枝正击在小腹之上，但却没有什么力道，不过这一抽也照样很痛。

凌通一愣，手中木棍反砸而下，那人抽身一退，很轻巧地便闪开了。

凌通一恼之下，手中木棍拖起一阵劲风直刺过去，虽毫无花巧可言，但所攻的角度、力道和速度，只怕就是一只野狼也会给击死。

那人见凌通似乎打怒了，以硬碰硬，不由得一愣，哂然道：“小子，你就只会那两招剑法吗？刚才练的剑法全都被狗吃了呢？”说话的同时，竟毫不在意地伸手抓住凌通的木棍。

凌通一惊，见对方若无其事地便接住了这一击，哪还不惊？

“啪——”那人竟一下子将木棍捏成碎片，力道之大，凌通都骇呆了。

“再来，小子，你这几斤吃奶的力气，便想与人硬碰硬，不是送死吗？用刚才练的剑法再来打！”那蒙面人的口气极为不屑地道。

凌通一愣，对方居然说他刚才练的是剑法？不由得想到一开始，那棍击出的两下子，不是逼得对方回手自救吗？难道那就是所谓的剑法？可那却是书法呀，那是蔡风的笔法呀！想到这里，凌通不由得恍然而悟，刚才对方那树枝拂过来的那一招，自己自然可以将木棍斜钩下来，也就能挡开对方那一招，而这正是蔡风那些字中的一个笔画。想到这里，心头不由得一喜，蔡风说过，他的武功便是从练字开始的，难道那些字就是武功招式？

凌通抬头怀疑地望了望那蒙面人，冷冷地道：“我可要用剑了哦，你小心啦！”

蒙面人不屑地道：“你随便用吧！”

凌通从怀中摸出蔡风给他的那柄短剑，脑中立刻浮出蔡风那经书之中的一笔一画，不由得一声低啸，短剑如风般低划而出。

蒙面人“咦”地一声低呼，手中的树枝抖成一片幻影。

凌通一惊，竟不知从哪里下手，手中微微一慢，对方的树枝竟抽在他的手上，一吃痛之下，短剑便脱手飞了出去。

蒙面人并不再进攻，只是低骂道：“没用的小子，你只管使你的招，管别人怎么打干吗！你以为你有后发先至的速度吗？”

凌通一呆，明白对方不但没有恶意，还有心相教，他不由得心头一阵不服气地道：“再来！”

“再来就再来！谁怕谁呀？”那人不屑地道。

凌通忙跑过去将短剑拾起，大黑狗仍然狂吠不止，他不由得喝道：“叫什么叫，一旁凉快去！”

大黑狗“汪汪……”叫了几声，居然还真听话地向树荫之处行去，不再乱叫。

“你小子对付狗还真有一套呀，来吧，看你有什么屁用！”蒙面人冷然道。

“你小心了哦！”凌通缓缓举起短剑道。

“你那三脚猫功夫有个屁用！来吧，少啰唆，今日定把你打得爬着回去，明天夹着尾巴不敢上山！”蒙面人不屑地骂道。

“那你就看剑！”凌通低喝一声，短剑疯狂地出手，这一次再不注意对方的招式。

蒙面人使出树枝相迎，凌通只顾一个劲地将蔡风所写之笔画一一使将出来，不管对方招式怎么变幻，他只当没有看见。

“是了，这样就对了！”蒙面人低笑道。说着手中的树枝若砍乱麻般扫出，只片刻，凌通就再也无法保持镇定，手中的剑和脚下的步伐根本就配不上套。

“啪——”蒙面人乘这个空子，下面用脚一钩，竟将凌通跌了个七荤八素！

“哈哈哈，小子，怎么样？你功夫太臭，跟你玩，真没意思！”蒙面人得意至极地笑道。

“这次不算，你使诈！再来一次！”凌通忍着痛一骨碌地爬起来道。

“哼，真是小儿无知，兵不厌诈你懂不懂？虚实结合，你小子再回去练上一百年也只是一块废料，还看你每天都在这里刺叶踢树，有个鸟用？那些都是死动作、死东西，有本事，便与活人对打，像你这样，难道有人站在那里不动被你打吗？还有哇，每天老是同一个姿势出剑、出刀、出脚、出拳，那有个屁用！”蒙面人出言教训道。

凌通眨着小眼，骨碌碌地打量着眼前这个恶狠狠而又像师父训弟子一般的蒙面怪人，心头却知道对方是有心相教，不由得认真地听着。

“小子，看老子来露两手给你看看，让你知道拳要怎么打，脚要怎么踢，奶奶的，连走路都不会，还练个鸟功！你要好好看着啊，练好了，好让老子有个对手过过瘾！”蒙面人说着将手中的树枝重重一抛，竟一下子插入了地下半尺多深，只让凌通看得惊骇莫名，不过，即暗想：你比蔡风大哥可差远了！

“看好啊，这是拳的手法！”说着一边做出姿势，一边念道：“崩、劈、挑、砸、穿、翻、搓、盖、冲、点、切、撩、勾、缠！”待一一演示完了，才解释道：“拳，并非全是拳头的作用，要尝试着用各种手法去灵活运用，那样方为拳，怎样去将这些手法灵活运用？便看你小子的造化了！你那几下子死拳头，顶多只能打几个蛮汉，有个鸟用！今日便到此为止，老子跟你这小子玩得不过瘾，去找别人玩了！”那人说着似有些不耐烦地要走了。

“喂，你怎能说话不算数呢？还有脚怎么踢？步怎么走？为什么不说？你是在瞎吹是吗？”

“妈的，你小鬼是想用激将法是吗？老子可不受激。不过，若不让你小鬼见识见识，你定不死心，老子便再练给你看一下吧，反正你看一遍又学不会，还怕你偷学不成？”蒙面人恶狠狠地骂道。

“看好哇！”

“这是蹬，这是踹，这是缠、摆、挂、踢、跺、震腿、旋风腿、箭弹腿、连环腿，这是扫……看清楚啦，这是进步，这是退步，这是滑步，这是垫步、过步、跳步、虚步、坐山步、弓步、马步、仆步、歇步、偷步、骑龙步……还有身法，这是吞，这是吐，这是闪、展、腾、挪、挤、靠……”蒙面人出手并不快，但每一个动作都是那般干脆利落，每一个细节也都是清楚明白，让人看了自有一种赏心悦目的洒脱。

凌通不由得看得心驰神往，激动不已，目光一动不动地盯着对方的步法、身法与手法，那人似是越练越有劲，竟一口气将这些动作重复了三遍，才潇洒地停手，连粗气都不喘一口。

“小子，怎么样？看不明白吧？这可是老子的绝活，你要是能看明白，那还得了？其实这只是分散来用，要是将这些手法、脚法、步法、身法配合起来运用，那更是妙用无穷，想不想看看，小子？”蒙面人得意地道。

凌通不自觉地猛然点头，连声称道：“想，想，想……”

“哈哈哈，你小子可真是贪得无厌哦，若想看的话，明天给我带一只烤兔来，我们便来个公平交换，如何？”蒙面人笑骂道。

凌通一喜，高兴地道：“好哇，说话算数，拉钩！”

“去，去，去你个小鬼蛋，老子多大，还像小鬼一般玩这个玩意儿？老子一诺千金，岂会让你这小鬼给看扁？你相信便行了，不相信便拉倒，以为老子不会烤兔子呀？呸！不过首先声明哦，烤兔子必须自己烤，否则便不算数！你做得到吗？”蒙面人不耐烦地道。

凌通想了想道：“有人在一旁指点总可以吧？不然的话，给你拿上一只黑炭头，你又会不高兴的！”

蒙面人想了想，口气松了一些，道：“好吧，看你这小子如此有诚意，便允许人在旁指点，但不准别人伸手帮忙，明白吗？”

“好的！”凌通欢快地应道。

“那老子先走了，没空陪你这臭小子乱弹琴！”蒙面人说着转身飘然而去。

凌通望着那人远去的身影，发了一阵子呆，立刻想起那人所演示的每一个动作，不由得伸手便练了起来。

蔡伤似乎永远都是那般安详，像是一池没有波纹的水，他的眸子永远都是那么深邃。无论谁看了，都只会想到一件事物，那便是天空，深邃莫测的天空，空无中却蕴涵了无尽的玄机。一袭长衫，迎风而飘，玉立如山，超尘脱俗，自有一种出世的潇洒与清高。

立在他身后的依然是蔡新元，负剑而立，肩头背着一个小包行囊，如此而已。

“老爷子什么时候能回北台顶?”五台老人平静地问道。

“或许我永远都不会回北台顶，何处青山不埋骨？我只想做完我最想做，而又必须做的一件事之后，便潜于青山之中，了我此生，吴师兄无须为我担心!”蔡伤意兴索然地道。

“老爷子，老主人飞升之前不是曾说过魔门的事吗?”五台老人提醒道。

“蔡伤只好辜负他老人家的愿望了，或许是蔡伤自私，这件事便由葛师弟去办好了，我相信他有这个能力!”蔡伤神色黯然地道。

“都是能丽不好，若是蔡伯伯不嫌弃，能丽便做蔡伯伯的女儿吧?”凌能丽充满歉意地道。

蔡伤慈祥地望了她一眼，温和地道：“我从来都不曾将你当外人看待，你是风儿的心上人，他是我的好儿子，你自然便若我的好女儿，只可惜他福缘浅薄!”说着仰天一声长叹。

“老爷子，那你便收凌姑娘为义女吧，反正她也失去了双亲，自此孤苦无依，有你这个义父岂不成全了两家人?”五台老人提议道。

“义父在上，请受女儿一拜!”凌能丽极为乖巧地一跪至地，重重地磕了三个响头。

蔡伤并没有阻拦之意，只是那落寞的神情中绽出一丝包含了痛苦的欢悦!

哈不图竟也极为配合地端上来一碗茶，送到凌能丽的手上。

凌能丽禁不住喜极而泣道：“义父请喝茶!”

蔡伤仰天一声长啸，似要舒尽胸中的闷气。良久，啸声歇下，才欢声道："好，我蔡伤失去了一个好儿子，却多了一个好女儿，又有何可叹！"说着伸手接过茶碗一口饮下。将茶碗放到哈不图手中，才伸出双手扶起凌能丽，并从怀中掏出一个小锦盒，递给凌能丽，伤感地道："义父今日与你分别，不知何时才能相见，这里是一颗'通天再造丸'，普通人吃下可延年益寿，百病不生，练武者吃下，可陡增半甲子的功力。当年我舍不得太早给风儿服下，今日便赠给你吧，也算是义父我给你的见面之礼！"

"谢义父！"凌能丽双手接过锦盒，高兴地道。

"去拿酒来，此丸须和酒服下！"蔡伤高声道。同时又从怀中摸出一支碧玉凤钗，温柔地插在凌能丽的发髻之上，黯然道："这本是内子给我的定情信物，现在内子已归天国，这根玉钗留在我身上徒增感伤，今日将它一并送给你，就当是你义母送给你的见面礼吧！"

凌能丽的心神大颤，大感恻然，愧疚于心却又无能为力，不由得诚恳地道："义父，你便迟些再走，让女儿服侍你几日……"

"傻孩子，天下哪有不散之宴席？你不必在心头挂怀什么，天下哪里是我不能去的？你义父无论走到哪里都不会缺人服侍，你还是好好学武，别分心，将来你的事你自己做主，不必因风儿在心中留下什么阴影，活人的路不能被死者所挡，你明白吗？"蔡伤极为平和地道。

凌能丽不由得一阵黯然，无论蔡伤的话意多么平缓，可她始终能捕捉到那之中的苍凉之情，可她又能做些什么呢？不由得问道："那义父要去哪儿呢？"

蔡伤想了想，道："我要去南朝找一个人，也是去寻找你义父的下半生幸福，义父会照顾自己的，你就放心好了。"

"老爷子，我想我们这几年可能会在这儿留下，不会走得很远，若有什么事情，我们会与飞龙寨联系，到时候飞龙寨定会知道我们的所在！"五台老人道。

"你们需要什么，不妨便叫飞龙寨的兄弟送来好了，希望下次仍有相见的机会。那时，再看看能丽武学的进展如何。好了，先把这颗'通天再造丸’服下吧！”蔡伤仍淡然道。

凌能丽打开锦盒，只见一颗药丸通体晶莹，流散着一种碧油的幽光，开盒之间，一股浓郁的清香，只使得每个人都神清气爽。

“恭喜凌姑娘得此仙药，这乃是我家老主人采聚天下奇珍，花了十年工夫才炼制成五颗，绝对可以胜过陶弘景的仙丹，快快服下吧！”五台老人欢喜地道。

凌能丽不由得再次道谢，然后将丹药含在口中，将那一碗酒喝了下去。

丹药遇酒立化，化作数道甘泉流入腹中，立刻便有几道温和的暖意直达四肢。

“孩子，快回洞中打坐行功，闭关三日之后，自可将药性全部吸收，三日之后，便会是一个身具三十年功力的好手。对今后的习练武学会达到事半功倍的效果！”蔡伤慈祥地道。

“那义父你走好哇，女儿盼着你回来看我。”凌能丽有些依依不舍地道。

“若有机会，我会回来看你的！”蔡伤淡然含笑道，说着转身对着蔡新元道：“我们走吧。”

蔡新元立刻将系在一旁的马缰解下，与蔡伤两人纵身跃上。

“你们回去吧！”蔡伤扭头挥了挥手道。

凌能丽和五台老人也黯然地挥了挥手，望着蔡伤与蔡新元的身影消失在远处的转角处之时，才黯然回头！

蔡风的心头又微微有些希望，没有谁见到三子真的死了，因为没有谁见过三子的尸体！虽然三子中了毒，又中了修罗烈焰掌，但从那深渊坠入深水潭中不一定便会死。他不就是数次险死还生吗？或者只要是熟人发现三子的尸体也会好些，至少让人知道三子是死在金蛊神魔的手中。那样，便明白仇人是谁了。不过他也明白，金蛊神魔要将他炼制成毒人的时间也要到了。

他伤势的恢复根本就瞒不过金蛊神魔的眼睛，那是他最不想也最不愿的时刻，可是他没有办法改变这一现实。因为金蛊神魔已经步入了石室之中。

蔡风望着他那微显得意、欢快而又稍有些许紧张的神情，反而更加平静地道："你准备下手了吗？"

金蛊神魔有些惊异地望了望蔡风，似乎为蔡风的镇定而感到惊讶，不过却极为淡然道："不错，你有什么遗言就快说吧，这是最后一次说属于你自己自主思想的话，也是最后一次属于蔡风自己的话。今后，你代表的则是另外一个人！"

"哦，你是不是很紧张？"蔡风饶有兴趣地道。

"有一点，但不过你放心，你不会像那几个没用的家伙一般容易死去的！"金蛊神魔田新球毫不否认地道。

"那恭喜你了，你拥有我这个毒人，是不是便可以天下无敌了呢？"蔡风淡漠地问道。

"我也恭喜你了，你可能是有史以来的第一个毒人，这是你的荣幸！"金蛊神魔田新球阴恻恻地道。

"那可真是我的荣幸了，我最后的愿望，就是想简单地知道我变成另一个人会是怎样的情况？"蔡风淡然道。

"可以，就让你在这最后一点时间内多些想象吧！"金蛊神魔田新球故作大方地道。

顿了一顿，又有些得意地道："毒人的名字便叫绝情，这个名字你可喜欢？"

"绝情，似乎冷酷了一些，对于一个毒人来说却是极为恰当的，我心也死了，自己如此地痴爱一个人，她却宁可选择杀我都不愿意嫁给我，绝情正好！"蔡风掩饰不住凄苦地道。

金蛊神魔并未作什么解释，只是阴险地笑道："你成为毒人之后，你的杀伤力至少比现在更强横三倍以上，足以与你爹相抗衡，你更有可能成为天下第一人！"说到这里，金蛊神魔扭头向四周望了望，这才压低声音道："到那时被称为天下第一刀的、第一剑的，全都要畏避你三分，你说你是不是应该值得骄傲?”

蔡风并不为之惊讶，只是淡然一笑，道：“但是再厉害，我也只是一个人而已，就算加上你，也只有两人，但是我爹身边的高手却绝不会比尔朱家族少，而尔朱家族之中，除尔朱荣之外，便是尔朱天佑、尔朱天光、尔朱追命，单说这三大高手就不是我们两人的力量所能对付的，你仍以为自己有很大的胜算吗?”

“哼，谁说了我要对付他们?只是你的猜测而已!”金蛊神魔田新球反应并不太强烈地道。

“你否认也好，不否认也罢，到时候由你全权做主，你想怎样还不是只由得你?”蔡风不屑地道。

金蛊神魔淡然一笑，道：“毒人的可怕之处，并不是他的武功暴增三倍，而是他的肌理复生能力比普通人要快上百倍，身上就是有一道深三分长五寸的伤口，也会在一盏茶的时间之内恢复。就是有人刺穿了他的肺腑，他也不会因为呼吸困难而死去，甚至会在几天之内，又恢复正常。想要将一个毒人杀死，只有将他分尸，或火化!同时毒人还会百毒不惧，而他身上所流的血液却会成为剧毒之物，不过这对他的任何机能都不会受到影响，他的思维并不改变，他的本能仍然是正常之人，但唯一改变的便是他不再是自己支配自己，这个世上他只听一个人的话，那个人就是我!没有我的时候，他依然是他，有我的时候，他便成了我，你明白吗?”

蔡风淡漠地一笑，道：“要是你死了呢?”

金蛊神魔田新球淡然一笑，道：“那你仍有三个月好活，三个月之后，你就会变成一堆白骨!”

蔡风神色一变，问道：“为什么会这样?”

“这就是毒人与其主人的感应，也是毒人最大的特性。当然亦只有我才能够炼制出你这种超级毒人!百年前，也曾出现了毒人，但那全都是一些下三流的货色，完全可以当作一只养大了的毒物去看，但你不同，你会拥有思想，会拥有本能的冲动，甚至可以拥有女人。只不过你会对我的命令半点不违，我叫你杀死你的女人，你不会有丝毫犹豫!我让你杀死自己，你也不会犹豫一下！你将不再认识以前所有认识的人，你只知道这个世上只有一个必须忠心的主人！这是不是很有意思?”金蛊神魔田新球得意至极地笑道。

“这的确很有意思!”蔡风的心若浸入了冰窖之中，声音有些淡漠地道。

“你怕了吗?”金蛊神魔淡然道。

“怕有何用? 怕你不会要我这个毒人吗?”蔡风有些苦涩地道。

“你倒很明白。不过，炼成你这种毒人的过程却很不简单!”金蛊神魔微微皱眉道。

“难道需要很长时间?”蔡风疑惑地道。

“不错，为了消除你皮肤中散出来的毒气，与那种下三流的毒人有根本的区别，必须将你用热水煮出你积留的毒汁，甚至还须将你种入土中!”金蛊神魔认真地道。

“哦，我不就成地瓜了?”蔡风不由得大笑起来道。

“这个世上，没有什么事情是简单易行的，你将会在今后八个月中尝尽人世间的疾苦，而我同样也不会少吃苦头。你可曾听说过古人熬鹰?”金蛊神魔冷然道。

“古人熬鹰?”蔡风饶有兴趣地反问道。

“不错，一个绝对服从的毒人，而又要让它不和那种下三流的毒人一般，那将比一只绝世鹰王更难驯服。”金蛊神魔神情肃然地道。

“这个我倒挺感兴趣，将来有机会，倒也想训出一只绝世鹰王玩玩。”蔡风竟显得极为轻松地道，根本就没把生死放在心上。

“哼，你永远都没有机会，不过，我却可以告诉你古人熬鹰的方法。我也训了一只神鹰，虽不能算是绝世好鹰，但也是一流的。而我却用了一个月的时间让它不休不眠地看着我……”

“什么? 你想让我一个月不休不眠地看着你?”蔡风骇然打断金蛊神魔的话，惊问道。

“不，你要两个月不休不眠地看着我，也只有这样，你的脑中才会永远无法抹去我这个主人的形象，永远都不可能违背我的命令!”金蛊神魔形态有些疯狂地道。

蔡风的心犹如浸在冰窖之中，两个月不休不眠，那人岂能活？那将是怎样一种残酷的刑罚啊！

金蛊神魔似乎看穿了蔡风的心思，淡淡地道：“你不用着急，我不会让你死的，当然更加舍不得你死。你的生机和体能到时会得到绝世药物支撑，不仅不会死，而且会更有精神。只是在这两个月中，你过去的记忆会慢慢消失，直到完全忘记，包括自己的名字。然后，所有记忆中，只有我所灌输的记忆存在。”

蔡风不由得激灵灵打了个寒战，但又冷笑道：“难道这两个月，你也用药物支撑自己？”

“哈哈，你倒也有蠢的时候，我大可用四五人轮流立在你的眼前。而你却只是一个人，一直熬到你的精神完全崩溃，意志最薄弱的时刻，就该轮到我出场了。哈哈，你明白了吗？”金蛊神魔淡然笑道。

“然后你再杀掉这几个替身？”蔡风冷冷地问道。

“你还不算笨，不错，你只能有一个主人，那就是我！因此，这八个月中所有在你面前出现过的人，除我之外，全都要死！”金蛊神魔充满杀意地狠声道。

蔡风露出一丝涩然的笑意，知道金蛊神魔之所以毫不掩饰地向他袒露这一切，就已经表示他要炼制毒人的决心，没有任何力量能够阻止对方的意志。

“对你说了这么多，相信你也无憾了，这八个月的痛苦很快就会过去，对你来说，只不过是做了一场噩梦。当你醒来之时，你便已经叫绝情，而不再是蔡风了。”金蛊神魔眸子里射出狂热的神采，淡漠地道。

“看来，我只能够认命了！”蔡风苦涩一笑道。

“你别无选择！”金蛊神魔缓缓地伸手拍向蔡风的脑门，淡淡地道。

凌通依然很早便赶到山上，不过，昨夜他已经将蔡风所抄写的经卷都小心地收藏起来，对于他来说，这些经卷比什么经书都重要。昨晚他更费了好大的劲才烤上一只兔子，却是凌二婶指点了很长时间，这是蔡风所教的配料手法，香气足让人口水垂下三尺。

凌通练了好长时间，那蒙面人才姗姗而来，同样是二话不说，便向凌通一气乱打，直让凌通跌得七荤八素，手中的剑脱手八次才停下。免不了又是大骂特骂，大叹凌通没用。不过，对于凌通来说，却是极为欢快之事，他那几手剑法也是越演越纯熟，虽然打不过对方，却并不气馁，那人在拿到他那只重新烘热的兔子之时，却大加赞赏，也不违约地将那些动作连贯地演练了一遍，然后一刻也不肯多留地便走了，只留下凌通独自在冥思苦想，独自苦练。

第五十八章　剑游深宫

八月江南，处处繁华，人土风情却比北国粗野之地更显得温馨而优雅，虽然连年战乱，可江南水土丰饶，百姓也能够安居乐业，这却是北国无法与之相比拟的。

南朝与北朝相比，人物似乎更显风流一些，衣着风雅之人处处皆是，背弓负剑之人明显要比北国少些，但手摇逍遥扇的人却更多了。而且江南的天气似乎要比北国暖和得多，处处花香怡人，酒家遍布，自然是一番繁华韵味。

丹阳（今江苏镇江），傍江而立，水路可谓四通八达，八月之际，更是繁华似锦，四处往来的客船、商旅，络绎不绝，此际北朝起义烽火四起，边关之将自顾不暇，让南国竟得以有近百年来最长的一次休恬。

丹阳距都城建康（今南京）极近，因此王公贵族极多，而南朝萧衍大力提倡礼仪，使得南朝文化空前繁荣，但在丹阳最有名的，当数徐府。

徐府之名无论是在南朝还是北国，不知之人却是极少。这并不是说徐府之主官大、势大，徐府老主人徐文伯并非什么王公贵臣，现今徐府主人徐雄曾任过南齐兰陵太守。而徐府之名是因为其世代为医，医术之精，当世之中，或许只有陶弘景一人可比。但陶弘景却久隐深山之中，凡人又岂能得见？只被世人传为已得道成仙而已。但徐府之人，却是实实在在地存在着，更实实在在地替人们医治着奇难杂症，医术之精，可是有口皆碑！

徐府世代为医，早在人们心目之中定下了行医世家之名，就是当朝皇帝萧衍，对徐文伯也要礼敬三分，在王公贵族之中，徐府的地位也是不可抹去的。朝中御医也经常光临徐府求教，这使得徐府的地位更加尊崇，在丹阳，可谓是风光的一个大门户。

徐府的修建也极为考究，极为典雅。徐府极大，几有百亩之广。良田、美地更不算在其中。现今徐府之主徐雄更有万家生佛之称。

偌大的一个徐府绝对不只是几个文弱的医生。在当今这个时代，哪个富人会不养门客？不养高手呢？在徐府之中，外人知道的只有一个词可以形容，那便是藏龙卧虎。

今日，徐府之外，来了两个人，两个极高大且有气势的人。

一个是年轻人，另一人却是头发微微有些灰白的中年人，一脸的沧桑之色却掩饰不住那双熠熠生辉而又深邃莫测的眼睛，没有什么可以掩饰得住他那来自内在的气势，来自内在的神采！

那年轻人负剑，一脸冷傲之色，满面风尘，总难以抹去那种若豹子般的野性。

这两人的装束与南方人的打扮似乎有些不同，明眼之人应该知道这是远来客人。

年轻人极为利索地跃下马背，大步行至门口，向那两名看门的家人沉声道："速去通知你家老主人，便说二十年前北国故人求见！"

那两个家人见年轻人下马时的身法，与说话的语气，心头不由得暗惊，再看马背之上的中年人那种沉稳若山的气势，哪敢怠慢，忙应道："请二位在门外稍候，我这就去禀告老主人！"说着转身快速转入府内。

片刻，府门之内传来了一阵急促的脚步之声，一声高呼："我家老主人驾到！"

那坐于马背之上的中年人这才跃身下马，其势犹如灵燕一般轻巧。

徐文伯那健硕的身形立刻出现在一座假山的转角之处，一眼便望到自马背之上跃下的中年人，禁不住加快脚步，欢呼道："想不到兄弟你居然还记得这世上还有我这个老哥哥，今天吹的是什么风？快！快去把马儿牵入府中！"显然后面那句话是对其家将说的。很快便有两人上前，将马牵入府中。

那中年人也疾行几步，那有力的双臂重重地搭在徐文伯的手背之上，有些歉意地道："兄弟这些年来清心寡欲，本想寻块桃园独自清静，却不想时隔二十年仍要重入红尘，迟来给哥哥请安，还望恕罪！"

"哈哈哈……"徐文伯欢喜得大笑起来，像丈母娘看女婿一般仔细地打量了中年人一阵子，方开怀地感叹道："兄弟，你老了，真是岁月不饶人啊！"

"可哥哥你却神采如昔，可喜可贺呀！"中年人也极为欢快地道。

一旁的众家将和家丁们都看傻眼了，十数年来都没见过老主人如此开怀过，更没听说老主人还有个兄弟，这一刻突然听到来客居然会是老主人的兄弟，不由得全傻眼了。

徐文伯见众家将与家丁们这个样子，不由得自豪道："谅你们也猜不到他是谁，我便告诉你们吧，他就是世上无人不知的天下第一刀蔡伤！"

原来这一老一少正是蔡伤与蔡新元两人，那些家将与家丁一听都傻眼了，有些不敢相信地打量着眼前这高大威武，而又充满了一种难测之气势的中年人，这与他们想象之中的天下第一刀似乎有些不同。

徐文伯不由得笑骂道："还不去通知雄儿与其余众人前来见礼？同时给我摆好酒宴，可以允许你们开怀痛饮！"

那些人哪里见过老主人今日如此豪爽的作风，这还是十几年前少主人出世之时曾有过的场面，今日却重演了。

"哥哥不用如此大张旗鼓了，我可不想太过张扬。"蔡伤不好意思地道。

"兄弟，这有何不可？你二十年未来，人如闲云野鹤，难得相聚一回。何况，今日不同当年，当年你是我们南朝之敌，为兄尚且不惧，今日你身份超然，便是皇上知道你在此处，也不会对你如何。更何况你乃是皇上最欣赏之人，皇上常叹：吾朝无你这般神将，北朝知人不用真是可悲！若是皇上知道你来我朝，他定会亲自拜访。你又有何顾虑呢？"徐文伯认真地道。

"既然哥哥如此盛情，兄弟我也不必如此故作矫情了，我们进去再叙旧吧。”蔡伤也豪爽地道。

那些家将没想到会在这种场面相识被誉为天下第一刀、神话般的人物，都禁不住神往不已。见老主人与蔡伤如此亲切，自然不再以为怪事，反而认为是应该的。同时为这种人准备酒席，自然更是乐不可支。

蔡伤放下徐文伯的手，向蔡新元道：“还不快见过老爷子?”

蔡新元极为乖巧地抱拳鞠躬道：“晚辈蔡新元叩见老爷子!”

“这是令郎?”徐文伯怀疑地问道。

蔡伤神色一黯，道：“不是，这是我的书童，也算是我的子侄辈!”

徐文伯见蔡伤神色一黯，立刻知道他有隐痛，“哈哈”一笑，道：“今日咱兄弟俩可是要不醉不休哦?”

蔡伤被对方言语一激，也欢声道：“那自然!”

建康为大梁都城，其繁华之象比洛阳有过之而无不及。此刻正是树茂叶繁之时，虽然已是仲秋，可是江南的秋天却比北方要迟缓了许多。而建康乃是南朝文化聚众之地，文人骚客多不胜数，要比洛阳那种武风盛行之举热闹多了。在建康多为汉人，同一种族，更少了一种相互之间的种族矛盾，又加之战乱减少，使得人们之间和睦无比。

皇宫建设更是雄伟壮观，深宫高墙守卫严密无比。在街头便经常有官兵巡逻，皇宫之内更有“宗子羽林”与“望士队”两个可怕的近卫组织。这些人都是自军中严格选择出来的拔尖人才。每人深入江湖都可以算得上是高手。

在军中，以能进入“宗子羽林”和“望士队”为荣，这两支人马全都亲自由皇上指挥，更有皇上的亲卫高手。

皇城，一向是个很神秘的地方，没有人想过有一天会进去，也没有人敢冒险私入。

很多年以来，皇城都极为平静，因为萧衍的身边总有用不完的高手。

很多年前，在建康城中有个郑伯禽，现在更有彭连虎。

在十六年前，彭连虎便有南朝年轻第一高手之称，十六年之后，彭连虎隐然更胜过当年郑伯禽的声望。因为江湖上的人都认为彭连虎的武功已经超过了郑伯禽。

萧衍也极为看重彭连虎，郑伯禽甚至承认彭连虎更胜壮年的他，因为那不是耻辱，而是光荣，青出于蓝而胜于蓝才是郑伯禽所想，才是郑伯禽所愿。也只有这样，他的门派才可以发扬光大。

但彭连虎却只崇拜一个人，那便是蔡伤！彭连虎极为直爽，极为诚恳地对人说过蔡伤的的确确胜他太多。因为他知道自己能有今日，蔡伤的功劳是不可以埋没的。那一刀，蔡伤没有杀他，但作为一个练刀的高手来说，一生之中，若是见过了那样的一刀，这一生他所受的益处便是不可估量的。没有人听彭连虎那般说后而因此小看他，因为蔡伤在世人的心目中早就定格成了无敌的位置。

彭连虎的地位在建康城中可以说与郑伯禽一般超然，只有当萧衍出巡之时，才会在一旁护驾，一般都只是住在自己的府中。

建康的夜却是很安静，也很安详。那悬于街头的风灯到很晚很晚才会熄去，但皇城的灯却是没有熄灭的时候，除非是白天。

黑夜的皇城更显出那种深沉之感，像静伏的怪兽，更像是一个无底的深渊。

静，静得使人想到辽阔无边的冰原。

“梆梆梆梆……天干物燥，小心火烛……”更夫的声音自远处遥遥传来，告诉人们夜实在已经很晚了。

夜的确很晚了，天上的月亮也有西沉的趋势，但就是在这深沉的夜里，一道幽灵般的影子在淡淡的月色中留下了一丝浅浅的印痕。

说这道影子似幽灵，并没有半点为过，因为那速度的确太快，快得让人以为是眼睛走神。

皇城外的十五丈范围全都是空地，想要越过这十五丈的空地进入皇城，似乎有些不可能。但这道身影却极为轻巧地进入了皇城，没有人知道他是从什么地方进入的，就像是没有人知道他是什么人一般。一身漆黑的夜行服，更增添了他的神秘感。

这人似乎对皇城之内的各处都掌握得极为清楚，一开始便轻车熟路地绕过“望士队”与“宗子羽林”的巡逻，很轻易地便向西宫行去。

西宫，很静，只有太监和宫女仍未曾休息。这是一群可怜的人，也是一群可怕的人，可怕的不是宫女，而是太监。

就在这道幽灵似的黑影闪过一座假山之时，却被一名老太监发现，这是一个可怕的太监，也是一个很大胆的太监，只低声喝了声：“谁?”便再也没有呼喊，显然是怕吵醒了屋内休息的人。然后他便如一只大鸟般扑上那座小假山，只不过他并没有发现什么，似乎那真的只是幻影。

老太监正当狐疑之时，突然神色大变，因为他已经感觉到了一柄剑的存在，存在于他的心中，他想要惊呼，只可惜，一股极沉的劲气已让他根本没有松气的机会，只要他将口中憋住的那口气呼出，他便会成为一具尸体，这是老太监自己的感觉，也是事实存在的。

老太监的手指立刻化为万点兰蕊，那丝丝缕缕的劲气汹涌而出，其功力之高的确是少有，但对方早料到他的功力高绝，否则也不会发现他的行踪。

老太监的招式全部落空，因为对方的身形已经不见了，而他心中的那柄剑却变得无比实在，是自四面八方刺来。

那老太监惊骇地低呼道：“黄门左手剑!”但他的声音却被剑气撕裂成无数片，根本没有传出去。

来人竟然使的是黄门左手剑，也只有使左手剑的人才会让那老太监失算，若非如此，对方绝对难逃那老太监指掌所罩的范围，而这一切似乎也在对方的意料之中，无论是武功还是策略，对方都占了先机，所以这老太监只能以输告终。

“哧……”那老太监竟在最危急的时候使出了两指，在险死之下，竟然夹住了自黑暗处刺来的剑。这不能不算是一个奇迹，居然有人能在黑暗之中以两指夹住如此可怕的利剑！但这是事实，所以这个老太监的确很可怕。不过在他夹住这柄锋利得不能再锋利的剑之时，一根指头却刺在了他的玄机、巨阙、风府、哑门诸穴之上。

这才是真正的剑，真的剑不是剑，乃是手指！一个真正的剑手，什么东西都会是他的剑！

那老太监定住了，但他的神志仍是清醒的，心头的惊骇程度却是无与伦比。天下间能够暗算他而一招得手之人他几乎可以数出来，如果这人正是那几人当中的一个，就一定会是“哑剑”黄海！这老太监很清楚地记得在二十六年前，一个弱冠少年，一个倔犟而可怕的少年。他更记得这个少年当初把萧衍击伤，将萧衍身边的高手一个个击倒，后来还是天痴尊者出手，才没有让这个少年击杀萧衍。后来他才知道当年这个少年就是天下最可怕的剑手之一“哑剑”黄海。老太监更清楚黄海要来干什么，因为当年他正是那受伤倒地的高手之一。只是人事沧桑，眨眼间便过去了二十六年，二十六年后的今天，这个可怕的高手又回来了。怎么让他不惊？但他却不能说话了！

“看你是个人物，我便不杀你！”来人果然就是黄海，说完就转身向那仍亮着灯火的屋中掠去，可他的心却跳得十分厉害，二十六年了，一晃就是二十六年了，一切是否都已经改变，一切都是否……

黄海靠在阴暗的柱子之上深深地吸了两口气，平复了一下自己的心绪。他有些不敢想象接下来会是怎样的一个局面，但他不想再考虑很多，不能做的他也要做，忍受了二十六年的痛苦，他必须在今日作一个了结。

萧衍的行宫他已熟悉得不能再熟悉了，想到每一次他都在这个窗口忍不住退缩而回的情景，黄海不由得暗自叹了一口气。他在这些年中，不止十次来到这里，就只为偷偷地看上他心爱的女人一眼，只此而已。每一次都伤心而回，每一次都没法鼓起勇气进入这一扇门，使得咫尺之间无法相会，这是多么痛苦的事啊。

黄海咬了咬牙，望着那扇窗子，伸了伸手，却没有勇气推开。他知道，在这之中的只不过是几名弱质的宫女而已，他也打听到萧衍今夜在东宫歇息，这些年苦心向佛，可以说已是清心寡欲了，所以他并不担心萧衍会出现在这里。

黄海心一横，轻轻推开窗子，如飞鸟一般掠入窗中，刚刚关窗子，便觉一道劲风袭体。

黄海不由得一惊，对方的功力高绝之处并不下于他，而且剑势之凌厉也是他以前从所未见，只得就地一滚，手中的剑便如幽灵般自另一个空间标射而出！

“叮——”一声轻微的脆响，两人同时“咦……”地一声相互跃开。

黄海却呆住了，眼前的宫装丽人正是他苦苦思念了二十六年之久的心上人。

“大胆恶贼，竟敢潜入本宫的寝室之内！”那宫装丽人娇叱道，同时手中的剑一抖，再一次刺到。

黄海竟忘了抵抗，呆愣愣地直望着那微显得憔悴，却仍美得让人心醉的心上人。

“哧——”那一剑只刺入他肌肤一分之时，竟停住了。

“你是什么人？为什么不还手？以为本宫不敢杀你吗？”那宫装丽人冷漠地问道。

黄海被冰凉的剑锋及体，这才惊醒，不由得伤感地低呼道：“香妹……”

那宫装丽人陡闻如此亲昵的称呼，与那熟悉得不能再熟悉的语调，不由得脸色“刷”地一下变得苍白，手一软，那柄剑竟“当——”地一下坠于地上，并捂着起伏剧烈的胸口软弱地倒退两步，有些不敢相信地望着眼前这神秘的蒙面人，声音有些颤抖地问道：“你……你是海哥？”

黄海伸手撕下那蒙面的黑布，露出一张清奇而消瘦的脸容，苦涩地一笑，道：“正是我！”

“这些年来，你……你到哪里去了？”那宫装丽人扶着寝宫之中的玉柱，显得有些虚弱地问道，与刚才那种冷漠而凶狠的模样却成了两种极端的对比。

这宫装丽人正是黄海的师妹，万俟丑奴的师姐叶倩香。

黄海向一旁惊骇而又不敢出声的宫女望了一眼，知道这些人都是叶倩香的亲信，不由得叹道：“这些年来，我一直都与蔡伤在一起，潜隐山林……”说到这里却不由得一声长叹。

“你……你为什么不来看我？为什么连个口信也不捎给我？你可知道自从江湖中没有你的消息之后，我是怎么的担心难过吗？”叶倩香无限幽怨地道，眼神之中充满了无限的感伤。

黄海不由得凄然一笑，苦涩地道：“你贵为西宫，而我却只不过是一名江湖剑客，我怎么来见你？再说萧衍肯吗？”

“这皇宫挡得住你吗？天下还有你去不了的地方吗？”叶倩香声音之中微有责备地道。

黄海轻轻地叹了一口气，道：“二十六年了，二十六年之中你怎知道我没来看你？每隔两年，我都会在这个日子来看你一次，别人不知道，我却知道今日是你的生日。可是每一次我都只敢在窗外偷偷地看你，只能在窗外静静地聆听你弹弦之声，有时还听你在萧衍面前欢笑，你却丝毫不知道我的来去。”说到这里，黄海也不得不扶住墙壁，有些虚弱而苦涩地接道：“每一次我离开后都告诫自己，永远都不要再来看你，因为每一次看到你，我就会在心头积压十倍的痛苦，可是我却无法让自己忘记你，更无法控制自己见你的欲望，哪怕只看你一眼，哪怕只听你一笑，哪怕远远地看看你的背影，我也心满意足了。所以我的告诫说了十二次，可是我却来了十四次，你知道吗？”

叶倩香不由得呆住了，眼角缓缓地滑下两行清泪，良久，再也忍不住地扑到黄海的怀中抽噎起来。

黄海的心中却激起了万千的感慨，无比的伤感，促使他将叶倩香搂得更紧、更紧。

皇城的夜极静，皇上三千嫔妃，却在静夜之中变得无比冷落。

宫门深如海，偶有夜巡之人走过，但有些地方，却是他们不敢跨越的，那便是嫔妃的寝宫。

黄海缓缓地推开已渐停抽咽的叶倩香，满眼柔情，温柔地道：“这些年来你可好？”

叶倩香幽幽地一叹，道：“何谓好？何谓不好？在世人的眼中，地位尊崇、锦衣玉食、荣华富贵享之不尽便是天堂日子，但在我眼中这些又算得了什么?”

“那你当初为什么要选择他？为什么不跟我走呢?”黄海痛苦地问道。

叶倩香苦涩地一笑，幽然道：“我们可以走吗？我们的命是师父捡回来的，是他将我养育成人，我们能拗过师父吗？再说，若是我们一起走，能够自师父的手中行出去吗?”

“这就是你的理由？难道你一点都不爱他?”黄海的声音有些冰冷。

“要说对他一点爱也没有，那是骗你的，但你当初为什么不给我考虑的机会呢？为什么不给我辩解的机会，便匆匆地走了？你不觉得你太过冲动吗?”叶倩香缓缓地移开身子别过头去，显得极为平静地道。

黄海像是被雷击一般，呆立良久，才长叹一声道：“命运与我开了一个天大的玩笑，一切都是我的错。香妹，我们可否能重新开始?”

“重新开始?”叶倩香不由得凄然笑了笑，又问道：“可以吗?”

“为什么不可以？我们大可找一处山清水秀之地，对于我们来说，天大地大何处没有桃花源呢?”黄海有些激动地伸出手搭在叶倩香的香肩上，眼中充满希望与向往地道。

叶倩香避开黄海的目光，凄然一笑道：“晚了，一切都太晚了!”

黄海的手缓缓松开了她的肩头，怆然问道：“难道你想在这深宫中寂寞一辈子?”

“师父他老人家和师弟还好吗?”叶倩香错开话题问道。

黄海神色一黯道：“师父他在今年清明之时升天了，与烦难大师及佛陀同入天道，飞升于北台顶之上。师弟他现在还好!”

“师父终于修成正果，可喜可贺，若师兄有机会代我向师弟问声好!”叶倩香声音极为平静地道。

“师妹不觉得这种生活太虚伪太累了吗?”黄海问道。

“红尘之中能有不累不虚伪的生活吗？人一旦进入这个世界之中，谁不是每天提心吊胆？在这战乱纷繁的时代，谁又能够独善其身呢?”叶倩香幽幽地道。

“萧衍后宫三千嫔妃，你觉得这样值得吗？你大好的年华便在这寂寞的宫院中虚度，这不可惜吗?”黄海气恼地问道。

“他是个好皇帝，能将这江山治理数十年而不衰，便已经不算差了。我的心中没有什么值不值，可不可惜，我只不过是一个女人，你要骂我贱也好，你要笑我痴也好，我都不在意。就像师兄这么多年来，你难道觉得值?”叶倩香想了想道。

黄海像是被人在心上刺了一刀，脸色一下子变得惨白无比，惨然笑道：“对，是我贱！是我痴！亏我还异想天开地想着一宫之主，是我错了，对不起，是我不该来！外面那个太监，我只是点了他的玄机、巨阙、哑门三穴，相信师妹你伸手便可解开。我这就告辞，你多保重!”说完转身便向窗外掠去。

叶倩香似料不到黄海说去便去，不由得凄然呼道：“师兄!”

黄海正掠向黑暗中的身影，听到如此凄切而悲怆的呼唤，不由得心一痛又一软，立住脚步，却不回头地冷漠问道：“姑娘还有何吩咐?”

叶倩香心头一痛，倚着窗子惨然问道：“师兄恼了吗?”

“我还没那个胆子，若是姑娘没有别的事情，黄某就要去了!”黄海满怀怨愤地道。

叶倩香忍了忍，终未让眼中的泪水滑落，幽怨地道：“师兄要到哪儿去?”

黄海惨然笑道：“何处青山不埋骨，天大地大何处不可去?”说着，低吟道：“风云变幻我犹定，世事沉浮，痴心未改，负剑狂歌，沧桑未尽，天心何在？在心头！黯然销魂天涯路，孤独总是过客。谁与我同伤，剑心悠悠，谁与我同伤，剑心悠悠……”歌声未尽，黄海的身影已经没于黑暗的深处。

“师兄——”叶倩香一声惨呼，身子顺着窗子缓缓滑倒，泪水如泉水般涌出。

“娘娘——”那几名一直未敢说话的宫女，此时见叶倩香滑倒，全都惊呼着跑来。

“黯然销魂天涯路，孤独总是过客；谁与我同伤，哈哈哈……谁与我同伤……”叶倩香又哭又笑地低念着，声音凄切得让几名宫女脸色吓得惨白。

“快，快去叫御医来！”一名宫女稍稍清醒地吩咐道。

“不要你们管！全都给我退到一边去，谁传御医，便以宫法伺候！今日之事，谁也不可外传，知道吗？”叶倩香怒道。

那几名宫女全都一呆，她们从来都未见过娘娘发这么大的火，不由得一个个吓得低头小声道：“奴婢知道！”

“全都给我退下！我要好好地静一静！”叶倩香烦躁地吩咐道。同时又低低地叨念着黄海刚才所吟的那一段词，神情憔悴到了极致，却仍不忘跃出窗外，向那假山之后掠去。

黄海的身影如钉子一般立在黑夜之中，便如魔神一般，浑身散发出难以抑制的杀机。

“黄海，你终于还是来了！”一个极为淡漠的声音传了过来。

黄海依然没有应声，只是冷冷地望着自黑暗之中走出来的数人，刚才被他点倒的老太监也在其中。

“不错，是我来了，我黄海输给你萧衍了！”黄海声音极为冷漠地道。

“想不到黄海也会有认输的日子，真是难得，也让本皇受宠若惊呀！”萧衍得意至极地笑道。来人正是萧衍，灯笼早已将四周照得很亮很亮，四周的侍卫一个个都张弓搭箭，竟似事先设好的陷阱。

“哼，输便输，有什么好笑吗？我黄海也不过是个凡人，你想怎样？黄海岂是输不起之人？”黄海不屑地道。

“好，果然有豪气，只是深夜入我后宫却似乎不是你一贯的作风哦！”萧衍悠然地笑道，眼神之中透出一丝狠辣的杀机。

“天下偷鸡摸狗之辈又何止我黄海一个？我黄海从来都未曾当自己是个什么正人君子，古之圣贤之书，对于我来说，却是狗屁东西！你爱说我黄海是怎样的一个人，便是怎样的一个人！”黄海冷傲地道。

“放肆！敢对我们皇上如此无礼！”几名老太监怒叱道，同时就要飞身扑上，但却被萧衍伸手拦住了。

“哼，在我黄海的眼中，只有天与地，其他一切，我都不会放在眼里。无论你是北国皇帝还是南朝大王，我只当你是个人而已，有什么尊不尊、敬不敬的。黄海生为一人，死为一鬼，世间唯有长剑随我行而已！”

“你不相信我有杀死你的实力？”萧衍冷然地问道。

“我为什么不相信？只凭你眼前的实力，我黄海便难逃一死，大丈夫生有何欢，死有何惧？明知必死何必学一只摇尾乞命的野狗呢？”黄海神态不变地答复道。

“你也可以不必死的！”萧衍淡然地道。

“我可以不死，你愿放我走？”黄海诧异地道。

“不，如果你愿意追随我的话，便可以不死，而且荣华富贵享之不尽！”萧衍郑重地道。

“还不快谢主隆恩，我们皇上宽大为怀，念你是个人才，你还有什么可以犹豫的？”一旁的老太监喝道。

“哼，荣华富贵对于我来说，便如粪土。若想要荣华富贵，我黄海还有必要在深山之中苦隐二十六年吗？黄海虽然不才，却也不想做人走狗，更何况我对你从来都未曾有过好感，只要见到你，我便有气。更何况追随你？我看等来世再去考虑吧！”黄海毫不客气地道。

“你真的一点考虑的余地都没有？”萧衍似想作最后的挽留问道。

也的确，黄海被誉为天下最可怕的剑手之一，几可与蔡伤、尔朱荣这当世两大神话般的高手相提并论，无论是谁都不能够小看他的可怕之处，若是能收罗这般高手为己用，只会是如虎添翼，甚至比获得数万军队更有价值。萧衍又岂会不想招纳呢？

“想要我说假话那很容易，但我黄海却不是说谎话的人，这二十六年来也活得腻了，到黄泉路上去闯闯鬼门关或许比活着更有趣，要杀便杀吧！”黄海淡然傲笑道。

萧衍淡然一叹，道：“我本来念在尊者和仙长的分上不杀你，但是，你太固执了，若是我不杀你的话，将无法向天下交代，更会被世人所耻笑!”

黄海仰天一阵大笑，道：“来吧!”

“嗞……嗞……”

所有的灯光竟在同一刻之间灭掉。

“别让他跑了!”萧衍喝道。

“萧衍，你去死吧!”黄海一声暴喝。

“快，保护皇上!”那老太监高呼道。

“叮叮……”“呀……”兵刃交击声、惨叫声立即变成了皇城内的主要基调。

黑暗之中，那些准备充足的弓箭侍卫竟不敢放箭，一明一暗之间，根本就不知道黄海在哪里。这一刻萧衍自己却成了最主要的累赘，使得众侍卫与众高手不得不守护着他。因为天下没有人会不知道黄海的可怕，况且刚才以暗器击灭灯笼的人也绝对是一个可怕的高手！光凭在同时击灭如此多的灯笼，那惊人的手法，便可看出这人的暗器手法已经达到了登峰造极的地步，若是此人乘着黑夜伤着了萧衍，那这些侍卫就得不偿失了，更有无法担当的责任!

惨叫之声大大地超出了众人的想象，显然对方乘着暗夜洒出了暗器，才会使这么多人同时发出惨叫。

惨叫之声不仅掩盖了黄海的剑啸，更掩盖了他逸走的方向，萧衍自己也是一个顶级高手，这一刻被众属下护着，反而根本没有出手的机会

火光一亮，却又灭了。显然是那发暗器之人的杰作！当众人在黑夜中看清楚东西之时，侍卫已乱成了一锅粥，死的死，伤的伤，连黄海的影子都未曾看到。

“不好，正宫起火了!”有人惊呼道。

“皇儿！快！快去救火!”萧衍急喝道，起火之处正是太子所住的地方，萧衍中年得子，其宝贵程度更胜于他的性命，此刻太子寝宫起火，让他慌了手脚，明知这可能是贼人的调虎离山之计，却不得不坠入其计之中。

那些侍卫正手慌脚乱不知黄海所踪的当儿，这一刻又有了目标，很快便聚合拢来向太子寝宫跑去，萧衍自己也加入了行列之中，只不过仍受着数十名高手的环护，拦截黄海的计划就此泡汤了。

且说，黄海正准备拼死一战的当儿，突觉有些异样，就在灯火突然同时熄灭的刹那间，他以最快的速度向侍卫堆中冲杀，同时故意高喝扰乱众侍卫与太监的心神。他很明白，在这突生变故之时，萧衍的安全可比他的命有价值多了。

那些侍卫突然遭变，已乱了心神，黄海的剑法展至极限，这些侍卫又岂能挡？更因为人多，碍手碍脚。在那神秘人的相助之下，黄海竟然闯过了数道人墙，当奔跑了十来丈之时，便立见一个娇巧的身影向他招手。

黄海根本没有多想，明白正是这人暗中相助，忙追在那人身后疾行，此刻皇宫之内已经大乱，呼喊着上正宫救火，更助了黄海行动的便利。不多时，竟转到皇宫的外墙不远之处，那娇巧的人影也已停下，看得出是个女人。

“你是什么人？为什么要帮我？”黄海微微有些感激地问道。

“这里是通往宫外的秘道，你快走吧，我只是奉人之命行事，你也不必知道我是谁。”那娇巧的身影伸手向一座假山石上一摸、一扳之下，竟滑出一道窄小的洞口。

“是不是倩香派你来的？”黄海冷静地问道。

那娇巧的女人犹豫了一下，道：“正是娘娘派我来的，她叫你以后不要来看她了，这是她交给你的信！”那女人从怀中掏出一封似乎早已准备好了的信，轻巧地递给了黄海。

黄海冷冷地望了那女人一眼，冷漠地道：“告诉她，我永远都不会再来看她，否则便会像这柄剑一般！”说着竟将手中的长剑碎成两截，同时伸手接过信，将两截断剑递出，冷漠地道：“将这交给她，愿她好生保重！”说完头也不回地跃入了那暗门之中。

那娇巧的女人不由一呆，没想到黄海竟会如此冲动、决绝，愣了良久，才记起将石门掩上，有些茫然地掠入黑暗之中。

翌日，建康城内城外几乎被扰得天翻地覆，只为了搜寻黄海的下落及他的同党！

建康之人更知道黄海昨夜大闹皇城，皇城之中还死了不少兵卫，而黄海依然逃之夭夭。

黄海的名字，听说过的人很多，就是普通的老百姓也知道，在很多年前便有这么一个厉害人物，特别是建康城中传得最多，而此刻再次传出黄海的故事，竟如此厉害，如此轰动，不由有些老百姓猜这个人是什么三头六臂的魔神，就像是猜测蔡伤一般。

大街之上到处都贴着通缉黄海的皇榜，但却没有任何人知道黄海的下落。

这是江湖中最后一次听到黄海的故事，也是这个传奇人物最后一次在江湖中出现！从此，黄海真正成了江湖的一个谜，就连蔡伤也不知道黄海究竟去了哪里，直到……

有人猜测，黄海是被人害死了；有人也猜测黄海去了海上的一个孤岛；还有人以为黄海被关在萧衍的皇宫之中。不过，谁也不知道正确的答案，但蔡伤却可以肯定一点，那就是黄海仍然活着，也不会在萧衍的皇宫之中。因为少林寺的高僧戒痴交给了他一封信，那正是黄海的手笔。而戒痴更告诉他黄海没有死，而是不想让世人知道他的行踪。

蔡伤可以不相信很多人，但却不能不相信戒痴，他相信戒痴便像相信自己一样。

蔡伤收到这封信时，已是次年春天。

这是一个极为灿烂的春天，也是一个极为惨烈的春天，对于整个北魏来说，的确惨得可以，战争的烽火已经到了不可收拾的地步。

破六韩拔陵的气焰依然极凶，唯一让朝中心安的却是阿那瓌愿意出兵相助，愿出兵十万，这的确是一个让朝廷震惊之事。只不过，谁都知道阿那瓌岂是易与之辈？虽然答应出兵相助，但北部六镇肯定会在战乱之中变得更加破败不堪。没有人相信如野狼一般的柔然人会空手而退。

朝中依然没有丝毫的空闲，莫折大提的起义军来势凶猛，歧州已岌岌可危，都督元志已多次告急。

敕勒首长胡琛的高平义军，除了赫连恩这位勇猛的战将之外，又多了一名几乎战无不胜的猛将万俟丑奴。连战连胜，其声势已超过赫连恩！

在秀容川（今山西忻县），有乞伏莫于的起义，其声势也不能小看，就像是插入了北魏心脏的一根毒刺。虽然人数无法与胡琛及莫折大提的相比，可是，有吕梁山群盗相呼应，水陆两路又极其方便，所造成的威胁也让满朝文武头痛不已。

蔡伤悠然地踏入胡府，神情始终是那般落寞而清傲。所到之处，仍是那么优雅而清幽的小楼，洛阳的确处处惊魂，但是胡府却依然那么安宁，只因为今日的太后权倾天下，而胡府的主人还是她的胞兄，又有什么人敢在老虎头上拔毛呢？

第五十九章　天下第一

清幽的小楼中，不止住着蔡伤一人，整个胡府上下，也只有胡孟才知道住入其中的一个重要人物就是蔡伤！这是一个禁止闲人入内的大院子，住入院子之中的更有南国医道圣手徐文伯及其孙徐之才。

胡太后的心情并不好，这些年来，战乱连年不断，早已将这尊贵的太后折腾得疲惫不堪。但却依然未曾让她失去昔年美丽的容颜，在心乱之时，回娘家看看却是常有之事，最近更是常来胡府。

朝中之人早已习以为常，更何况这段日子以来，破六韩拔陵、乞伏莫于、胡琛、莫折大提等各路起义军，直扰得满朝不安。胡太后心情不好，本是极为正常之事，但胡孟的神色之间却显得更为阴郁。

胡太后今日依然悠然地向那闲人不能进的院子行去，这似乎已经成了必修的一课。每个随从都以为太后只是喜欢清静，所以都只好留在院子之外。

“太后，请留步，下臣有事要禀!”胡孟立于道中恭敬地跪下道。虽然他是太后的同胞兄长，却仍得行那尊卑之礼。

“哦?”胡太后有些诧异地望了他一眼，这才向身旁的众亲卫打个眼色，那些人全都极为知趣地退至一旁。

胡孟望了望四周，神色有些阴郁地道：“不知太后可否移驾‘紫霞阁’?”

“此处又无外人，哥哥何必再行如此大礼？有话不妨直说。”胡太后伸手扶起胡孟道。

胡孟脸色有些惨白，声音极为冷漠地问道："妹妹真的准备抛却荣华富贵隐迹山林?"

胡太后脸色一沉，冷声问道："哥哥以为我只是一时的冲动?"

"妹妹可考虑到，若是你真的走了之后，朝中的局面将会变成另一种让人根本无法想象的状况。那时，恐怕再想挽回，也是难如登天了!"胡孟不无忧虑地道。

"难道哥哥仍想阻止我的行动?"胡太后声音再次变冷地道。

"不敢！我只想妹妹三思而行，以大局为重，我明白你与蔡兄弟之间的感情，可是你只考虑到个人。当一个人若是突然拥有可以左右天下的权力之时，他（她）仍能够保持着平常人的心态吗？谁想让自己的权力受到任何威胁？就算你此刻真的相信这个替身，可是当她一旦成为一国之后时，她仍会留着我们这些可能成为隐患的人吗?"胡孟神色惨然道。

"这一点，我早就考虑到了，如今的我再也不是二十多年前那未长大的丫头了，若是我没有足够的把握，岂会去做一个无趣的游戏？这些年来，我受够了，这世上之事我也看透了。更何况，若我是傻子，伤哥也不会是傻子，难道你会认为他的才智不足以可靠?"胡太后冷笑道。

胡孟的脸色一阵青一阵白，淡淡地吸了一口凉气，他的确已经感觉到他的这个妹妹已经变了，变得很厉害很厉害，的确不再是二十多年前只知道哭啼的小姑娘了，更会为自己的幸福考虑，但仍是不放心地问道："妹妹有什么方法可以控制她呢?"

"我只是让她知道，她永远只会比我们晚死三个月，只要我们死去了，那么她也便只有三个月好活，天下能改变这个命运的只有三个人，一个是我，一个是伤哥，另外一个人，说也是白说，因为他已经不在这个世上了。你认为她在知道了这种情况之后，仍敢猖狂得意吗?"胡太后极为深沉地道。

胡孟神情微微一缓，似乎放心了不少，高兴地问道："如此说来，你仍可随时回来做你的皇后呢?"

"我还有必要回来吗？此时国家已乱成一团糟，回来只是活受罪而已，我又何必回来？只是我却想劝大哥一句，不如将我们的家人移向安全之地，官场始终只会腐蚀人的心灵，更是祸福无定之地。只要我们有实力，就是在任何无人的地方，都可以开拓出一片天地。那种自由自在的生活岂不比此刻担惊受怕更要强上许多?”胡太后淡漠地道。

胡孟一呆，望了望胡太后那一脸认真地样子，幽幽一叹，道：“妹妹所说极是，我是该为以后准备一下了，在乱世之中，官场的确不是长久之地!”

“哥哥明白便好，不知道伤哥的行动实行得怎样了?”胡太后淡然问道。

“进展得很顺利，但徐老先生说过，在她的容颜定型之后，必须要半年时间的固定生长，使得面部肌肉不至于人在搓洗及活动之中变形。所以，手术可能会在过年之后才能真正落实!”胡孟认真地道。

“还要这么长时间?”胡太后微微一皱眉道，同时放开脚步向院内行去。

胡孟只得陪着她行入里面。

“你叫绝情，可曾记得?”金蛊神魔田新球冷漠、阴狠道。

“我叫绝情，我记得!”一名面容如冰、语气却极为恭顺的年轻人回应道。

“你的亲人是谁你知道吗?”金蛊神魔田新球目中射出几缕得意而又狂热的光芒，紧紧地问道。

“我没有亲人，从小便是个孤儿！是主人你将我扶养成人。要说亲人，你便是!”绝情的声音依然冷漠无比地道。

“很好，那你的命是属于谁的?”金蛊神魔田新球开心地问道。

“我的命是属于主人的，主人让我死，我便死；主人让我生，我便生。上刀山，下火海，绝情义不容辞!”绝情声音坚定地道。

“那好，我要你在自己的手臂之上割一块肉给自己吃!”金蛊神魔田新球狠辣地道。

“哧……”剑光一闪，一块带血的肉自绝情手臂之上飞起，绝情的另一只手如电般在虚空之中一抓，刚好抓住那块几有三两重的生肉，便毫不犹豫地往嘴中一抛，连咬都不咬，便吞入了喉中！

金蛊神魔与一旁的尔朱天佑在恶心的同时大吃一惊，如此大的一块肉，绝情竟丝毫不嚼地吞了进去，连喉节的波动都未曾有过，这是什么功夫？

金蛊神魔田新球神色间这才真的露出欢悦之色，不由得微微有些得意，向尔朱天佑望了望。

尔朱天佑爽然笑道：“恭喜田宗主拥有这么一个高手！”说着又向立在一旁的绝情望了望，眼角却发现他的爱犬正在拉屎，不由得喝道：“给我将它吃掉！”同时手指向地上的狗屎。

“你是什么东西？若不是看在主人的面上，今日定会将你剁成一堆烂泥去喂你的狗！”绝情横眉冷目，话语中充满了无尽的杀机。

尔朱天佑大怒，同时也感到一阵寒意，因为他感觉到绝情那比普通高手更浓郁百倍的杀气，像是无数尖利的冰针直刺入他的心脏之中，但碍于身份，不由得怒喝道：“你想找死！”

“找死的人是你！”

“大胆！绝情，还不快向三当家的道歉！”金蛊神魔田新球也神色大变地打断了绝情的话，叱道。

“是，主人！”绝情立刻变得恭顺，也不止住臂上流出的血迹，便向地上单膝一跪，抱拳道：“对不起，三当家的，绝情刚才实在是太过于冲动，冒犯之处还请多多包涵！”

“要我原谅可以，但你必须将那堆狗屎给我吃下！”尔朱天佑冷笑道。

绝情脸色一阵青一阵白，身上的杀气也愈来愈浓，整个石室之中几乎都快成了冰窖，几名管监的弟子都打起冷战来，绝情没有发作，只是将目光投向金蛊神魔田新球，却是询问之色。

尔朱天佑亦紧张了起来，他明白，此刻绝情一旦发作起来，他完全没有把握胜得了对方，因为他知道，此时的绝情，世上能是他对手的人已经太少太少！

金蛊神魔田新球歉意地向尔朱天佑道："不好意思，绝情有失礼节，还请多多包涵！"同时对着绝情喝道，"三当家既然已经说了，还愣着干吗？"

绝情身上的杀气突然间全敛，温和地应了一声"是"，这才站起身来，缓缓地走向那堆狗屎，伸手毫不犹豫地抓起来，放入嘴中，竟像是吃美味佳肴一般吃了起来，那手臂之上的血渍滴在狗屎之上，更显得肮脏不堪，可是绝情似乎丝毫不觉，也似乎嗅不到臭。

一旁望着的金蛊神魔、尔朱天佑和几名亲卫，不由得全看傻了，随之忍不住全都低头呕吐不止，那种恶心的感觉，似乎吃狗屎的人不是绝情，倒好像是他们自己。这一吐，几乎连肚子里的黄胆都吐了出来，更别说是吃过的饭了。

"不要再吃了，不要再吃了！"尔朱天佑实在受不了这个场面，不由得呼道。但他的话并不管用，绝情根本就不听他的，仍然继续津津有味地吃着。

"不要再吃了！"金蛊神魔田新球虽是见过大风大浪之人，可哪里见过绝情如此品鲜一般地吃狗屎之法？呕吐之余只得呼停。

绝情这才恭敬地应了一声"是"，才优雅地立身而起，用手擦了擦嘴，再将手在一旁的水桶中洗干净，又洗了洗嘴，方温顺地立在金蛊神魔田新球身后。

"真要恭喜田宗主，拥有如此忠心的属下，真叫天佑羡慕不已！"尔朱天佑认真地道。同时，也在另一只桶中捧了几捧水嗽了嗽口。

金蛊神魔田新球充盈着喜悦之情，道："我的属下也便是大宗主的属下，咱们还不是一家人吗？三当家有什么事情只管吩咐好了！"旋即又转身对着绝情道，"今后，跟三当家便是一家人了，三当家若有什么用得上你的地方，你也一定要尽力去做，明白吗？"

"是！"绝情恭敬地应道，然后向尔朱天佑抱拳道，"今后若有用得上绝情之处，还请三当家的吩咐，绝情绝不会退缩！"

"好！今后咱们便是一家人了！"尔朱天佑高兴地道，同时又向金蛊神魔田新球伸出大拇指赞道，“田宗主用毒之术真是让天佑佩服得五体投地，居然能炼出如此毒人，真是前无古人后无来者!”

“三当家过奖了，这只是师门秘术而已，也是这万里挑一的种子才会有如此效果!”金蛊神魔田新球欢快地道。

“绝情一切与常人无异，可真是难得。好！我们今日应该去好好庆祝一番了!”尔朱天佑也欢快地道。

“那便由三当家做主了!”金蛊神魔田新球谦恭地道。

“大哥此刻正在堡中，我想不如让绝情与我大哥见见面也好，看看我大哥可有什么事情需要绝情去做，试试绝情的办事能力也好!”尔朱天佑提议道。

“哦，大宗主也来了朔州，那可真是再好不过了!”金蛊神魔田新球喜道。

“眼下，战乱纷起，朝中已无大将可用，岂能不靠我们几大家族撑起门面呢？我尔朱家族更是四族之首，明帝小儿无能，焉有不乞我尔朱家族之理?”尔朱天佑得意非常地道。

“那这岂不正中大宗主的下怀了?”金蛊神魔田新球意味深长地问道。

尔朱天佑心照不宣地放声大笑起来，金蛊神魔田新球也陪着一起大笑起来。

蔡伤见胡太后莲步行入，目光立刻变得无比温柔地道：“秀玲今日仍有空过来吗？我还以为你这几日定是被俗务缠身呢。”

胡太后微微一笑，道：“就算是俗务再忙又如何？这里可是秀玲的下半生幸福，我能不来吗？更何况我一日未见伤哥，心中便不踏实，总似乎少了些什么。所以，我怎能够不来呢?”

胡孟、蔡新元等诸人立刻知趣地退下了，唯留下两人静静相对。

“是呀，这的确是关系到秀玲下半生的幸福，只是让我心里很是不安。”蔡伤语气有些忧郁，更稍带几许伤感。

“伤哥，你有心事对吗？有什么话不能够对我说的呢?”胡太后温柔地偎入蔡伤的怀中，娇柔地问道。

蔡伤的手将怀中的可人儿搂得更紧，却仰头望向虚空长长一叹，似乎无限的凄苦在这一声长叹之中尽吐而出，然后才伤感地道："今日是风儿失踪一周年的纪念日，大柳塔最后一面都未能相见，也不知风儿是生是死，这一年来却没有一点消息！"

"原来伤哥想着风儿，唉，这一年多来，如果他仍在世上的话，怎么也应该有个信。算了，伤哥，我们不要想这些不开心的事，好吗？让我们多想想将来，岂不是更好？"胡太后笑声有些干涩地道。

蔡伤苦涩一笑，轻轻推开胡太后的娇躯，缓缓踱步至窗边，背负着双手，低低一叹道："风儿本是我这一生之中最大的希望，可是上苍总喜欢与我蔡伤开玩笑，难道这就是命吗？"

胡太后神色有些黯然，从背后紧搂住蔡伤粗壮的熊腰，幽幽地道："可是你还有我呀！"

蔡伤黯然地反手抚摸着胡太后的俏脸，依然是那般嫩滑、温润。感激地道："秀玲对我真好，让秀玲陪着我一起过那种粗茶淡饭的生活，可真让蔡伤心中不安呀！"

"只要能与伤哥在一起，我什么都不在乎，锦衣玉食有什么好？人只要心头舒坦、快活，其他的又算得了什么？"胡太后认真地道。

蔡伤依然极为苦涩地摇了摇头，道："现实和理想完全是两回事，现实之中，一切都是那么实在，痛苦就是痛苦，艰难就是艰难，没有丝毫可以转变的余地！"

"伤哥是不相信秀玲了？"胡太后仰起俏脸，眼中露出让人心碎的凄迷之色。

"不，我相信秀玲，在这个世上若连秀玲也不能相信的话，大概已经没有人可以信任了！"蔡伤肯定地道。

"那伤哥还有何顾虑，还有什么担心的呢？"胡太后不依地问道。

蔡伤咬了咬牙，诚恳地道："我只是想让秀玲三思，你真的要这样决定吗？你可知道这种决定，可能会拖累很多很多人，你想过吗？"

“我想过，我知道，这些日子，你以为我都是在为那些血腥的战事而烦恼吗？不是！我这些日子只是在想，这个决定可能会影响到哪些人和事，但我却从来都没有想过要改变。我今日的决定，难道伤哥还不明白吗？”胡太后坚决地道，旋即又道，“这假太后保证不会有人识破，因为根本就没有人敢去怀疑她，更没有人敢去验证。何况，她的举止、言谈都与我几乎无所分别，对我以前的事所知也不在少数，定不会出什么纰漏。朝中又有郑俨、徐纥诸人支撑，这些人也糊涂得可以，只懂得讨好拍马屁，这便减少了许多可能发生的情况。这两人更是我一手捧起来的，这一点我岂有不知之理？他们正是我预留的后路。只要我们过一段日子，便让假太后升天，一切将会变得神鬼不知了。”胡太后沉声道。

蔡伤心头一震，道：“那样可能会弄巧成拙。”

“伤哥怎会有这种想法呢？难道有什么不妥吗？”胡太后诧异地问道。

神池堡，朔州最大也是让人最敬畏的城堡，只因为神池堡正是秀容川尔朱家族的产业，更为尔朱家族一个重要的发展基地。

江湖之中，很少有人知道神池堡的内幕，便像是没有人知道尔朱家族到底有多大潜在实力一般，只因为尔朱家族的确有那种不让外人得知的实力。

神池堡今日似乎气氛要比往日好多了，那是因为尔朱荣今日竟亲临朔州。

尔朱荣亲临，并带来了朝中请求让尔朱荣出战的消息，这将会让尔朱家族在军中的地位更大幅度地上升，对尔朱家族来说，这无疑是一个一展身手的大好时机，这自然会让尔朱家族的任何人都振奋不已。

金蛊神魔田新球等人行入大厅之时，尔朱荣已端坐于太师椅上，淡淡地品着茶。

这是一个武人，看上去如雄狮一般，高大威猛，坐在太师椅上，很自然地便成了这大厅之中的主要风景。

但让人心颤的并不是这些，而是那种若隐若现的气势，不用任何做作，不用任何表示，那种气势便深深地自他的体内散发出来，那是一种自然而恬静的内涵。

这位似粗野的武人，却有着极为优雅的品茶动作，是那般自然，那般悠闲，似乎是在赏花观月一般，深具诗情。

就在金蛊神魔田新球踏入大厅的那一刻，尔朱荣抬起了头，那双亮得不能再亮的眼睛，却没有逼人的光芒，反而是一种温柔得让人禁不住想亲近的感觉，这很不可思议，的确很不可思议，这几乎是两种极为矛盾的表达方式，但这却是事实。

金蛊神魔田新球的心头一惊，立刻变得无比恭敬，抱拳道："见过大宗主!"

"田宗主有礼了，备茶!"尔朱荣立身而起，极为客气地伸手做出请的姿势道。但他的目光却不是落在金蛊神魔田新球的身上，而是落在行于金蛊神魔田新球之后那始终冷漠如冰的绝情身上，眼神之中却多了一些无比的惊诧和讶异。

"还不快见过大宗主?"金蛊神魔田新球向绝情喝道。

绝情忙上前几步恭敬地道："绝情叩见大宗主!"

尔朱荣的身形突然出现在绝情的身边。

好突然，好突然！谁也没有见到他是怎样行过两丈距离的，甚至连一阵风也没有，或许他本身便已经在绝情的身边了。

金蛊神魔田新球来不及惊呼喝止，绝情已经出手了，因为尔朱荣先出手。

"砰……砰……"两下闷响，绝情的身子与尔朱荣的身子都未曾移动分毫，在所有的旁观者都未曾来得及反应的时候，二人已经重重地交换了两招。

此刻，所有的旁观者都感觉到了那溢散出来的劲气，凌厉得竟将那附近的木椅全都绞成粉碎。

"咝……"尔朱荣的手指像是一柄无坚不摧的利剑，射出一缕乳白色的朦胧之气，纵横交错成一张巨大的网。

绝情的双掌在空中虚斩，看似毫无意义的动作，却让那被织成的一张巨网全都被无形的气劲撕成粉碎，在抵达绝情身边之时，已经根本够不成任何威胁。

尔朱荣神色一变，一声低啸，十指齐出，无数乳白色的气柱便如交缠飞舞的狂蛇向绝情扑去。

绝情的神色也变得无比沉重，身形一错之时，便如幽灵一般倒射而出，在虚空之中再奇迹般地拔升而起，双手连搓，两道赤红的厉芒，竟自肉掌之上闪出，然后大厅之中的气温立刻陡升！

“不得无礼！”金蛊神魔田新球骇然惊呼道。

升入空中的绝情听此一呼，立刻再改方向疾冲而出，竟顶破瓦面，蹿了出去。

“嗞……”无数声细响，尔朱荣指上的劲气竟将那坚硬的灰砖墙击出无数个小洞来。

“啪……”天空之中坠下一只被射出三个小洞的鞋子，然后，绝情的身子才随着碎瓦而落下，神色依然是那般冷漠！

“好！真是英雄出少年，田宗主能得如此少年高手相助，真是可喜可贺呀！”尔朱荣高声叫道。

金蛊神魔田新球目睹绝情刚才那神乎其技，与尔朱荣竟可战成平手，甚至有反攻的机会，这般身手，叫他如何不欣喜若狂？暗忖这毒人果然没有白练，得意之色却不敢稍露于表面。不由得道：“我毒宗愿全力为大宗主效命，若有所差遣，我定当肝脑涂地地去做好！今后，我和绝情便全听大宗主的吩咐行事！”

“哈哈哈……”尔朱荣欢快地笑道，“田宗主既有此心，我当然不能让你失望，将来若我魔门合并的话，你就是我魔门的右护法，只要有我尔朱荣一天，荣华富贵，我们共同分享！”

“有大宗主此话，我便放心了！”金蛊神魔田新球面带喜色道。

“不知你的师尊如何称呼？”尔朱荣饶有兴致地淡然向绝情问道。

“绝情没有师父，只有主人！”绝情认真地道。

“哦?”尔朱荣一愕，不由得扭头向金蛊神魔田新球望去。

“大哥有所不知，这毒人正是田宗主这些日子以来费尽心血和汗水的结晶，难道大哥不要为之庆贺一番吗?”尔朱天佑不由得提醒道。

尔朱荣深深地看了金蛊神魔田新球一眼，神情有些古怪地又望了绝情一眼，这才放声开怀地大笑起来。

大厅之中的众人都是莫名其妙，但听尔朱荣高声吩咐道：“大摆酒宴，为绝情开始新生而庆贺!”

蔡伤淡然一笑，道：“秀玲可知道，若是太后突然驾崩，那这个北魏朝廷将会发生怎样的一个变化?你知道吗?孝明帝年岁虽已渐大，但他却主要是依靠尔朱家族，而朝中极多大臣却只是依附你，使得平日尔朱家族对这些人怀有戒心。一旦这假太后驾崩，最先得利的将会是尔朱家族，那时候满朝的官员可能全都只有一个极为悲惨的结局。留着她，我们仍然有遏制尔朱家族的力量，难道秀玲没有想到过吗?”

胡太后神色一变，旋又娇慵地偎在蔡伤的怀中，平静地道：“一切便由伤哥做主好了，只要能与伤哥好好地待在一起，其他的一切都不再重要!”

蔡伤温馨地笑了笑，道：“让我去看一看假秀玲吧，你们便站在一块儿，看我是否分得清你们谁是谁?”

“要是连你都分不清我们谁是谁，那可不行?”胡太后不依地道。

蔡伤淡淡地一笑，道：“就算那整容之术再怎么神奇，就算是天下只有一个人能分清，那个人便会是我，而不是你，你相信吗?”

胡太后不由得娇嗔道：“撒谎，连我自己都不认识自己了，那你怎么能够辨出来呢?”

蔡伤哈哈一笑，道：“反正两个都已是一样，我随便选一个不就行了吗?”

“哦，你原来在戏弄我，我不来了。”胡太后粉拳不断地击在蔡伤的身上，不依地道。

“说笑的，就算那假秀玲再怎么学得像，但每个人都会有自己的独特气息，那是任何人也改变不了的，更何况真情和假意很容易辨清，我爱的是你，你爱的同样是我，对于我来说，这便足以凭我的灵觉分清你们谁是真谁是假了。”蔡伤认真地道。

“真的?”胡太后有些不敢相信地问道。

“当然是真的，难道你连我的话都不相信了吗?”蔡伤严肃地道。

胡太后抬起俏脸，望了蔡伤那严肃认真的表情一眼，不由温顺地道：“伤哥的话我当然相信啰，我们还是一起去看看进展如何吧?”

蔡伤眼角闪出一抹淡淡的温柔，却始终不能扫去那几缕幽幽的哀愁和伤感……

“目前，天下的乱局，如果由我们尔朱家族收拾的话，那天下的军权将会尽数掌握到我们魔门的手中来，到时候天下还有什么人敢不听我们的吩咐?”尔朱天佑高兴地道。

“三弟所说的确是有理，这一次朝廷调集我们去对付破六韩拔陵，代替李崇和崔暹诸人，本就是对我们的一种支持鼓励。想想，这次与柔然人联手，破六韩拔陵岂有不败之理?虽然此人是个不世的将才，当今或许仅有蔡伤堪与其匹敌，不过这次他却只能做困兽之斗了。阿那壤自武川至沃野强攻，我们完全可以只采取配合之势，无需出多大的力气，到时候，阿那壤与破六韩拔陵拼个两败俱伤之时，我们便可以乘机进攻，将阿那壤赶出六镇，如此一来，在世人的心目中便会定下我尔朱家族的真正军事实力，不怕到时皇上不给我们兵权!”尔朱荣目中射出狂热之色，分析道。

“看来真是天佑我魔门，让我魔门有如此好的机遇，若是不成就一番大业，岂不是对不起我魔门的列祖列宗?”金蛊神魔田新球神色微有些激动地道。

“目前朝中皇上让我想想办法杀杀莫折大提的凶焰，这一年多来，莫折大提的确是凶焰日盛，他手下的起义军虽然没有破六韩拔陵的义军那般凶悍，也没有他的规模大，但莫折大提的义军却已是深入我大魏的心脏，对朝中所起的威胁却更大。他的实力不是乞伏莫于所能相比的，在西部，最可虑的便是莫折大提与胡琛这两路义军。不过，也只有他们才可以使我们的权力更大，所以这些义军是我们的大敌，也是我们的垫脚石，只要我们能够好好地利用，自会有我们的好处！”尔朱荣淡然道。

“对了，不如让绝情去将莫折大提杀了，那岂不是一了百了？”尔朱天佑提议道。

尔朱荣不由得把目光投向金蛊神魔田新球，金蛊神魔爽朗地一笑，道：“一切全听大宗主的吩咐！”

“能杀死莫折大提那自是好事，但想杀他却不是一件容易的事情，且不说莫折大提本身就是一个难得的高手，而他身边更是高手如云，兼且身在军中，想杀掉他的确不易，就是我亲自出手，都无望在五招之内取他性命。但若要除去他，一招都不能够有失，否则只能够打草惊蛇！”尔朱荣淡然道。

“那绝情去不也是毫无用处吗？”尔朱天佑疑惑地问道。

“试一下总会好些，以绝情的武功，就算杀不了他，全身而退却是绝对没有问题的！”尔朱荣肯定地道。

“那就由绝情自己去想办法吧！”金蛊神魔田新球得意地笑道。

“绝情自己想办法？”尔朱荣疑惑地问道。

“不错，绝情并不会比任何正常人笨，除了他的脑部指令神经受损之外，其他一切都与常人无异，相信大宗主听说过蔡风其人吧？”金蛊神魔田新球得意地道。

“当然听说过，传说这年轻人无论是智计，还是武功都已经被天下武林公认为一等一之人，更隐隐有年轻一代第一人的势头。只不过在一年前大柳塔战役后，江湖之中再也没有传出关于他的消息，难道这绝情会跟他有关系？”尔朱荣疑问道。

“大哥有所不知，这绝情其实就是蔡风，只因为大哥这一年多来一直闭关修炼，一出来又被朝中召去，所以小弟才没有对大哥讲明而已。”尔朱天佑高兴地道。

“哦，这绝情就是那震动朝野的蔡风？难怪如此年轻便有如此高深莫测的武学功底，我还是在上京之时听到有关他的事，却想不到出关的第一次出手便是与这个轰动江湖的小子交上了。哈哈哈……田宗主可真是有办法呀！”尔朱荣诧异而又转为欢悦地道。

“这还是三当家出力不少呀，否则，我哪能够得到如此好的毒人材料呢？说真的，这小子的武功和智计的确高人一等，破六韩拔陵屡屡栽在他的手中，就连那冷傲无比的卫可孤和狡猾无比的鲜于修礼都在他的手中惨败过。他的真实武功本已与破六韩拔陵等人不相上下，但在变成毒人之后，武功又陡增数倍，才会成为今日这种局面，但却只是一个杀人的工具而已！”金蛊神魔田新球极为兴奋地道。

“那田宗主可曾想过再炼出几个资质较高的毒人呢？”尔朱荣似乎有些意味深长地问道。

田新球心中一震，却极为轻松地笑了笑道：“这炼制毒人并不是一件易事，眼前的绝情，虽然我花了八个多月时日，但仍未能将他完全驯服，甚至使我有些心力憔悴之感，哪还有心思再炼制下一个毒人呢？”

“哦，那是怎么回事？”尔朱荣惊奇地问道，神情之间似乎有些不敢相信。

金蛊神魔苦涩一笑道：“都是自己人，也没有必要隐瞒什么，这个绝情虽然很听话，也绝对服从主人的命令。可是当我没有在他身边之时，他潜在的本性会占据他神经和思维的主要部分，也就是说，他在没有受到命令之时，会成为一个善良而心慈手软之人，甚至比他未成毒人之前的蔡风更为心慈手软，几乎是将至善的一面发挥出了六七成！”

“这是为什么？”尔朱荣也有些好奇地问道。

“那是因为他身具一种佛门极为深奥莫测的神功。当我将他折磨得意志完全崩溃之时，虽然我及时灌输了我的意念，可这种佛门的神功却也在这种时刻发挥了最大的功效，竟将他本性善良的一面极尽激发，反而具有一个悲天悯人的修行者之心性。后来，我只得以药物和魔功压抑他的佛性，本想泯灭他的善良，可是我始终无法完全驱除那一点本性。因为佛性已与他的精神合为一体，除非让他死一次，否则，他不可能泯灭那潜在的意志。因此，让他身系魔佛两性是我这次炼制毒人的失败之处，也是我未曾想到的结局。”金蛊神魔田新球苦涩一笑道。

“竟会有这般奇功？那这样会带来什么后果呢？”尔朱荣忍不住问道。

“他身兼魔佛两性，对我们行事并没有什么妨碍，只要我给他下达一个命令，那他在执行这个命令之时，会是个活生生的魔王，不择手段，凶悍绝伦。可若是我不给他下达命令之时，他就会表现出佛性的那一面，悲天悯人，不忍杀生，也就是毒人的弱点，也很可能就是在这一点之上毁去他自己。因此，如今的绝情虽然是千古以来毒人史上最好的一个，可仍然不是最完美的一个。”金蛊神魔并未隐瞒地道。

尔朱荣和尔朱天佑见金蛊神魔毫不隐瞒地讲出毒人的弱点，心下自是欢快异常。因为这正证明金蛊神魔诚意与他们合作，若是尔朱荣再有怀疑，那岂不是对不住田新球的一片诚意了？不由问道：“那田宗主对绝情刺杀莫折大提可有把握？”

“对付莫折大提应该不会有问题，只是没有我在身边，只怕节外生枝多添烦恼是难免的。但我相信绝情绝对可以割下莫折大提的脑袋！”金蛊神魔自信地道。

“好，既然田宗主如此看好这绝情，那便让绝情去完成这个任务吧，我在近几日仍要去平城与李崇交换文书，需将那些兵士重组一次，使他们更具战斗力。三弟不要忘了，我们需要招收一批属于自己的真正实力，这些事情便由你与二弟去安排。此次我更要带同兆儿去见见世面，田宗主若不介意，不如便在神池堡暂时住下，可以对我们剑宗的武学指点指点。”尔朱荣悠然道。

金蛊神魔田新球一听大喜，不由得感激道：“谢谢大宗主的不弃！”

“哈哈哈……田宗主何必如此说呢？自此，我们便真的是一家人了。为了一个共同的目的去努力，又分什么彼此呢？”尔朱荣爽声笑道。

“不错，田宗主今后和我们就是一家人了，咱们不必说什么两家话！”尔朱天佑附和道。

金蛊神魔田新球何尝不知道对方是想利用他的毒术与毒人，但他更想去了解剑宗的高深武学，因为他师父曾经说过，数宗之中，只数剑宗的武功最为深奥，而且还拥有魔门至高宝典《天魔册》十册之中的四册梵文经书。这对于一个熟知魔门的人来说，无疑是一种极大的诱惑。数百年来，魔门中人虽然高手辈出，但之后谁也无法参透十卷《天魔册》之上记载的魔门最高武学“道心种魔大法”。传说只有魔门创派始祖一人练成而身登天国，但之后谁也无法悟透其中的奥秘，这一刻尔朱荣竟请他共学剑宗武功，岂能叫他不兴奋呢？

凌通依然极早地爬起来，这似乎已经成为了他的习惯，他仍未能盼得蔡风归来，也未曾等到凌能丽的出现。

可他隐隐觉得，他们终会有出现的一天。不过，此次他上山守望并不只是为了盼望蔡风的归来，而是去迎接一个人的挑战。

这一年多来，凌通的个头长得极快，看上去竟似有十五六岁的模样，整个人更似充满了小豹子一般的活力。

看着凌通的变化，由不懂事的顽皮，变成了让人无法测度的深邃，凌跃夫妻看在眼中，喜在心头。

村中人没有盼回蔡风和凌能丽，也没有人会忘记蔡风和凌能丽，凌通便似乎成了他们的影子，即使凌通不似他们的影子，这些人也无法忘记凌能丽。特别是年轻人，从杨鸿之以下，没有人会不怀念凌能丽，也更加憎恨蔡风。因此，想忘掉两个人是很艰难的一件事情。

但村中之人今年却发现了一件极为异样的事，那是清明之时，有人看见在凌伯夫妇的墓前竟烧有很多纸钱。

这是谁干的呢？

村中之人全都充满了疑惑，但猜测归猜测，并没有人想到其他，只是稍稍惊异而已，凌伯的墓地经常有人去打扫，那就是凌跃夫妻，村中之人都只道凌伯与凌跃两人是兄弟关系，可凌跃却深深地感到主人的大义，只可惜凌伯死了，在他的心中留下了愧疚的阴影，所以他们对凌通的成长感到极为高兴。

凌通很快便到达了山顶，这一年多来，他几乎已经把这个山顶之上的大小树木给修理光了，唯剩下一株株满目疮痍的木桩，静静地立着。

凌通坐于一株比较大的木桩之顶，进入一种禅定的状态之时，那条猎狗才出现在山下那转角之处。

这一段日子，猎狗的脚力再也无法与凌通相比了，算起来，却也有那蒙面人的功劳在其中。

这一年多来，凌通没有一刻放松过练功，那种刻苦的劲头，就连那蒙面人也大感惊讶，凌通进步之神速也超出了蒙面人的想象，虽然那蒙面人并不是每天都来，有时候十天半月才来一次，有时候却是三两天便会来一次，似乎凌通每一天都会有一个进步，每一天都会让人有新的惊讶。

第六十章　剑道痴者

红日将倾之时，凌通突然感到一股压力向他逼了过来，更感觉到一股冰冷的寒风拂过。

他不必睁开眼睛便知道这是怎么一回事，身形立刻如灵雀一般闪了出去，在空中竟然倒掠了一下，射上另一株木桩。

“你不是他，你是谁?”凌通目中闪出一丝寒芒，冷声问道。

一道消瘦的身影静静地立在凌通刚刚坐过的树桩之上，手中却是闪着寒芒的长剑。面部也被一块黑巾罩住，头上却戴着一顶极高的帽子，眼神看上去极为冷峻。却并不是一直以来指点凌通功夫的蒙面人，虽然凌通未曾见过对方之面，但凭直觉知道这一点。

“我是谁你不必管，我只想知道‘剑痴’在哪里?”那蒙面人冷冷地道。

“什么‘剑痴’、‘刀痴’的，我怎么知道在哪里，真是莫名其妙。”凌通嘀咕道。

“大胆，竟敢对本座如此无礼!”那蒙面人怒喝道。

“谁对你无礼了？无礼的人是你，一个大家伙却来偷袭一个小孩，也不害臊，蒙着头脸，一看就不是正人君子，天下哪有人会对你这种人有礼呀!”凌通恼怒对方偷袭，竟开口一阵乱骂，直让那蒙面人目中寒芒四射。

“好一个牙尖嘴利的小子，待会儿将你这张用来吃奶的嘴切成八瓣，看你还能说出些什么?”蒙面人狠声道。

凌通闻言，伸手一摸嘴巴，揶揄道：“我好怕哦!”

蒙面人大怒，喝道："果然和'剑痴'是一副德行，先宰了你这个臭小子再说！"

"慢，慢，你怎么如此沉不住气？一点高手的风范也没有，难怪要蒙着脸不敢见人。"凌通后退了一步，摇手急道。那蒙面人身上所散发出来的杀气和气势的确够惊人，使得很少有实战经验的凌通禁不住有些心慌。

蒙面人一听，果然强压怒火，凌通所说的当然没错，面对一个小孩也如此沉不住气，岂不是大失身份？不由得冷哼道："你小子倒是诡计多端，是不是怕了？只要你说出'剑痴'的下落，我就可免你一死！"

"什么'剑痴'？我从来都没听说过是什么家伙，问我也是白问。"凌通淡然笑道。

"那你的武功是谁所教？"蒙面人冷冷地问道。

"本少爷自幼聪明机灵无比，无师自通，这样可行？"凌通并不畏惧，傲然道。

"放屁！你刚才的身法和前两天施展出来的剑法，怎会是无师自通呢？"蒙面人怒骂道。

"你看你，骂得这么粗鲁，一听就知道修养不高，没有内涵，对小孩子不能这样粗声粗气，那会有损形象的。"凌通指着蒙面人，竟像是在责怪自己的晚辈一般。只气得蒙面人直发抖，怒叱道："你……"却说不出话来。

凌通不等对方发难，又接着道："你倒说说，这个'剑痴'到底是什么人？好像他与你有什么深仇大恨似的，他杀死了你老娘吗？"

"他杀了你娘才对，告诉你小子也无所谓，他乃是本门的叛徒，因此，必须杀之！"蒙面人怒骂道，可是想到凌通刚才说他沉不住气，不由得又降下了一些怒火，声音也缓和了不少。

"难怪，都是一丘之貉，一个个皆是见不得人的家伙。"凌通不屑地道。

"这么说来，你是承认见过他啰？"蒙面人喜问道。

"谁见过他来着，他也没有告诉我他叫什么名字，还不知道是不是你所说的'剑痴'、'刀痴'之类的。"凌通淡淡地道。

“本门之中只有两人，你的武功若是他所授，那他就一定是‘剑痴’！”蒙面人肯定地道。

“是他又怎样，可惜我也不知道他住在什么地方，这会让你大失所望了吧？”凌通摊了摊手，装作无可奈何地道。

“哼，他不在，我杀了他的弟子，他定会出来的！”蒙面人冷冷地道。

“谁是他徒弟了？学了他这么一点狗屁功夫，他却骗去了我一大堆烤兔。骗吃骗喝的家伙怎能做我的师父呢？”

“就算你不是他的弟子也得死，本门的武功又岂能让外人得知？你是要我动手还是自行了断？”那蒙面人声音无比冷漠地道。

“你讲不讲理呀？你们门派中的武功很稀罕吗？我还懒得学，稀松平常得很，我看你呀，不如改投别派，拜我为师好了。大不了我指点不了，便请你师公指点两招也行呀！”凌通不屑地道。

那蒙面人听到这话大为皱眉，怒叱道：“大胆！你竟敢小瞧本门的武功，就受死吧！”声音刚完，人和剑已经到达凌通身前的三尺之内。

“哇，这么凶！”凌通话一说完，就像只猴子般滑下木桩，竟躲过了对方这凌厉的一剑。

那蒙面人不依不饶地向下扑去，身法再一次加快，剑势显得更为凌厉。

“以为我怕你呀！”凌通气恼地道，同时双脚在地上一点，斜斜地掠上一株木桩，在那蒙面人迅速上跃的时候，迅速无伦地自怀中抽出那柄短剑，疾刺而出。

这一剑，无论是角度、速度和力度都是那般狂猛，显出了凌通这一年多来深厚的功底。

蒙面人的眼角闪过一丝讶然，手中的长剑斜斜一挑，竟是与凌通对刺。占着长剑的优势，绝对会在凌通短剑刺入他的身体之前，而将自己的剑刺入凌通的身体之中。

凌通岂会不知道后果，虽然他的剑快，角度准，但对方以逸待劳，只待他向剑上扑，他岂会干如此蠢事？短剑斜斜划出，斩在对方的剑身之上，在对方以长剑荡开的那一瞬间，竟踢出了两脚。

凌通很自信自己的脚，因为，曾不止一株树桩在他的脚下翻倒，更不止一只野狼在他的脚下丧生。所以凌通对自己的脚劲极为自信。踢得也非常认真，每个角度都如同精心选择之后的决定，且每一脚的速度都很快！就如两道极为朦胧的幻影！

但凌通却踢了个空，那蒙面人的速度似乎也不慢，在他踢出第一脚的时候，对方已如一条滑溜的蛇一般，闪了开去。

“轰……轰……”碎木如蝗虫一般乱溅而出，凌通的两脚全都踢在那株粗大的树桩之上，他绝没有半点停滞，借树桩的反弹之力，身子也倒掠而回，向那神秘的蒙面人扑去。这正是五台老人所教授的身法，使得凌通比豹子更灵活，更凶猛。

那蒙面人手中的长剑振荡出一幕晶莹的色泽，像是夕阳之下的湖水，闪烁着耀眼的光芒。

凌通惊讶地“咦”了一声，手中的短剑也如矫龙般游滑而出，正是蔡风抄写经书的笔法。凌通每一日都在不停地比画着这些笔画，每一日都在苦思这些笔画之中所包含的剑式，此刻一出手竟然随意所指，自然至极。

“叮叮……”一串脆响过后，凌通的身体倒飘回一株树桩，对方也同样掠上一株树桩，有些惊讶地望向凌通。

“怎么样？不是你们什么狗屁门派的功夫吧？要不要拜我为师，让我教你这套举世无匹的剑法？大不了去请教我的师父，即你的师祖嘛！”凌通嘴上不饶人地笑道。

“哼，小子无知，让你知道我的厉害！”话音刚落，“嗞……”蒙面人的剑更快，就像是可怕的魔龙，拖起一阵冷厉无比的杀气逼向凌通。

“打便打呗，谁怕谁来着！”凌通小嘴一翘不屑地道。同时手上可不闲着，他深深地感觉到了对方剑上的杀气和劲道都增加了许多，和刚才几乎是没法比的，这才知道刚才对方并没有使出全力。

凌通短剑一横，“当——”地一声，堪堪挡过这迅猛无伦的一剑，但手臂却被震得发麻，虎口险些震裂，身子却被击得向树桩之下翻去。

“呼——”对方一脚刚好从凌通的肚皮之上擦过，若非凌通倒下得快，只怕此刻已被踢得飞出好远了。饶是如此，凌通仍是骇出了一身冷汗，在重重地坠地之前，竟搭上了一截粗根，身子借力一甩，滑到另一株树桩之后，使得那蒙面人无法趁机追杀！

“喳……”那蒙面人竟一剑将那粗大的一株树桩劈成两半，力道之狂、之狠，只让凌通吓得直吐舌头。

凌通哪里还敢与这蒙面人硬击？脚下不停地围着木桩绕转，口中却呼道：“喂，别这么凶好不好？有话好好商量……”

“叮——”凌通不得不回剑再挡一击，却被割下了一截衣袖，吓得他把声音给吞了下去。脚步再次加快，那本来比猎狗还快的动作，与这蒙面人相比之下，却并不怎么样，要不是借着树桩绕来绕去，恐怕早就被截住了！

这片树桩凌通就是闭着眼睛也不会踩空的，熟悉得知道哪里有一个蚁窝，哪里有一道小缝，借这地利之便，一时那蒙面人也奈何不了他！

“喂，你讲不讲理呀？这么大的人欺……负一个小孩，你不怕被人笑话吗？咱们有话好说嘛！”凌通急得直嚷嚷。

“哼，咱们有什么好商量的？难道你愿意自杀吗？”那蒙面人狠声道。

“我不想自杀，难道我不可以加入你们的门派吗？”凌通无可奈何地道。

“加入我的门派？”那蒙面人反问道。

“做你弟子也行，你要是教不了，大不了叫你师父即我师公教我啰。”凌通不得不屈服地道，因为他的确吓慌了，遇上这样一个魔星，又蛮不讲理，只得委曲求全。这是他第一次真的与人交手，却遇上这等厉害人物，哪能不慌？

“哈哈哈……你不是说要我拜你为师吗？”那蒙面人不屑地讽刺道。

“如果你愿意，我也不在乎了；如果不愿意，我就拜你为师也行。咱们和平解决，何必动刀动枪呢？多不雅观……哎呀！”凌通话还没有说完，只觉屁股上一凉，竟被划破了裤子！吓得再不敢说话，只得闷头直跑。

蒙面人也一个劲地猛追，两人纵跃于树桩之间，就如穿花的蜂鸟，无比灵活。

奔不多时，凌通便感觉到气喘吁吁了，额头上更见汗迹。心中暗忖：“奶奶的，今日可是死定了，那死鬼剑痴是个什么老鬼，竟惹来这样一个大灾星，真是苦呀。”

凌通知道若再这样下去，定会被对方抓住，因为两人的身法是同出一门，而对方的功力明显要深厚得多，更纯熟得多，他如何能跑得过对方？只能跑一步算一步，若不是借地势之利，恐怕早被对方剁了。

那蒙面人见凌通呼吸越来越粗重，仍是不停地逃命，心头不由得暗笑不已。

凌通被追得实在没办法了，再次说道：“我真的非死不可吗？”

“不错！你非死不可！”那蒙面人狠声道。

“妈的，你真狠心，我的年纪还如此小就要我去死，难道你没心没肝吗？”凌通气恼地骂道。

“随你怎么骂，反正你得死，要么自杀，要么我动手！”那蒙面人冷冷地尖声道。

“奶奶个儿子，罢了罢了！你别追，我愿意自杀！”凌通最后似乎咬牙想通了，却把蔡风那句口头骂人的话给用了出来。

那蒙面人一呆，身形一滞之下，凌通扭过身来，停住了奔跑，直喘粗气地道：“你别动手，别动手，我自杀就是！”

那蒙面人一愣，旋即觉得好笑地问道：“那你还站着干吗？”

凌通指了指正在喘着粗气的嘴巴，道：“我的气还没喘过来，如果这样就自杀，那在阎罗殿中肯定会成一个病鬼，我已不能活了，难道你让我做一个健康的鬼也不成吗？”

蒙面人见凌通如此一说，好笑地问道：“是谁告诉你这歪道理的？”

“这还用人告诉吗？聪明一点的人都知道肯定是这个样子，除非是白痴才会不明白！”凌通没好气地道。

“你敢骂我?!”蒙面人叱道。

“不敢，不敢！”凌通双手乱摇地解释道。

“哼，谅你也不敢，那便让你平口气吧！”蒙面人似乎极有自信地道。

凌通这才松了一口气，心中却把蒙面人骂了千遍万遍，但却不得不安静地坐下，调匀自己的呼吸，却在暗思该如何脱身，更可恨那老鬼明明说今天会来考验考验他的武功，这一刻却连个鬼影子都没有见到，真他娘的不是东西！

破六韩拔陵的神色极为凝重，眉宇紧皱，赵天武、杜洛周及鲜于修礼诸人的神色同样是无比沉重。

不光是这些人的神色凝重，就连整个义军中所有人的神色都变得极为凝重，阿那壤十万大军自武川进袭，与尔朱荣的大军两头夹攻，在这片无际的大漠之中，竟让他们没有生存之地，谁还能够高兴得起来呢？

“众位还有什么高见？”破六韩拔陵的目光扫视了众人一下，淡漠地问道。

鲜于修礼向赵天武和杜洛周望了一眼，却不敢说话。

“依天武之见，我们增兵固守武川，另外派一路人马远走柔然，直捣阿那壤本营，只要武川守得够长，不相信阿那壤不退兵回头。而尔朱荣此人心思深沉，他定是想让阿那壤与我军拼个两败俱伤，再坐收渔翁之利。如此一来，他的进攻肯定不会太过激烈，我们只能兵分三路而行，否则我们两头受敌，无论是粮草或是人员补充方面根本接不上！”赵天武神色凝重地道。

“天武所说不无道理，但阿那壤的柔然军并非只有十万，在他的老巢至少仍有数万兵马，我们岂能够调出如此多的人马去攻打柔然呢？更何况我远行之军乃疲军，柔然人一向来去如风，勇悍无比。退一万步来说，即使我军不是疲军，也不一定能够占到什么优势，而阿那壤与尔朱荣都可谓是当今世上少有的人物，武川乃为一座平城，是否可以支持得住也是一个问题！”破六韩拔陵语气有些冷漠地道。

“大帅，天武所说的也是个办法，柔然兵马虽然强大，但他们也有自身的弱点。这个弱点，我们却不能不感谢那个已死的蔡风!”杜洛周语出惊人地道。

“柔然军有个弱点?”破六韩拔陵喜问道，众人的目光不由得全都投到了杜洛周的身上。

“不错，柔然人有个弱点，就是柔然人的自身狂傲自大!”杜洛周肯定地道。

“此话怎讲?”破六韩拔陵似在深思地道。

“柔然王阿那壤是一个极为狂傲自大的人，当然他有本事如此狂，单论个人来说，阿那壤绝对可以称得上是域外绝顶高手，比之尔朱荣及蔡伤不会差到哪儿去，应该算是黄海这一类高手之流。我曾下过柔然，对阿那壤的武功是清楚的。”杜洛周吸了一口气道。

“阿那壤真的那么厉害?”鲜于修礼奇问道。

“不错，我并没有和他交过手，但当年郑伯禽却和他交过手。郑伯禽的武功自然是要比黄海差一个级别的，但当时阿那壤根本就未曾全力以赴，他是为了照顾郑伯禽的颜面而已。那次正是当年阿那壤与南朝合作，想吞并北方之时，所以，阿那壤不能让郑伯禽太过难堪，当时郑伯禽是输得心服口服。而当时，我也在场，因此知道阿那壤的可怕之处!”杜洛周肯定地道。旋即又吸了一口气，接着道，“也正因为如此，他不仅看不起中原的高手，亦看不起外族之人，其中最主要的却是突厥。这是一个不能够忽视的民族!”

“突厥族?”鲜于修礼目中泛出一丝欣喜光芒道。

“不错，突厥族，突厥族一直被阿那壤当成奴隶一般看待，但土门巴扑鲁却是一个极有个性的人，没有谁愿意永世做奴隶，突厥族人不想，土门巴扑鲁更不想，而这便是阿那壤的最大弱点!”杜洛周淡然道。

“但一个小小的突厥族又有什么作用?”破六韩拔陵有些不屑地道。

“大帅不要小看突厥族，突厥族的铸造之术极精，这些年来虽不断地为阿那壤铸造兵刃，但更有许多偷偷地与西域各国进行交易。人口也不断地增加，已经不能小看。而且突厥人在马上步下绝不会逊于柔然人，常年与异族击战，可谓勇悍无伦。绝对可能成为柔然人背后的隐患!”杜洛周肯定地道。

“就算突厥族可能成为柔然人的隐患，那又如何？远水救不了近火，谁知道他们什么时候才能够与柔然决裂？我们要的是解决眼下之急!”破六韩拔陵沉声道。

“不，土门巴扑鲁会出力相助的!”杜洛周肯定地道。

“你怎么知道?”破六韩拔陵怀疑地问道。

“这就是蔡风的厉害之处，也就是我说的不得不感谢蔡风的主要原因!”杜洛周神情欢悦地道。

破六韩拔陵、赵天武及鲜于修礼，禁不住都异样地望着杜洛周。

“你在等什么?”那蒙面人望了望凌通问道。

凌通也望了蒙面人一眼，有些犹豫地道：“你也知道，当一个人快要死去的时候，是多么的舍不得这个世界。看，今天天气多好，太阳如此暖和，鲜花开得那般娇艳，树林里的空气多么新鲜，还有鸟儿叫，兔儿跑……”说着竟“呜呜呜……”伤心地哭了起来。

蒙面人一呆，确实被凌通说动心了，但仍然叱道：“哭什么哭，还像个男子汉吗?”

凌通眼光自指缝间很清楚地观察到了蒙面人眼神的变化，不由得刹住哭声，装作极为难过的样子道：“我都是快死之人了，连哭都不准哭，你不觉得太残忍了吗？我这么年轻，世界又如此美好，死了多可惜，我能不难过吗?”

蒙面人故作冷硬地道：“这个世道本来就是残忍的，我残忍？比我残忍的人还多着呢，男儿大丈夫不准哭，知道吗?”

“哦?”凌通故作乖巧地答道，却不言自杀两字。

“你还在等什么?”蒙面人不依不饶地逼问道。

“我是在考虑从哪里下刀子才会痛苦小些，再加上，一个人要自杀，那需要多大的勇气呀？我这么小，不鼓些勇气能行吗?”凌通装作怯怯地道，却偷眼瞟了蒙面人一眼。

蒙面人被弄得啼笑皆非，只得依他道："你快些鼓起勇气，最快的自杀方法，就是一刀刺入气海穴，那样在你毫无痛感之时就会死去！"

"哦，气海穴嘛，这个我也知道，我这就来试一下！"凌通装作傻傻地道，说着真的拿起手中的短剑指向自己的咽喉，目光却在刹那之间充满惊喜之色，高声喝道："老家伙你怎么现在才来？"

那蒙面人不由得顺着凌通的目光，转头望去，但什么也没有看见，这时才知道上了当，扭头之时，凌通已扑至密林之旁，并呼喝着叫猎狗快跑。

凌通正要冲入林中的时候，却突然撞到了一个人的身上。重大的冲力之下，使他竟反跌回来，一下摔在地上。

凌通只觉得屁股痛得像是被烧红的烙铁烙了一下般，但仍是迅速利落地爬了起来，却发现自己所撞的正是被那凶恶的蒙面人叫作剑痴的蒙面人，不由大喜道："你怎么现在才来？我差点就被人宰了，还不快替我报仇！"

那刚至的蒙面人突然捂着肚子向地上一蹲，惨呼道："哎哟，痛死我了，你这狠命的小鬼哪儿不好撞，硬要撞我的肚子，这下可完了，我俩只好等死吧！"

凌通一呆，气恼地骂道："老不死的，你尽要我，别人说撞得死，那你也一定不会例外！既然你这么要我，想我死，那我便干脆先撞死你，再自杀好了！"说着，竟真的毫不客气地一脚向那蹲在地上的蒙面人门面踢去。

"哇，你来真的呀？"地上的蒙面人一惊，身子迅速横移，也不见他起身就躲开了凌通这一脚。

"你这缩头乌龟，有种就受我凌通一脚，都是你害的，谁是你弟子了？谁要学你这些全不管用的功夫？害得人家找我玩命，你还在一旁幸灾乐祸，真是杀千刀的！"凌通越说越气，越气骂得越厉害，似是要把所有怨气都发泄在这蒙面人的身上一般。

“你有完没完？再这样，我把你当烤兔烤了，你小子近年来倒也练了一身肉，肯定味道不错。”那后赶至的蒙面人轻轻一伸手，就抓住了凌通的拳头，微用力一送，凌通即腾云驾雾般倒飞而出。

凌通几乎是完全身不由己，但在加诸身上的力道减小的一刹那，竟知道扭身摆手倒翻几个筋斗，在树桩上一沾足，很稳当地落在地上。口中得意地呼道：“哼，小爷的轻巧功夫还不错吧？”

“我最喜欢自以为轻功不错的人。”一个冰冷的声音自凌通的身后传来，只吓得凌通肝胆欲裂，得意忘形之下，竟忘了那要命的活阎王。心道：“这下可惨了，死定了。”想到可恨之处，凌通禁不住又破口大骂起来。

“死老贼，臭老贼，一群见不得人的家伙，尽知道欺负小孩，算什么英雄好汉？即使杀死了我，也只会让天下人耻笑一辈子。你杀吧，杀吧，让天下人都知道，你这个什么狗屁门派，最擅于做的事就是欺负小孩，虏杀弱小。江湖人们知道你们杀了我，定会说：‘哈哈，这个门派了不起呀，居然能够打赢一个小孩！’杀吧，杀吧，杀了我，到时你们定会名扬天下，天下闻名。哪家若有猪呀、狗呀、小鸡、小猫之类的要杀，定会来请你们。嘿嘿，那时你们发了财，就到我坟前烧些纸钱，我会保佑你们长命万岁，伸头一刀，缩头一斧。仍然打不了你们的壳，斩不下你们那见不得人的龟头……”

“呀！”凌通惨哼一声，被重重摔在地上，只痛得他泪水一滑，椎骨欲断。

“你小子满口是屎，说了这么多，还未骂够吗？”那陌生的蒙面人怒道。

凌通龇牙咧嘴，呻吟了两声，眼中喷出怒火，又大骂道：“老子只骂了你这乌龟儿子、王八养的家伙，还没骂……”

“啪！”凌通脸上挨了一巴掌，将后面的话给打回去了。

“呼——”凌通也不甘示弱，刚才虽然被摔在地上，蒙面人却并未封住他的穴道，是以仍能够动手。

凌通一脚踢出，对方似早有防备，轻巧地避过，反而一脚扫来，气势极为惊人。

“老子跟你拼了，横竖也是死！”凌通气恨交加，双拳不顾一切地击出。

“嘭……”双拳抵一足，凌通身子再次倒跌而出，那蒙面人却出奇地晃了一晃。

凌通这些日子来摔跌得太多了，抗打能力竟格外强横，一着地，就迅速翻起，又再次扑上，但却感到身后袭来一股强力。

凌通无可奈何，一矮身，倒踢出一脚，劲力足可踢死一头大灰狼。可是他却丝毫没有达到意料中的效果。

他的脚踢入了一只手中，一只充满热力，更似充盈着一股棉花团般轻软而又有着极强的吸引力，使他根本无法抽出这一脚。

出手的是被怀疑为“剑痴”的蒙面人。

凌通大怒，但却无可奈何，蒙面人的手犹若铁钳一般，更且那透手而入的热流，竟让他丝毫动弹不得，甚至想骂也没有了力气。

“你不想死，就乖乖地给我待在一边凉快去。以你三脚猫的功夫，人家只要两个指头就可掐死你！”剑痴不屑地喝道。

刚听完这句话，凌通如被一团柔软的棉花团所裹，丝毫挣扎的能力都没有，就被对方抛了出去，然后再次重重地落在一截树桩之上。但凌通却感觉不到任何疼痛，心下不由骇然。

“你终于肯出手了吗？”那陌生的蒙面人声音中微微带上一些激动的情绪。

“你对他这般手下留情，又这般戏耍，不就是想要我出手吗？”剑痴的声音平静得像是轻拂的春风。

“他果然是你的弟子？”蒙面人惊异地问道，眼中暴射出冷冷的杀机。

“若是我教出的徒弟是这般脓包，只怕我早就一头撞死了！”剑痴不屑地道。

“老不死的，谁说过要做你的徒弟？谁做了你的徒弟，定是前八辈子种下的霉运，你有什么了不起，只不过是个骗吃骗喝、不敢见人的家伙!”凌通听人说他是脓包，再加上刚才憋了一肚子的火，怎能不怒，开口就大骂道。

“你给我闭嘴，小心我把你的嘴巴撕成八瓣!”剑痴扭头怒喝道，眼神中充满了冷意。

凌通心头一寒，竟真的不敢再开口了，眼前这两个老怪物，一个个都极凶，哪个都不好惹，千万不能得罪，说不定，他们真的要杀自己，可真是轻而易举之事。

“这小子的口齿倒是好利，胆大妄为，狡猾得很，倒也不是一块废料，若是好好调教，将来出人头地也不是件难事。”蒙面人淡笑道。

“我却没有兴趣去调教什么人，今朝有酒今朝醉，有吃有喝又有睡，似乎已经没有什么可求的了。”剑痴悠然自得地道。

“这似乎不是师兄的本性。”蒙面人讶然问道。

“我已脱离师门，也不再是你的师兄，你这样称呼我，不也等于背叛师父的意愿吗?”剑痴仰天叹了口气道。

“虽然你脱离了师门，但始终都曾是我师兄。因此，没有什么可以改变我心中的意念。”蒙面人深沉地道。

剑痴涩然一笑，道:“你爱怎么叫就怎么叫吧，我也不想左右别人的意志，你今日前来，就是要与我一战吗?”

“不错，我足足等了二十年，苍穹无境，行遍天涯海角，才知道天地其实很大，但苍天有眼，终于让我在此地发现了这小子!”蒙面人长长地吁了一口气道。

“这又是何苦来着?人生在世就是为了一些虚无缥缈的东西而疲于奔命，浪迹天涯，也许这便是人生的悲哀。”剑痴叹息道。

“师兄变了，我真不明白，昔日立志追求剑道最高境界的你，怎会是今日如此没有魄力的模样?”蒙面人似乎有些失望地道。

“世事沧桑，人总会变的，我也不例外。当初年少气盛，想叱咤风云，可经历得多了，才知道那是多么幼稚，多么可笑。是该变了，我现在不再是当年的我，剑痴已不痴，这是一个不可逆转的趋势。”剑痴缓缓地道，眼神变得有些空洞，思绪似乎延伸到了很远很远。

“是我看错了你!”那蒙面人不能掩饰地有些失望地道。

“这对你来说未必不是一件好事，一个没有目标的人，只会随波逐流，盲无目的，最终只会像一个小小的泡沫，在人海苍茫的世间消失。不会惊起半丝涟漪，半丝浪花。这只是一种悲哀，你能定下一个目标，这只是一种幸运，也只有这样才会使你这一生有些意义。”剑痴像是一个哲人般深沉地道，眼神却由空洞变得深邃。

“好，说得好！这是我认识你之后，说得最像话的话!”凌通禁不住在一旁拍手赞道。近年来，他经常听着剑痴的责骂，与之斗口，竟变得口舌极利。更是能够放开凌能丽与蔡风留下的压力和忧郁，恢复了那种童性的自然，更因为一直在练习蔡风所授的小无相神功，使得其智慧不断开发，竟变得无比活跃，活脱脱成了蔡风当初的影子。

剑痴和蒙面人不由得大为愕然，虽然觉得这小子口不择言，但却有些特别，甚至有些可爱。

“叫你别开口，你听到没有？给我乖乖地坐在那里!”剑痴微微抬脚，踢出一块石子，向凌通飞射而去。

凌通骇然，慌忙一扭头，躲开这一击，身子一缩，滑到树桩之下，却像只倒挂的猴子。

蒙面人这才把视线再次转移到剑痴身上，悠然道：“但愿这些年你不会让我失望!”

“其实，这个世上已经没有多少东西会是能够满足人愿望的。本是一个让人失望的世道，何必强求美满？这只是对人的一种伤害。”剑痴平静地道。

蒙面人目中闪过一丝讶异之色，剑痴的表现的确很出乎他的意料之外，但却又似乎变得更加莫测。

“人活着，不应该只是为了一些空洞的东西，不知道师弟要我证实一些什么呢?”剑痴再次出言道。

“我的意愿依然没有变。二十四年前，我败于你的剑下；二十二年前，你避而不战；二十年前，你依然避而不战。可我却始终记得你那句话：‘闭门自守，始终只会限于小成，未览天下剑道之精髓，何得剑道之大成！’因此，我遍行天下，尽览诸家剑法，终在本门之剑法上有所突破，我要向你证明，本门剑法有挥之不尽的潜力！”蒙面人认真地道。

“就只为了这些？”剑痴淡然问道。

“这还不够？”蒙面人冷冷地道。

“我们铁剑门若是早日如师弟之行，也不会落得今日人才凋零的局面。其实，师弟并不用证明，即使证明，找我也只是一种没有必要的过程。我早就证明本门的剑法具有无穷的潜力，但那却是在尽览天下剑法的基础之上，融会贯通各家所长。而这样施展出来的剑法也不再是本门那敝帚自珍的剑法，任何一种剑法，若想它永远具有生命力，那就不能用封闭的思想去学它，而应该在江湖中千锤百炼，不断地改变与修补。你既然说已尽览天下剑法，却不知又有多少贯入本门的剑法之中呢？”剑痴漠然问道。

蒙面人呆了一呆，悠然笑道：“师兄之言确有道理，但我依然想试试手中的剑！”

剑痴目中射出极为冷厉的厉芒，定定地望着蒙面人，静静地道：“既然这样，那你出剑吧。”

“或许你们会感到惊讶，但若知道这次阿那壤出兵便是与蔡风有关联的话，你们的惊讶可能会小些！”杜洛周深沉地道。

“这次阿那壤出兵与蔡风有关？”破六韩拔陵吃惊地问道。

“不错！”杜洛周毫不否认地道。

“这怎么可能？这怎么可能？北魏的大使前往柔然的时候，蔡风已经不再是蔡风了，这又怎么会与他有关联呢？”鲜于修礼不敢相信地问道。

“虽然蔡风死了，但他在死亡之前却与土门花扑鲁达成了协议，那就是让其爹——即突厥族王土门巴扑鲁促使阿那壤与北魏联手！”杜洛周神色有些异样地道。

顿了一顿，吸了口气又淡然道："土门巴扑鲁正如蔡风的要求，与萧衍达成协议，一个明说，一个暗助，这才会使我们这次北行失败！"

"原来如此，本以为蔡风一死，便会少去很多危险，想不到仍是被死人耍了一手，我破六韩拔陵真算服了他！"破六韩拔陵感叹道。

"蔡风能够动用土门巴扑鲁的要害，就是可以让阿那壤大量劳师动众与我们再与北魏拼个两败俱伤，那样一来，柔然大军将会元气大伤，虽然能够掠得牛羊，但却有限得紧。蔡风并不是一个喜欢看自己的国人被外族践踏之人，他也早料到我们会想实施围魏救赵之计，破坏阿那壤的大本营，这便是蔡风计划中的一部分，土门巴扑鲁当然知晓。而我却是听突厥族人不经意地说出来的，显然也是他们有意告诉我的，那是因为他们想摆脱柔然人的控制，只有让阿那壤败得越惨，柔然军队伤损越厉害，对他们也便越有利。你说，土门巴扑鲁会不会出手帮我们呢？至少也会在暗中拖柔然人的后腿，所以我说大将军的建议是可行的。"杜洛周淡然道。

"若这是土门巴扑鲁与阿那壤联手唱的一出戏，又将会是怎样一个结果呢？"赵天武竟提出疑问道。

"土门巴扑鲁绝对不会是这种不知道权衡轻重的人，他突厥族想要完全摆脱柔然人的控制，就只有与外人联手，否则他永远都休想摆脱沦为外族奴隶的命运。只凭这一点，土门巴扑鲁便不会不抓住时机利用外人对柔然人进行打击，他甚至想借此将柔然人完全扑灭。虽然是妄想，却也不至于会帮助柔然人，这样对他们一点好处都没有。当然，若是我们对柔然人进行了攻击而对他们造成了损失之后，土门巴扑鲁也可能做出样子来给柔然人看看，但那已经无碍于我们的计划。"杜洛周分析道。

"对了，刀老三应该知道蔡风与土门巴扑鲁合作的事情，因为当时所有的事情是发生在一个地方。"杜洛周似乎想起了什么道。

"老三会知道？"破六韩拔陵奇问道。

"不错，当时修文就是刀老三的属下带回的，而修文便是要去迎接土门巴扑鲁的女儿土门花扑鲁诸人，却不想被蔡风探得了消息，在达拉特旗不远处的沙漠之中设下埋伏，以至全军覆没！"鲜于修礼痛恨地道。

“那蔡风为什么要想出这种方法相助我们呢?”赵天武仍然有些不敢相信地问道。

“不，蔡风并不是要相助我们，而是要相助北魏，也是相助突厥，我们只是从中捡到这么一个苦涩的果子而已，也可以说是被蔡风的计划牵着鼻子走，但却又不能不被他牵着鼻子，这就是蔡风的可怕之处!”破六韩拔陵感叹地道。

“幸亏这小子死了，否则的话后果则真的是无法设想!”鲜于修礼似乎也极为感慨地道。

“太聪明的人，注定不会长寿，这就是上苍给世人的那么一点点平等!”赵天武不屑地道。

“那我们是否要按照赵将军的计划去安排呢?”杜洛周询问道。

“我总觉得这个布局是蔡风给我们的最后一个缓角，但也似乎包含蔡风伏下的祸机!”破六韩拔陵有些担心地道。

“大帅可觉得有什么不妥之处吗?”杜洛周疑惑地问道。

“我也不知道不妥之处是出现在什么地方，但总有一种不好的预兆，总觉得蔡风没这么简单，也不像他那种做事便做绝的作风!”破六韩拔陵微微皱眉思索道。

“大帅多虑了，我们这么多人，难道还要惧一个死人吗?这么多人的智慧难道还不如一个死人?蔡风又不是诸葛武侯，再厉害也算不到他死后会发生怎样的变化呀!”赵天武不服气地道。

“天武所说虽然有理，但蔡风这小子我们不能小看，此人之智计虽不及当年的诸葛武侯，但也是天下少有。也可能是我多虑了，但一切都要小心为妙!”破六韩拔陵沉声道。

赵天武也不再作声，想到蔡风纵身跃入悬崖，并连带踹下石头，那些细微的动作，及那种布局，可见这人的心思是如何的细密，更有临危不乱的绝世心灵修养，而又在平原的截杀之中，巧施诡计，使一路追踪的高手一个个死去，他甚至连手都不用动，这等人物的确是可怕至极，所以他不再吱声。

“大帅所说的没错，我们不能不小心准备，万事谨慎总会好些!”鲜于修礼附和道。

“我们此刻是否可以与其他各路义军相联呢?”杜洛周转变话题问道。

“我也想与他们能够相互联系，也只有这样，才能够更增几分胜算，但是乞伏莫于在秀容川，千里赶来相助是不可能的；莫折大提也是一条好汉，可惜他在秦州，也是千里之外，一路上要绕过很多城池才能抵达，而他此刻正在歧州与元志大战在即，就是能抽出人马，也只是杯水车薪之举；胡琛更不用说，比莫折大提更远，他更是骄傲得很，即使很近，他也不愿意出兵相助，除非他会提出条件交换；汾州和关中的义军这一段时间自顾不暇，更不可能来助我们，我们所能做的，便只有自己!”破六韩拔陵叹了一口气道。

杜洛周与鲜于修礼诸人全都陷入了一片沉思之中，眉头都皱得极高。

“我们必须保存实力，就算我们这次败了，仍有东山再起的机会!”破六韩拔陵沉声道。

“大帅!”众人不由得大为惊愕地呼道。

“洛周对北方柔然的了解比我们都多，对突厥族的了解也比我们深，袭击柔然老巢的事便交给你了。但我只能交给你两万将士，必须以速战之势去解决，否则刀老三在武川可能会很难阻住阿那壤的攻势。相信洛周定能好好把握机会，即使是我们真的败了，到时候，你仍可以有东山再起的实力!”破六韩拔陵极为冷漠地道。

杜洛周和鲜于修礼不由得愣住了，有些疑惑地望了望破六韩拔陵。

“大家不用怀疑，就按我的安排，洛周可以立刻挑选人马，速度越快越好!”破六韩拔陵目中射出两道伤感的神色道。

“洛周明白!”杜洛周有些激动地单膝跪下沉声道。

“明白就好!”破六韩拔陵欣慰地笑了笑道。

高欢的神色极为冷峻，还有解律金和张亮。整个速攻营的七队都陷入了一种愤怒而又无奈的气氛之中。

李崇要调回朝中，崔暹要官贬三级，崔延伯也被抽调而走，换上新来的尔朱荣及他的族人。第一天来便受了他们的脸色，这对速攻营的战士来说，还是从来未曾有过的事情，人人心头都有些义愤。不过，速攻营属于攻击力量，他们的身份外人很少有人知晓，就是尔朱荣及他们的胡契族人也不能小看这批军中的中坚力量。相比较来说，七队之中所受的冷眼还是要少上许多，但饶是如此，也是对他们的一种耻辱，但他们始终只不过是一名士卒而已，这就是他们的悲哀。

李崇和崔暹全都来看过他们，这是让他们欢快的一件事，更显出了李崇与崔暹那不同常人的气度。

军中正式由尔朱荣接手了，但没有人有太多的兴奋，并没有那种见到天下最为传奇般人物而兴奋与激动，只因为他们的心神全都显得有些沮丧。

尔朱荣所做的第一件事就是整顿军纪，改组军容，更在军中一些重要的位置插上他的亲信，这样才会使他的指挥更顺手，但在军中却引起了不少的私议，这自然是难免的。

第六十一章　烽火天下

天下各路义军都闻知朝廷竟去请来外族柔然人来联击破六韩拔陵，皆大为愤然，更有不少英雄好汉赶去相助破六韩拔陵，各路义军战意也更盛。

莫折大提与破六韩拔陵曾有过命之交，他自然不能不派人相助，虽然他们与元志的军队相容不下，却并不怎么吃紧，所以仍能抽出人马相助。

歧州城此刻的战意达到了空前之境，城门全都关闭得很紧，因为没有人想给莫折大提任何机会，虽然歧州城外仍有几处关口没有被莫折大提的义军攻破，可元志也被莫折大提打怕了，只敢在白天打开两扇城门。

元志的都督府设在城中心一个位置还算高的地方，与四周的环境相比较，还极具战略位置，甚至可做一个小城。不过，若是连外面的大城都可以攻破，那这个小城又有什么作用？不过这样的环境或许对元志多少有一点安慰。

元志坐在大厅之中，静静地咬着茶末中的茶叶，一种苦涩而清凉的感觉漫遍了全身，但心头仍是那般烦乱。

立在一旁的侍女们全都不敢出声，因为她们知道此时的元志定是在思索着什么问题，抑或是他的确需要这种静默。在这一段战局紧绷的日子里，元志每一天都会如此，泡上一杯苦苦的茶，放多些茶叶，然后就平静地嚼着泡湿的茶叶。

在这段时间之中，完完全全是属于他的，他甚至不想听到任何可以让人心烦的事。

但今日却有一个不知死活的兵卫闯了进来，更拖着长长的声音呼喊道：“报——”

元志从沉思之中抬起头来，两道愤怒如火的目光定定地逼在来人的面门之上。

“报告都督……呀——”那兵卫话未说完便惨叫地捂着嘴巴，竟是元志口中刚才嚼着的茶叶末将他的两颗门牙击掉了。

“哼，你难道不知道本都督在休息吗？还胆敢来骚扰，简直想死！”元志气恼地骂道。

“报告都督，是尔朱荣大元帅有信来了！”那兵卫忍着剧痛，说出来的话却露风了。

元志精神一振，不由得急问道：“信在哪里？”想到尔朱荣，他自然有劲了，若是有尔朱荣相助，也许就可以安然地解开眼前之难关。谁不知道尔朱家族的厉害？胡契族人强马壮，更是骑射的好手，甚至比柔然人更可怕，所以元志自然一扫眼前的不快了。

那兵卫有些畏畏怯怯地将手中一叠书信捧了上去。

元志迫不及待地拆开一看，看完之后，神情充满喜色，大声喝道：“还不快将外面的人请进来！”

“是！”那兵卫似乎遭逢大赦一般，退了出去。

元志却握着手中的书信，不住地在厅中踱着步子，神色间显得无比欢悦，而又无比激动。似乎是在急盼着一种未知的命运。

不多久，从大门之外大步行入一名极为年轻、却有着一种不同寻常的冷峻青年，那种沉稳的内涵与英俊构成一种特异的诱惑力，让人无法描述出那独具一格的气势。大厅内的所有侍女，目光全都聚集于此人的身上。

“绝情见过都督！”来者极为礼貌地道，没有一丝傲气，却有着无与伦比的沉稳和冷漠。

所有侍女的心神都在震颤，是多么冷酷的名字啊，“绝情……”每个人都在心中默默地念叨着，目光之中显出一种迷醉的神色。

“你便是绝情？”元志有些疑惑地问道。

“我正是绝情，今日前来，叨扰都督之处还请多多包涵!”绝情神色极为平和地道。

“你好!”元志欣然地伸出手来。

绝情大跨一步，竟轻飘飘地跨过两丈的距离，是那么自然而轻快，没有一丝牵强的痕迹。

元志和众侍女全都大骇，他们没有想到世上居然有如此古怪而高绝的功夫，但在元志仍未曾反应过来的时候，陡觉得手中多了一物，那正是绝情的手。

温和、修长而白皙的手，握在手中是那般舒服。没有人会想象得到这样的一双手可以杀人，因为这似乎只是一只绣花的手，甚至连握笔都怕伤了它。

元志的神色再变，不是因为绝情那自然的跨步，也不是因为绝情那利落得不沾烟火的动作，而是因为元志发现自己施于绝情手上的劲力全都如放入水中，没有丝毫的反应，那只手便若是虚无缥缈的浮云，根本不存在什么血脉之感，这是元志脸色变得很厉害之原因。

绝情淡然一笑，道：“都督客气了。”说着竟很自然地从元志的手中抽回了自己的手，毫无阻滞，毫不费劲，自然得没有一丝烟尘。

元志只觉得绝情的手霎时化作了一缕烟雾，竟毫无感觉地自指间滑脱。这是什么功夫？元志想都没有想过，一呆之下，旋即大笑起来，道：“好！好！果然是英雄出少年，请坐！你说需要我如何相助，只要我能做到的，定当全力以赴!”说着打了一个请坐的手势，随即对身旁一名侍女呼道：“送茶来!”

绝情优雅地坐下，潇洒无比地淡然道：“茶稍淡些，兑一小半牛奶，再放一些干菊花。”

那侍女一呆，惊奇地打量了绝情一眼，却看到绝情向她微微一笑。

“还不快去!”元志叱道。

那侍女失魂落魄地退了出去。

“眼下酋长已去对付破六韩拔陵那一帮反贼了，相信用不了两个月便可以大捷而回，到那时，都督便可以放下顾忌，大展神威了！”绝情淡然地笑道。

“不知酋长跟你是什么关系呢？”元志试探性地问道。

“酋长与我本没有很大的关系，但我的主人却与酋长以兄弟相称，所以酋长便等于是我的半个主人，如此而已！”绝情洒脱至极地道，声音却有着一种自然的冷漠和淡薄。

“哦，那你家主人又是谁呢？”元志疑惑地问道。心头却猜不出是什么人能够拥有这般可怕的年轻高手，自绝情的身上，他感觉到那种内在逼人的气势。无论谈吐和举止都是那般平和而优雅，在他所见过的人当中，能够达到这种境界的人似乎只有一个，那就是十八年前的蔡伤！只有蔡伤的那种自然洒脱才能与之相比，但眼下的绝情却似乎少了当年蔡伤的那种霸气和灵气。

“实在对不起，我家主人并不想我提起他的名字，这还要请都督原谅。”绝情的声音依然是那般平静和优雅。

“公子，你要的茶。”那侍女把声音放到最温柔的限度道。

绝情抬头，淡漠地一笑，那侍女便像是魂魄全被掏空了一般，呆愣愣地，手一软，茶杯竟向地上摔去，一旁的侍女不由得全都惊呼出声。

茶水洒下，如雨点一般向地上砸落，那茶杯也倾斜着倒翻而出。

元志大怒，旋又大惊。因为那茶杯并没有砸碎，而是落在绝情的手中，杯盖也被绝情的另一只手钳住。

元志并不为这而惊，惊骇的是那散泼的茶水竟没有一滴洒落在地上，更没有溅在绝情的身上。

茶杯中仍是满满的一杯茶水，一切并没有很大的变化，稍有变化的只是那茶杯已经在绝情手中，而吓得要软倒的侍女也在绝情的怀中。

一切动作都是那般利落、潇洒，快得不可思议。绝情从接茶杯，再用已经快空的茶杯接住溅满在空中的茶水，而另一只手接住茶杯盖，并顺手揽住那歪倒的侍女，这一连串的动作一气呵成，没有丝毫的停滞，这种同时运行的动作直让所有人都惊呆了。

绝情若无其事地将茶水向口中一倒，淡然道："茶是好茶，只是没有加糖，仍欠缺了一点味道。"

那侍女感激地望了绝情一眼，却不敢从他怀中挣扎而出，也不想挣扎而出，自绝情身上传来的热力直让她浑身乏力。

元志一惊之下，赞道："好身手，真是惊世之手法!"又向一旁立着的侍女吩咐道，"再去为公子加些糖来。"语气之中对绝情的感观完全改变了，先只称绝情，这一刻竟改称为公子，可见绝情的这一手的确有震撼人心的力量。

绝情悠然一笑，道："那就有劳了。"说着又向怀中的侍女温柔地道，"这位姐姐适才投怀之恩，我在此也就不表了。"同时也放开揽着侍女腰间的手。

这侍女差点没软下去，忙打起精神道："谢谢公子。"说着便退了开去。

绝情潇洒地拍了拍衣服，道："都督过奖了，绝情此来只有一个任务，那便是让莫折大提去一个很远很远的地方玩玩，永远都不回来而已。"

元志会意地笑应道："西天极乐世界。"

"都督所说正是，我只需要他的行踪，如此而已。"绝情淡然道。

"公子还需要多少兵马呢?"元志沉声问道。

"不了，只我一人便足矣，多了只会碍事。"绝情拒绝道。

"一人，那怎么行?"元志惊疑不定地问道。

"酋长都相信我了，都督却还有什么担心的吗?"绝情反问道。

元志见绝情说得如此镇定，也不再争执，虽然心中仍有疑虑，却也只得依他，淡淡地道："那我过两天定给公子详细的情况，这两天，公子可随便在城中四处玩玩。若公子有什么需要，直说无妨!"

"那就先谢过都督了。"绝情淡然道。

歧州府这一刻倒的确有些纷乱，百姓都惶恐不安，那些门店的生意亦显得清淡，而米铺的生意却十分景气。这种饥荒、征战的年代，唯有粮食是人们不讨厌的，金银全都贬值，因为有钱并不一定就可以买得到粮食，毕竟，金银是不可以吃的。

附近更有大量的难民涌入，使得歧州城中遍地都是不堪的景象。

绝情并没有什么好的心情，虽然骑着高大的战马，却并没有那种应有的高高在上之感。前后共跟着四名侍卫，两名在前面开路的侍卫一路喝叱着分开那些狼狈不堪、面黄肌瘦的难民，为绝情分开一条可以通行的道路。其实也根本不用他们喝叱，那些百姓见了他们自然便全都向道路两旁分开，谁还敢与这些平日凶得比老虎更狠的侍卫较劲呢？

绝情并没有欣赏美景的心情，因为这里并不是什么美景，也根本没有美景可言。不由得淡漠道：“我不想骑马，大家都下马而行吧。”

那四名侍卫一呆，奇怪地望了望绝情，只见他那冰凉的眼神扫来，不由得忙道：“既然公子如此要求，那小的照办便是！”说着全都跃下马背。

“你们四人，分两个人把这几匹马送回府中，留下两人来陪我便行！”绝情淡漠地吩咐道。

那四人相视望了一眼，立刻心领神会地由两人牵着马返府而去。

绝情这才淡淡地吁了一口气，向一家卖杂货的小店行去，那两名侍卫紧紧地跟在其身后。

店里的生意极为清淡，店老板正在打盹，看着那摆放得依然有条不紊的货物，绝情唤道：“老板，怎么了，不做生意了吗？”

那店老板一惊，醒了过来，见是一位俊逸而透着一股冰凉寒意的年轻人，不由得笑道：“公子爷说笑了，不知公子爷想买个什么呢？”

绝情并没过多计较，看了看，向摆在一旁的一柄折扇一指，道：“那个怎么卖？”

“公子爷可真是有眼力，这柄扇子可是江南的制工，无论是选竹、选料及做工都可谓是一流的，更难得的却是扇中暗含幽淡之兰香，可谓扇中极品！”那店老板立刻兴头十足，拿起那把扇，拉开话匣子，以绝对生意人的口吻热情无比地介绍道。

“多少钱呢？”绝情淡然问道。

“这扇子嘛！可以说在整个岐州府，也只有我店里面还剩如此绝无仅有的一把，所以呢，物以稀为贵，价格方面……”

“啰里啰嗦个什么？有屁快放，小心我砸烂你的破店！”绝情身后的两名侍卫怒叱着打断店老板的话道。

那店老板这才注意到绝情的身后还立着两名凶神恶煞的侍卫，更是一脸杀气，不由得一骇，语调有些结巴地道：“所……所以呢，这……这……这扇子……扇子不要钱……”

绝情不由得一呆，旋又大笑起来，良久才止住笑声道：“那就不客气了！”说着从店老板的手中接过折扇，“哗——”的一声，扇子极为优雅地张了开来，果然有一股淡淡的兰香飘了出来。

那店老板忙赔笑着道：“公子得此扇一衬，走路可更要小心了。”

“什么?”那两个侍卫怒叱道，便要抽刀斩人。那店老板慌忙摇手道：“两位官爷且慢动手，小的还没说完呢！”说着忙解释道，“小人的意思是公子的外貌和打扮，是太俊又太有风度和气质，走在路上，那些女人们肯定都要挤来看公子一眼，那样子，二位官爷还不是要小心被那些女人们给挤坏了吗?”

两个侍卫不由得放声大笑起来，拍着那店老板的肩头笑骂道：“你这家伙还挺有意思的，幸亏本爷不是急性人，否则你的脑袋就会不在颈上了！”说着从怀中掏出一些碎银，扔在柜台上，道，“这是给你打酒喝的！”

“谢谢公子爷，谢谢官爷！”那店老板点头哈腰道。

绝情不由得大感好笑，这店老板那滑稽的表现的确是让人发笑，心情也不由得大好，从怀中也掏出一锭文银，却有五两之多，塞在店老板的手中笑道：“扇子虽然不要钱，但这银子是买你那句好话的！”

那店老板一呆，没想到这年轻人出手如此阔气，心头暗喜，口中却道出了一百二十个感恩的词，但赶上的却是绝情的背影。

绝情缓步行到街头，也的确引来了许多人的目光，不仅仅是因为他的俊逸潇洒，也是因为他那常人无法可比的气势和恬静的内涵！

突然，绝情感觉到有几双异样的目光自一旁的楼上传来，这几道目光绝不同于那些好奇的目光。他已经完全可以捕捉到那些目光之中的惊讶和激动。而且更知道这几道目光只有高手才具备的。所以他不由得也扭头向那楼上望去，却是几张极为陌生的面孔。但他却发现那几张陌生面孔上露出的惊喜与欢快。心头不由得一阵迷惑，从对方的神情中可以看出，那是一个老朋友异地重逢的喜悦，可是他却对这几张面孔没有丝毫印象。

“蔡兄弟，你怎么也来了歧州？”其中一人高兴地欢呼着从那个窗口处投射而出，身法极为利落，惹得街上的行人全都驻足而望。

“真是人生何处不相逢啊！邯郸一别，蔡风你可真是名动天下，本以为再无相见之日，却没有想到在这异地他乡却又遇上了，走！咱们楼上去喝两杯！”一个老头也从楼上飞跃而下，来到绝情的面前，欢快地伸手去拉绝情的衣袖。

绝情神色不变，衣袖微微一震，竟避开那老者一抓，淡然笑道：“两位以前见过在下吗？”

“蔡兄弟，见到你真是太高兴了，楼上已在大摆酒宴，到时我们再叙个痛快吧！”一中年人从那楼下的大门疾行而出，身后还跟着五六名侍卫。

那老者和最先下来的那瘦高个汉子不由得一呆，吃惊地问道：“蔡风，难道你记不起我们了吗？我是元权呀！”

“对呀，我是楼风月呀！”那瘦高汉子说完，又指着正大步行来的中年人道，“他是长孙敬武呀！”

“怎么，怎么，你们还在大街上站着干吗，咱们上楼喝酒岂不比在这喝西北风强多了？走！蔡兄弟，我们今日是他乡巧相逢，不醉不休！”长孙敬武还没有弄清楚是怎么回事，伸手搭在绝情的肩上，欢快地道。

绝情虽然被弄得莫名其妙，但却只当这些人认错了人，其热情不能怪。于是伸手轻轻地拨开长孙敬武的手，淡然笑道：“我想你们定是认错了人，我不是你们所要找的蔡风，在下名叫绝情。”

“蔡兄弟，你别跟哥哥我开玩笑好不好？你就是化成灰我都认识，我们怎会认错人呢？”长孙敬武只当对方是在开玩笑，不由得笑道。

“你们信也好，不信也罢，但我的确不叫蔡风，而是叫绝情。”绝情重复地道。

“哦，我知道了，你还在怪小姐是吗？你可知道，自从你走之后，小姐一直都没出过府门，人整个都瘦了一圈，后来得知你名扬天下之后，才高兴得又哭又笑，只害得夫人和主人急得不得了。这次你跟我们一起回府，小姐肯定会高兴无比了！”长孙敬武自作聪明地道。

“哈哈，我想几位可能真的认错人了，在下根本就不知道你家小姐是谁，又怎么会怪她呢？在下的确不是你们要找的人。”绝情再次否认道。

“长孙教头、元管家，我看你们可能真的是认错人了，绝情公子是昨天才到都督府的。”绝情身后的两名侍卫解释道。

“哦，你们认识吗？”绝情扭头向身后的两名侍卫问道。

“回公子话，这几位乃是都督的远亲，都是自己人。”那两名侍卫恭敬地道。

“哦，是自己人那便好说。”绝情淡然笑道。

长孙敬武不由得将目光移向元权和楼风月，三个人同时愕然不解地道：“不可能呀，这怎么可能呢？世界上怎么会有两个如此相像的人呢？”

长孙敬武叨念了几句，又神秘兮兮地向绝情问道：“蔡兄弟，是不是你故意要与我们几人开个玩笑？”

绝情将手中的折扇缓缓一合，洒脱至极地道：“我为什么要和你们开玩笑？都是自己人，又有什么玩笑好开呢？我是绝情就是绝情，又何必隐瞒呢？”

楼风月与元权三人全都一呆，元权忽然道：“哦，我明白了。”旋又放低声音道，“蔡兄弟，你要去完成一件秘密任务，所以才不愿意暴露真实姓名对吗？”

绝情不由得一呆，见这三人始终坚信不移地认定自己是蔡风，心头立刻有一种异样的感觉。因为这三人都不是敌人，自不会开这种无聊的玩笑，便禁不住问道：“难道蔡风真的与我长得很相像吗？”

这一问却把楼风月和长孙敬武等三人给问傻了，不由得好笑道：“你们两人完全就是一个人，你说有多像？”

“世上真有这么像我的人吗？那蔡风在哪里，我倒要去见识见识。”绝情喃喃道。

长孙敬武三人不由得面面相觑，对自己的眼睛也有些不敢相信了，不禁都揉了揉眼睛，仔细地看了绝情一眼，疑惑地问道：“你真的不是蔡风？”

绝情严肃地道：“我为什么要骗你们？”

长孙敬武三人不由得有些丧气地叹了一口气，同声道：“看来真是我们认错人了，你们长得也未免太像太像了！”

“认错了人倒没有关系，我们都是自己人，不如我们上楼去一起喝上几杯，你们为我讲讲蔡风的故事也挺好的，我倒想见识见识这与我长得一模一样那名动天下之人是怎样一个人物。”绝情兴致盎然地笑道。

元权和长孙敬武对望了一眼，爽快地道：“既然是自己人，走！上去喝几杯也无所谓了。”

蒙面人缓缓地抬剑，以一道最为优雅、最为玄奇的轨迹前指，剑尖与眉平齐，剑柄稍稍下沉，呈上扬之姿。

简简单单的一个起手式，却生出了狂野无比的气势。凌通竟感到一阵窒息的压力自那蒙面人的身上传来，心下不由得骇然，暗忖道：“原来这见不得人的老鬼刚才真的是手下留情，老子还以为他不过如此而已。”

凌通虽然自身的武功并不甚高，但所学为佛门正宗心法，对别人武功的强弱，自内心便有了一个定数，是以那蒙面人这简简单单的一个起手式，凌通也可以看出其武功的可怕。更让凌通兴奋的，却是蒙面人那缓和、轻巧的动作之中，竟似蕴藏着一种莫可言传的玄机。这使凌通若有所悟地联想到自己所学的剑法之上。

凌通在习练剑法时，虽然偶被剑痴指点，也无意中在蔡风的抄字本中找到感觉，但真正看别人演练却是从来都没有。因此，这蒙面人出剑的洒脱，正成了凌通一个鲜明的对照，怎会叫他不为之激动呢？

“好，这二十年看来你是没有白费工夫。”剑痴随着蒙面人所发的气势，一扫那郁郁的音调，变得狂热起来。

凌通像是看着一对怪物般盯着两人，剑痴的身上竟似乎升起了一层无形的魔焰，散发出炙热而郁闷的压力，倒像是成了一具自地狱烈火中行出的魔神。

“难怪你的心性变得如此，原来，你竟练成了‘烈焰修罗’神功，真要向师兄道贺了。”蒙面人神情肃穆地道。

“世上武功本无正邪之分，只在修行之人，可惜当初师父不能接受这绝世功夫，才闹至今日这步田地，一切都不用多提了，出剑吧！”剑痴微微有些感慨地道。

“师兄的剑为何不出？”蒙面人冷冷地问道。

“我已经出剑了，剑在我的心中。”剑痴淡淡地道。

说话之间，蒙面人果然感到一股浓浓的剑意紧逼而至，果然如剑痴所说，他已经出剑了。

“哧……”蒙面人再也不想等，也不能等，手中的剑，破开数丈的空间疯狂地向剑痴逼到。

剑痴眼中露出一丝涩然之意，这才看似有意，实是随心所动地扬起一只素白而修长的手。

凌通如痴如醉地望着那只扬起的手，虽然已感到劲气四溢，一股股无法摆脱的压力使他似乎难以喘过气来，但却情不自禁陷入了那两种绝然不同的剑意之中。

剑痴的剑，好短好短，竟比凌通的剑更短。正规来说，那已经不能算是剑，而是匕首，一柄大概八寸来长的匕首，夹于掌心却像是长在手上的一截怪异指甲，但却的确是生出了凌厉无匹的剑气。无疑，使人绝不能不把它当作是剑。

“哧——”短匕在蒙面人的长剑上划过，激起一溜微弱的火花。

这种难以置信的准确使得凌通心下骇然。

长剑掠过一道极为玄奇的弧线，像是流星的殒落，凄厉的剑芒暴绽，在剑痴的短匕刚刚划过剑身之时，挑向剑痴的咽喉。

绝对没有半点情面可讲，那澎湃在林间的杀机，使得这整个春天都充满了死气。

蒙面人的剑招固然狠辣无匹，但剑痴的身法却也是快得让人难以置信，竟趁短匕在长剑上一滑之机，身形若游鱼般滑至蒙面人的身后。

长剑自然落空，刺中的只是剑痴的幻影。

蒙面人绝对不是弱手，只在剑痴的身形滑开之时，气机的牵动之下，长剑斜斜后挑，自腋窝下穿出，同时以重腿出击。

剑痴的短匕虽然用之极为灵活，但始终短了一些，若是要取蒙面人的性命，他也绝对难逃蒙面人快剑的攻击。

“好！”剑痴似乎对这一招极为满意，身子竟不攻而直升，有若翱翔之鹰，张开双臂，曲腿的动作极为怪异。

蒙面人心头骇然，他想不到的是，剑痴的动作竟快得如此不可思议。

收剑、收腿，蒙面人竟双手抱剑于怀，眼睛眯成一道刀锋般的细缝，仰视着剑痴那仍在上升的躯体，神色肃穆至极。

“呀——”剑痴一声暴喝，声震四野，整个身子在空中奇迹般倒转而下，头下脚上，手中的短匕飞射向蒙面人。身子也拖起一阵风雷之势，以无可匹敌的压迫之势暴射向地上严阵以待的蒙面人。

蒙面人大惊，长剑微颤，那如闪电般射至的短匕，斜飞而去，但剑痴却不知是什么时候，手中多了一柄长剑，化成千万点星雨洒落而下。

剑气犹如噬血的水蛭，使地面上草木，在瞬间中尽数枯萎。

蒙面人的面上黑巾受不住剑气的摧逼，裂成碎片，像干枯的蝴蝶，飘然撒下，露出一张清奇、阴冷却又微有些苍白的脸庞。

地面上的蒙面人，突然抱剑旋转起来，犹如想要钻入地下的陀螺。在他的身体周围，立时旋起一团强烈无匹又充满了毁灭气息的飓风，向天上那满天洒下的剑雨迎去。

“轰——”一声震得凌通耳鼓发麻的爆响，跟着就是一股强大的气流冲得两丈开外的凌通倒跌而出。

凌通骇然爬起，却已经分辨不出，谁是剑痴，谁是先前那个蒙面人了。眼前只有晃动的光影，掠过的剑气，与浓烈无比的杀机。剑痴与他师弟只有淡淡的影子在忽隐忽现中晃动，快得使凌通有种目不暇接的感觉。

一道轻风拂过，凌通的眼角淡淡地显出一道修长的身影。微黄的披风在气劲和春风中，像波浪一般振动，但让人触目惊心的，却是那紧扣在面上的鬼脸。

凌通的目光禁不住移向那神秘行来的怪客，不知道为什么，那怪客的每一步都透着无与伦比的潇洒、优雅和自然。没有丝毫做作之下，自然流露出一种超然的霸气。虽然装束有些怪异，却并不损那深含自然天意的内涵。

那两人的剑意和剑招虽然很精彩，可是却似乎仍难及神秘怪客的那种魅力。

凌通有些心神俱醉地望着那怪客一步一步行来，倒有着自他心头踩过的震撼。他也不明白为什么会这样，可这种感觉实实在在，的的确确存在着。

茫然间，那神秘怪客已经行至凌通的跟前，竟极为友善地望了凌通一眼，那自恐怖鬼脸中透射而出的目光，竟使凌通若触了电般一阵颤栗，不知是激动抑或是恐惧，像是失去了魂魄一般。

神秘怪客并没有就此停下脚步，也没有过多地理会凌通的反应，只是平静地向剑痴与其师弟决斗的战圈中走去。依然是那么潇洒自然，似乎根本就不知道两人之间充盈着可以将人绞成碎片的剑气，那让人喘不过气来的杀机。

“同门相残，何其残忍，有力而不除魔卫道，徒争义气之勇，真让人心寒，二位停手吧。”神秘怪客的声音极为沙哑，但却自有一种非常的气势，似乎充盈着让人无法抗拒的魔力。

剑痴一声轻啸，有若蜂鸟一般倒飞而出，显然是挥剑后撤，听从了神秘怪客的话。

“消耗了二十几年，难道就这样算了吗？”剑痴的师弟不舍地抢攻而上，沉声道。

“天下剑手何其之多，高手数不胜数，为何必须要找他呢？化干戈为玉帛，只会是有百利而无一害，客夜星，放手吧！”神秘怪客吸了口气，再次劝道。

剑痴的师弟一愣，想不到这神秘怪客一出口就呼出了他的名字，但他苦忍了二十几年，怎肯就此罢手？冷哼道：“朋友别多管闲事，这乃是本门之中的事，轮不到外人插手！”说着又仗剑攻出。

“师弟，我们就此罢手吧！你我的修为各自心中有数，再战只会是两败俱伤的结局，对谁都不会有好处。”剑痴也呼道。

“不行！”客夜星不依不饶地道，说话间，剑光大盛，有若一团彩球向剑痴罩去，剑气四溢，风卷云涌，使得泥土和花木四溅而出。

剑痴望了神秘怪客一眼，却没有做任何还击的架势。眼看他就要被那团彩球所吞没，也不作任何表示。

凌通虽然被剑痴骂多了，也打得多了，却没有什么恨意，更因为对方教了他许多武功的基本功，点拨了他许多要诀，才使他的武功在一年之内大进。平时，虽然剑痴骂骂咧咧，但关心他也是有的，此刻见客夜星如此强霸的剑式，而剑痴一点还手的意识也没有，岂不是自寻死路？不由得担心地大叫道：“小心呀！”

凌通的话仍没喊完，那神秘怪客竟消失了，像鬼影子一般消失了。

当凌通再次看清所有人时，已是风定尘散，剑痴没有死，让凌通难以置信的是客夜星的剑。

客夜星的剑依然是剑，却定定地停在半空，没有刺入剑痴的胸膛，甚至连剑痴的衣衫都没有割破。

剑仍在客夜星的手中，但却刺入了那个神秘怪客的手中，没有一点鲜血流出。具体来说，应该是插在那神秘怪客的两根手指之间。

客夜星的脸色要有多难看就有多难看，数十年的苦修，他自以为可称绝妙的一剑，竟被对方两根手指轻而易举地夹住了，甚至没有看出对方是怎么出招的，这是多么不可思议的一件事啊！若是对方执意要杀他，那岂不是易如反掌？

凌通有些迷茫，他弄不明白怎会是这个样子。因为这一切发生得太快了，快得连他的眼睛根本就没有反应过来，但他从客夜星的眸子中可以看出来，这种结果绝对是出乎客夜星本人的意料之外。可是，他实在想不到这个世间，居然能有人可以用两指破去这可怕得让人心寒的剑式，这几乎是个神话。

“会主，就请你放过他吧。”剑痴向那神秘怪客深深地揖了一揖，求情道。

“会主?”客夜星一阵惊讶，就连凌通也有些意外。

这神秘怪客与剑痴居然是一伙的，以剑痴那可怕的武功仍只是这神秘怪客的属下，的确有些不可思议，那这神秘怪客究竟是什么人呢?

“剑痴已非当年的剑痴，苦苦相逼又有何用?本会主不忍见你们同门自相残杀，才会出手相制，还望勿怪。其实普天之下的高手多若恒河之沙，你就算击败了剑痴，结果又能证实什么呢?证实你武功天下第一吗?证实你很勇敢、很有智慧和魄力吗?剑痴已是我会中一员，他的事，也就是我的事，有什么便找我‘同心会’好了。”神秘怪客悠然而平和地道，然后松开了二指。

客夜星险些站不稳桩，对方突然松指，他想拉回长剑的力量未消，竟向后一仰，虽然迅速恢复正常，可心却若死。对方的功力之高，根本无法想象，可是他又哪里听过“同心会”这个名词?这些年来，虽然他身份极为隐秘，但是对江湖中的门派和一些厉害人物都有所了解，却从未听说过有什么“同心会”，更没有听过有这样一个怪人。最可怕的却是连剑痴居然也成了“同心会”的一员。要知道，铁剑门在六十年前曾一度红极，直至三十年前依然是名声雀跃，只是现在已经人才凋零，更因天下战乱不休。乱世之中，高手自是纷出，趁乱崛起于江湖中的高手，多为融合各家所长。如此一来，人才凋零的铁剑门，更是暗淡无光。但铁剑门的两位传人，武功却极高，在江湖中也算得上是厉害人物。

大弟子爱剑成痴，对各门各派的剑法都兴致盎然，是以，仗剑行走江湖，四处找剑道高手比试、切磋，使自身的剑道修为一日千里，江湖中人就送他一个剑痴的外号。如此一来，剑痴的师父，得知他将铁剑门的剑法与别派切磋，气得只差点没有吐血，竟因此要追回剑痴的武功，且声明要把剑痴逐出门第。剑痴虽然不想得罪师父，但更不想变为一个废人。乱世之中，若变成一个废人，那只会是死路一条。更且，他打内心就反对这种闭门自守的规定，所以就与师父理论，结果其师一怒，向剑痴出手。可惜，剑痴此时的武功竟比其师更高，反出师门，从此浪迹江湖。仍不断地找人比剑，遍历南北两朝，剑道极精。也是红极一时的剑客，却想不到，二十多年后，竟会加入一个名不见经传的“同心会”，怎不叫客夜星吃惊莫名？

客夜星深深感到一种自心底生出的压力，正是来自神秘怪客。他是一个高手，自然能够感受到对方身上那种与众不同，却又莫测高深的气势。

“你是什么人？”客夜星似乎有些笨拙地问道，立在神秘怪客之前，一向的沉稳和洒脱，竟全都不知道去了哪儿。取而代之的，是紧张与不安。

“我就是我，也就是‘同心会’会主！”神秘怪客意态悠闲地道。

客夜星一呆，神秘怪客的这番回答还不是等于白说？谁又知道“同心会”是个什么玩意儿？其会主又叫作什么？不过，他却绝对不敢轻视这个“同心会”的力量，因为他深切地体会到眼前这个神秘怪客的可怕。

“好像我从来都没有听说过世上还有‘同心会’这个组织……”

“任何事情都有个开始，不错，在江湖中并没有‘同心会’的传说，也并不是你孤陋寡闻，而是因为‘同心会’的成立还不到一年的时间！”神秘怪客毫不隐讳地道。

“不到一年的时间？”客夜星有些不敢相信地向剑痴望了望，反问道。

剑痴缓缓地点了点头，却并没有出声。

“若非‘同心会’的成立，你永远都不可能找到剑痴！”神秘怪客毫不掩饰地道。

客夜星似乎有些不太服气，冷哼了一声，并不吱声。

“也许你不服气，但这一切并不要紧，今次，我之所以出面制止你们同门相残，只是因为爱惜人才，客夜星在江湖之中还是个人物。因此，我不想让人才如此浪费。”神秘怪客直截了当地道。

客夜星脸色微微一变，他哪里还听不出对方的话意，不由冷冷地反问道："你想我加入你的'同心会'？"

"不错！我确是此意！"神秘怪客淡然道。

"哈哈哈……"客夜星大笑道，"这不是显得很荒谬吗？"

"世上荒谬的事情并非是不可行之事，细心追究起来没有一件事不是荒谬的，你为了寻找剑痴，花费了二十几年的时间，难道就不觉得荒谬吗？"神秘怪客悠然反问道。

客夜星不由得一呆，是不是的确很荒谬呢？事实说明也的确是这样，二十几年的光阴就只是为了找一个师门叛徒比剑，而到头来又得到了什么呢？这二十几年的光阴虚度而过，碌碌无为之中的确尽显荒谬的阴影。

"人生短短几十个春秋，若白驹过隙一般逝去。当发现自己岁月虚度之时，却已后悔莫及。这个世上本没有一件事不是荒谬的，这天、这地、这人、这生老病死，有什么不是荒谬的，又有什么是实实在在而又抽象难测呢？'同心会'旨在立世卫道，绝不会与邪魔同生。也只是想为虚度过人生的人及碌碌无为者制造一片祥和而正义的天空。客夜星，是该梦醒的时候了。"神秘怪客双手后握，背向客夜星，缓缓踱着步子，悠然道。

第六十二章　突闻惊变

凌通也不由得听呆了，他根本就未曾行走过江湖，那什么“同心会”他自然是不知道江湖中有没有，但这神秘怪客说话的语调和神态神似蔡风。只是他很清晰地感觉到，对方绝不会是蔡风，这是一种直觉!

“我连你是什么人都不知道，又有什么理由要加入‘同心会’受你的制约?”客夜星虽然心中为对方的话语和洒脱所震撼，但是毕竟他是一个有头有脸的人物，怎甘心做人下手呢?

“‘同心会’并没有谁受谁的制约，因为入会之后，自会同心同德，有些人是根本不用人制约的。也许你并不了解‘同心会’的本质。不过，你可以叫我梦醒。该是梦醒之时，就不能再沉沉入睡。”神秘怪客平静地道。

“梦醒?”客夜星一阵愕然，没想到对方的名字会如此古怪而又有深意，但却知道绝不是原名。

“如果你不怕有危险的话，不妨跟我来!”神秘怪客说走就走，神情从容优雅至极。更像是每一步都踩着大自然的节奏，给人一种清爽而利落的感觉。

客夜星一呆，咬了咬牙，向剑痴望了一眼，却没有自剑痴的眼神中发现任何东西，只好闷着头跟着神秘怪客行去。

神秘怪客像来的时候一样，没有一点征兆，来也突然，去也突然。但却在凌通的心中烙上了一道深深的印痕，使他打心底升起一种仰慕而向往的情绪，便像是对蔡风的仰慕和向往一般。只是，他对蔡风更多的却是敬爱。

“小子，你还发什么呆？”剑痴突然开口喝道，只吓了凌通一大跳。

凌通回过神来，没好气地道：“你鬼叫什么，这样会吓着人的，知道吗？”

“你小子的胆子被狗偷吃了，这么一叫就吓着了吗？我看你还是回家蒙在被窝里别出来兜风啦，要不要老子把你那黑狗炖了，然后将胆还给你呀？”剑痴不怀好意地向一旁的大黑狗望去，悠然自得地道。

凌通一见对方那怪异的眼神，心下一慌，急忙道：“你若动我大黑的主意，我就跟你没完，休想我以后再给你带东西来吃！”

剑痴嘿嘿一笑，道：“瞧你，都慌成这样了，心里还真有些不忍。不过你小子若下次再敢对老子这么凶巴巴、气不愤的，老子定把你这黑狗炖了。大不了，我再去和别人做交易。”

“哼，天下间有几人能烧出这么好吃的美味呢？你老鬼那副德行，除了我可怜你之外，谁还会可怜你呢？”凌通嘴上不饶人地笑骂道。

“老子可怜？你这小鬼的嘴巴真臭，看我不撕裂你才怪。”剑痴气恼地道，说着就向凌通疾扑而至。

“慢！慢！你老鬼怎么如此没耐性，真是越活越不长进。”凌通慌忙摇手道。

剑痴倒还真愣了愣，缓缓放下手，不耐烦地道：“有话快讲，有屁就放，不教训教训你小子，过几天，定是尊长不分，无法无天了。”

“这全都怪你，为老不尊，倚老卖老，要教训，还得由你们会主先把你教训一顿。”凌通和剑痴对骂，怎么也不肯在口头上逊色半分。

“嘿，你小鬼倒很会见乖卖乖。”剑痴笑骂道，眼神中并无愠怒之色。

“彼此彼此，我要问你几个问题，嘿嘿，今天带来的东西，可是真的香鲜无比……”说到这里，凌通再不说话，只是冷冷地望着剑痴的眼睛，观察他眼神的变化。

“你小子是在与我谈条件？威胁我？”剑痴恼道。

“我可没有，哦，是你自己说的。”凌通一脸无辜地道。

“小子真狡猾，不过，若是问‘同心会’和会主的事，那就免谈。”剑痴似乎早已知晓地道，神色间显出坚决之意。

凌通心头一阵失望，没好气地道：“谁说我是要问你什么劳什子会的，你们从上到下，个个都是故作神秘，好像是怕见人似的，有什么了不起？我想问你，你跟那个什么客夜星两人谁更厉害一些？”

剑痴一呆，挠了挠头道：“你问这个干吗？”

“我好决定找哪个做演试身手更好一些呀！”凌通煞有其事地道。

剑痴不由被逗得“哈哈”大笑起来，望着凌通那神气活现的样子，哂然道：“凭你这小子，再练十年也不够老子一只手打，还想选我们当靶子？见你的大头鬼去吧！”

凌通自树桩后行出来，咬牙道：“你别小看本公子，大不了，去拜你那劳什子会主为师，再过来把你打得落花流水，嘿嘿，到时候，定让你去烧兔子给我吃。”

“哇，好美的愿望，若是每个人都能拜我会主为师，恐怕整个天下的人都已经是高手了，你小子还用得着向我求救，还用得着拿烤兔子来换老子的绝招？”

“老鬼你别得意，哼，等我找到蔡大哥后，总有一天会胜过你的。”凌通不服气地道。

“哈哈，等我老得动不了的时候，你不是可以轻而易举地胜我吗？你倒真有心机。”剑痴讥讽道，不等凌通答腔，又喝道，“小子，接招吧，看你的进展如何？”

“打就打，谁怕谁呀！”凌通愤然道。

游四快步行入葛荣的书房，也只有他才能够自由地出入葛荣的书房。

葛荣相信游四便像相信自己的左右手一般，他根本不用回头就已经知道是游四到了。

“庄主，各路的财物已经聚集得差不多了，各路的兄弟全都已经进入了极为狂热的状态中，只要一声高呼，四方的兄弟立刻便可以摧毁各自的城镇，为我们展开一个极大的战局。山东几大姓，有王、雀、李、郑诸家愿意鼎力相助，为我们汉人的江山而努力。唯有卢家因与朝廷的关系不想卷入其中，但也表示不参与朝中之事。正阳关王通老伯并派来高手相助，只待庄主一声高呼而已。”游四声音依然是极为平静地道。

“王通老哥也亲自派高手来了吗？”葛荣有些惊讶地问道。

“不错，王老爷子说过，你是老爷子的师弟，而他又是老爷子的义兄，汉人要复我山河，他岂有不参与之理？这些年来，他在正阳关也暗自招兵买马，相信至少可以组织起一支五千人的劲旅，保证不会让人笑话！”游四神色极为欢悦地道。

“其他的人接到我的信后可有什么反应？”葛荣淡然问道。

“只有荆州的柳家庄庄主柳追风想去告密，送信的兄弟已经及时将他的脑袋摘了下来，那封信也被烧毁！”游四冷然道。

“干得好！果然没有白费我多年的心血，你以为现在可是起事的时候？”葛荣淡然地望了望游四问道。

游四愣了一愣，看了看葛荣，疑惑地反问道：“庄主是说不立刻起事？”

葛荣嘴角挂上一丝冷然的笑意，道：“你以为现在起事可是最好的时机？”

游四想了想，道：“现在天下各路义军纷起，早已将朝廷扰得不得安宁，官兵都疲于奔命，而国库也几欲空虚，此刻天下百姓早已不得安生，只要哪里一有起义，就立刻会一呼百应。无论是天时，还是人和，我们都具备。地利虽然不是很全，可我们会很快占住这附近的几座大城池，有坚城为依，应该是天时、地利、人和相应，难道这还不好？”

葛荣淡然一笑，莫测高深地望了望窗外的骄阳，悠然笑道：“我叫你聚回各方的财物并不是用来立刻起事的。”

“那庄主用它来干吗？游四不明白。”游四疑惑地道。

葛荣道："我是要将它变成海盐!"

"海盐?"游四一呆，疑问道。

"不错，海盐！这是风儿给我留下的一个大好机遇，只可惜他现在走了。"葛荣黯然道。

"公子之英才，若不是出了意外，肯定能为庄主成就一番大业!"游四也不无感慨地道。

"是啊，风儿，我从小就视他如己出，他自小也聪明不凡，只不过却受我师兄的思想所染，不喜欢这种争夺天下的游戏，只喜欢自由自在的生活，可好人却没有好报!"葛荣伤感地道。

"或许是命运如此决定，天意难违吧。"游四也感慨地道。

"我的两个儿子加起来都不及风儿，整日只知道游乐，难成大器，将来的天下仍是你的。"葛荣深沉地道。

游四神色骇然，诚惶诚恐地道："庄主，游四从没有过此心，庄主明察!"

葛荣不由得慈祥地笑道："从你十岁随我之后，我一直视你为儿子一般看待，你与我那两个儿子并没有分别，他们也只是我捡来的两个孤儿，也并非我亲生。这一点也只是今日才跟你提起，我之所以要打下江山，并不是想做什么皇帝，只是因为我不能有违师尊的遗命而已，这之中的细节以后你自然会知晓的。我这一生从未曾近过女色，又怎会真的有自己的儿子呢?"

游四不由得一呆，有些不敢相信地望了望葛荣，却知道葛荣绝对不会说谎，但如此的隐秘他是第一次听到，一时竟愣在了那里。

"你或许感到很奇怪，但你若知道我本是佛门中人，就不会觉得奇怪了。我师兄却是俗家弟子，直到去年清明之时，为了起事，我师尊才允许我还俗，他也在此时飞升登入天道。那时你与风儿正在大柳塔，这般隐秘之事，整个天下间也只有我师尊、师兄及风儿三人知道，今日你便是第四个知道此隐秘之人。你该明白我说过的话是很直接的了。"葛荣温和地拍了拍游四的肩头，悠然地道。

游四一阵激动，重重地跪下，感动地道："庄主对游四的知遇之恩，游四当以粉身相报！只要庄主一句话，游四就是赴汤蹈火也在所不惜！"

葛荣欣慰地一笑，道："你明白我的心意就好，其实就是风儿仍在世上，我的天下仍是你的，所以今日的计划我也并不想瞒你。"

游四一阵诧异，不过他此刻的斗志比任何时候都高昂万倍，因为他知道此刻只是在为自己奋斗，那种清爽的感觉却是无可比拟的。遂恭敬地道："不知庄主是什么计划？"

"其实这计划乃是风儿为我安排好的，早在一年多前，风儿便想到了我会在近年起事，也早为我的起事伏下了几颗极为重要的棋子！"葛荣感叹道。

"一年前公子就已有了这个计划？"游四有些不敢相信地问道。

"不错，就是那次在达拉特旗附近的沙漠之中所做的安排！"葛荣淡漠地道。

"难道是那几个突厥蛮仔？"游四奇问道。

"不错，正是那几人。去年，风儿最后回了关内一次，那次也到过李崇的军营，就是那天，他叫人交给了我一个锦囊，里面便写了他的一切安排。眼下他的安排已经一步步地实现，竟奇迹般地完全吻合，这不能说不是一个奇迹！"葛荣有些兴奋地道。

"公子留下的一个锦囊竟有如此厉害？却不知是什么计划呢？"游四也不由得动了好奇之心，忍不住问道。

"风儿的安排应该是从朝中向柔然借兵开始。这个提议是他向李崇提出的，其实他早就通过胡孟向太后提起过，所以风儿也早算准这一步一定能行通。而他又通过土门巴扑鲁的女儿土门花扑鲁以繁兴突厥为诱饵，使得土门巴扑鲁不得不助朝中达成阿那壤的联盟。因为风儿一定要对付破六韩拔陵，所以他必须通过两方联军来对付破六韩拔陵，一切都在风儿的计算之中，阿那壤果然出兵。"葛荣有些激动地道。

“而这又与我们的计划有什么关系呢?”游四疑问道。

“风儿的厉害之处，就是能够把这看似毫无联系的事联系起来。”葛荣吸了一口气，又道，“风儿在锦囊中说，当朝中与阿那壤联军之后，土门巴扑鲁定会立刻让破六韩拔陵知道他的潜在意图，让破六韩拔陵相信他只要能打击柔然人的事，他都肯暗中相助。而此事破六韩拔陵正是听了土门巴扑鲁的传讯，这才派出杜洛周去攻打柔然的总部，证明风儿的估计没错。风儿还说，土门巴扑鲁绝对会利用这个时机借助破六韩拔陵的兵马去攻击突厥人与西部各国的交通要道，使柔然人无法对突厥实行交易封锁，这对突厥人想要摆脱阿那壤的控制很重要。对于我们也很重要!”

“那土门巴扑鲁可曾攻破那几条交通要道?”游四疑惑地道。

“上个月，土门巴扑鲁派来了使者，说他所做的，只是按照风儿的计划行事，包括他故意让杜洛周知道他的意图，然后派人攻击柔然后卫，也都在风儿的计算之中。他们很有把握可以攻破通往西部各国的要道，将阴山和狼山这数千里纳入他们的范围之内。他派使者到来，只是想按照风儿的指令以他们制造的兵刃来换取我们的海盐!”葛荣神情欢悦地道。

“突厥人是最擅长铸造兵刃的，他们取阴山之极的雪水做冷剂，铸造出来的普通兵刃都要比中原的普通兵刃更有杀伤力，有他们的兵刃相助，相信战场之上更是所向无敌!”游四兴奋地道。

“不错，阴山背后的阴气之重超出我们的想象之外，在那里铸造出来兵刃的杀气要比普通兵刃更强烈十倍，这便是柔然为什么所向无敌的原因！论马战，我们并不比他们差，论兵刃，我们就要与他们差一个级别，这就是突厥人的兵刃可怕之处!”葛荣欢快地道。

“哦，我现在明白为什么庄主要将这些财物换成海盐了，但那又何必要等到他们将阴山通往西域各国的要道攻破呢?”游四仍有些不解地问道。

“风儿的意图并不是只让我们同突厥交易，他更是要我通过突厥人与西域各国交易，那里的海盐比黄金还贵，我们不但可以用海盐得到一流的兵刃，还可以得到一流的战马。土门巴扑鲁说过，他们愿意做我们的永久伙伴，是因为他们对风儿的信服。这对他们突厥来说无疑是一个很大的支持。我们这里的海盐取之不尽，别人或许怕官府，但我却不怕！”葛荣豪气干云地道。

“这就是庄主延迟起事的原因?”游四仍不太理解地道。

“不，风儿的分析不尽于此，这只是我计划中的一部分，也是风儿计划中的一部分，风儿在锦囊中这样分析道：而今，联挥一起，破六韩拔陵大势已去也，其败不可免！那时，朝中将会为安抚降军而头痛，阿那壤定会在六镇中大肆虐掠，百姓必将大量南迁，战火也会遍燃，降军的分派定会择安而送，若到时师叔能保东部太平，降军定然会到达矣。然起义之火定会自此燃遍东部，而此时师叔定已获良马神刀，又多这一批经过起义战火的降军相助，定会事业大成也！”葛荣神情激动地道。

“高见，高见，公子真乃是神人也，目光之深远实非我等凡俗所能及！”游四不由得拍桌叫好道。

“眼下，西部有胡琛和莫折大提，中部有乞伏莫于，汾州、关中又烽火连天，唯有我东部稍安，朝廷自然知道这些起义军是战心未死，虽然是降军，但只要一有战火，这些人立刻会成为不可阻挡的势力。他们自不敢送他们去西部和中部，那样只会使那几支起义军的战火更旺，所以他们只能迁移到东部。到那时，我们有了这么多时间的充裕准备，再又多了这么多经过战场上出生入死活过来的战士，他们至少多了许多别人没有的作战经验，这是一笔无可比拟的财富，只要我们能把握住时机，便可一举成功！你说我是不是应该将起事推迟呢?”葛荣意味深长地问道。

“公子真乃盖世奇才，我相信破六韩拔陵已撑不了多久，阿那壤与尔朱荣这两人谁都不是好对付的。”游四无限向往地道。

“遇到这两个人的联手，破六韩拔陵真是有苦无处诉，虽然有杜洛周干扰阿那壤后卫之计划，却无法挽回大局，最多还能撑上三个月。那么在今年底便会有降军迁至，那时候就是我们大展身手的时候了！”葛荣深沉地道。

“那我们就定于明年初起事了？”游四欢喜地道。

“适机而动，我们仍需要招兵买马，借太行各寨头的力量去吸纳更多的兵员，战争打的是金钱，虽然可以一鼓作气，但那种打法终究都是盲流，我们不仅要一鼓作气，更要有打持久战的准备。所以我们要利用这一年的时间积蓄更多的财力！”葛荣认真地道。

“对了，庄主，无毒不丈夫，我们何必要以金银去购买海盐呢？以我们的实力，要垄断各大盐塘只是轻而易举之事，不如我明日派兄弟前去各塘口，听从则好说，不愿者，我们也不必客气。海盐帮虽然不怎么好对付，但只要略施手段，塘口就立刻会是我们的了。”游四狠声道。

“海盐帮的实力不仅仅是陆地之上，在海上的力量也极大，若是留有这样一个随时都可能自海上回来报复的敌人，并不是一件好事。我们多一事不如少一事，在这一年之中，我们至少表面之上要保持平静，不可因小失大！”葛荣淡然道。

游四想了想，道：“对了，我们可以自鲁境通过王家和郑家去获得几块盐田。有几大家族的相助，相信绝不会有什么困难，而对于海盐帮，我们大可以交他们这个朋友，同时我们也为他开通盐道，收入却是各半，这样我们根本不用动用任何钱财，就能够轻易地获利。我们自己盐田生产的盐显然不够用。咱们的人手更不用考虑，全都行动起来。外有突厥人，内有各大家族及各道上的兄弟，可谓得天独厚，有谁能比？就是我们开战之后，那盐场、矿山、粮行同样可以运作，那时候自然有供之不尽的财力！”

葛荣目光之中也闪出几缕神芒，悠然道：“我想的却不只于此，我们的钱庄、粮行都已经伸入了南朝，而南朝之中我们的财物在战时可能便难以运回，我要开通海上的航道。我们大可以购回船只，创立我们的海上商队。自海上可以直达高句丽，更可将我们的物资自海上运回，这样一只船队，也是我们今后必须具备的。甚至可将这支船队训练成水上无敌的水师！你明日将我的想法告诉郑老，让他去和海盐帮商量一下，我愿意将他整个帮派购买下来！如果不愿意的话，我们只好让他们尽数在世上消失，他们的船只和盐田，我是志在必得！”

游四听到葛荣那坚决的语气，心头大为振奋，道：“我这就去办！”

“等等，传我的口令，说这一年的田租可以减半，实在交不起的，便全免！”葛荣吩咐道。

游四一呆，愕愕地问道：“可是我们正需要大批储备粮草呀？”

“不错，但我们的粮草可以以其他途径去得到，昨天裴老二来讯说，朝廷为尔朱荣的大军通过漕运送去了很大一批粮草。我想我们有能力将这一批粮草截下来，只是要做得神不知鬼不觉，仍需要去精心计划一下而已！”葛荣悠然道。

“可是那风险就大多了！”游四有些担心地道。

“不担风险难成大事，这次我们只要行事得宜，朝廷只会疑神疑鬼，哪还会想到我们关中？汾州各路义军都吃紧，需要粮食，朝廷反而只会怀疑他们。现在无论怎样，水陆两路的粮草我都要，等于我们出手相助义军也无妨呀！”葛荣神色极为平静地道。

“庄主是否已经有了计划呢？”游四问道。

“不错，你去将裴老二迅速找来！”葛荣欣然道。

游四不再有任何疑虑，退身而出。

“通儿——”一声高呼自山脚之下传来，吓了凌通一跳，忙跃出剑痴的攻势，身上却挨了几下重击。

“小子还有些长进，不过相差依然很远。”剑痴不屑地道。

“哼，总有一天，我会胜过你的，你看你，年龄都这么大了，吃的盐比我吃的饭还多，若是连我都能占你的便宜，我看你不如买块豆腐撞死十次、八次的，也不算多。”凌通不服气地道。

“臭小子还有理，真是死活不知，哼！在江湖上，杀人难道还要看谁年纪大，谁年纪小吗？难道你说你技不如他，且比他小，人家就不杀你吗？江湖中就像你们行猎一般，只要是猎物，就定会被猎人狠狠地宰，哪管你是公兽还是母兽，是大兽还是小兽。连这一点都不懂，看你也注定成不了大器。”剑痴竟少有地发起怒来。

凌通竟不敢辩驳，因为剑痴所说的一点都没错，有些教训自是不能够相驳的。

“通儿——”山下传来了凌跃的声音。

“是爹来找我了。”凌通解释道，眉头不由得微微皱起。

剑痴也微微皱起了眉头，道：“看来你爹是有事要找你，我可能有一段时间不能来看你了，这段时间中，你给我认真点，卖力点，下次再见到你这副熊样，定打烂你的小屁股!”

“你要走了?”凌通竟有些不舍地问道。

剑痴虽然对他凶了一些，可是在内心深处，却是极为关心他的。这一点，凌通还是能够体味得出。

“不错，我有一些事情要办。”说完自怀中掏出一本以油布包裹的小册，递给凌通，接着道：“这是一本《武学总要》，记述着各门武学的特点，更有口诀纲要，若是记熟了这些，对你将来行走江湖绝对会好处多多。至于你能有多大的成就，就要看你能够领悟体会出多少了。”

凌通有些激动地接过油布包，却不知道该说些什么，望向剑痴的眼睛中多了几许感激。

“你好自为之，你所学的那几路剑法本是江湖中少有的绝学，只要你好好地参悟其中的奥妙，再印证《武学总要》，他日你的成就高过我也并不是一件难事。现在你下山吧，我不想见到任何陌生人。”剑痴说着不等凌通出言，就电闪般掠入树林，很快消失在凌通的视线之中。

“通儿——”凌跃的呼声唤醒了凌通的心神，大黑早已一阵风般跑下了山。

“哦，就回了!”凌通应了一声，就向山下掠去，速度惊人至极。

凌跃吓了一大跳，看着凌通那比灵猿还要利落轻爽的纵跃功夫，惊得有些合不拢嘴，他乃是第一次见到凌通如此下山之势。

“爹，什么事呀?”凌通瞬即就至凌跃身前，问道。

“能丽回来了!”凌跃神情不安地道。

“什么?丽姐回来了?太好了，快，她……她在哪里?在哪里?”凌通喜得有些语无伦次地问道，一副手舞足蹈兴奋的样子，让凌跃微感好笑。

“可是我们并没有看见过她!”凌跃有些泄气地道。

“什么?你们都没看见过她?”凌通满腔热情尽冷，疑惑地问道。

“没有，她只是留下了一封信。”凌跃黯然伤神道。

“丽姐她怎么说?”凌通有些迫不及待地问道，但神色间又逐渐恢复了平静。

“她说她很好，这是她留下的信。”凌跃自袖中拿出一封信递给凌通道。

凌通接信的手竟微微有些颤抖，想到这一年多来，日盼夜盼，到头来却只盼来这么一封信，心中禁不住一阵黯然神伤。轻轻地拆开犹带淡香的信笺，一行清秀的字迹映入凌通的眼帘。

通弟:

别怪姐姐不与你相见，姐姐归来又远去，实是因世间俗事太烦，相见不如不见。知道你很想念姐姐，姐姐又何偿不是一样呢?不过，看你武功进展如此神速，姐姐也深感欣慰。立足于乱世，无勇不行，却也不可无智，智勇齐备，方是立世之道。成事者，不拘小节，获猎者，不择手段。切记，为人处世，不可没有善心。

通弟你深具慧根，他日定能出人头地，只要你能持之以恒，不畏艰难，定可如你蔡大哥一般叱咤江湖。不过，希望通弟能明辨善恶，分清是非，以除魔卫道为宗旨，这才不负姐姐所望。

姐姐一切都好，他日定能在江湖之中相见，但却不希望你因此急求躁进。那样只会让我失望，以你的武功，还不足以立世，必须再行苦练，方可自保。

姐姐笔落于此，别为我担心。

姐姐：凌能丽

即日

凌通愣愣地呆着，就像是经过了几个世纪的轮回，才缓过气来，自语道："不可能，丽姐怎么知道我武功进展神速呢？难道她看见过我练功？可是我怎会没有发现她呢？难道她的武功比我更高？"

"你在说什么？"凌跃疑惑地问道。

"哦，没什么。"凌通吸了口气道。

"信上怎么说？"凌跃奇问道。

凌通又将信交给凌跃，道："这是丽姐写给我的信，可是，她怎么会不给你们留下一封信呢？"

"有，她留下了两封信，一封给你，一封给我和你乔三叔。"凌跃回应道。

"哦，这信是什么时候发现的？"凌通奇问道。

"早晨你上了山，你娘梳头时，发现信就在桌子之上。"

凌通一阵愕然，不敢相信地问道："那昨天晚上可曾发现有这两封信？"

凌跃肯定地道："没有，肯定是在昨天晚上我与你娘入睡之后送来的。"

凌通呆呆地愣着，心道："这怎么可能？昨晚我一直都在打坐练功，即使有半丝风吹草动，我也可以察觉到。那丽姐是什么时候将信送至的呢？难道丽姐的武功高到连我都无法感觉到她的到来？是了，定是蔡大哥救出了她，而且还教了她武功，所以丽姐的武功才会增长神速。也或者是蔡大哥亲自送来的，是了，是了，一定是这样。可是，为什么他俩不来见见我们呢？他们会有什么苦衷吗？……"凌通有点百思不得其解的感觉。

"对了，明天就是清明节，丽姐只是回来扫墓。"想到这里，凌通不由得急道："我们快到大伯的墓地去看看。"

凌跃一呆，道："我们早就去过，墓已经有人扫了，肯定是能丽扫的。"

"啊……"凌通不由得呆住了，心头一阵怅然若失之感，迅速涌遍全身。

“伤哥，你可以进来了!”胡太后那娇脆而甜美却充满了喜悦声调的声音传了出来。

蔡伤不由得一阵好笑，向胡孟打了个眼色，随着徐文伯和徐之才一同踏入房中，众人不由得傻眼了。

房中竟立着两个胡太后，无论是衣着打扮还是容貌体形都是那般神似!

胡孟不由得把头扭向徐文伯，希望他能够给出答案，但徐文伯的神色却不透半点消息，显然是胡太后事先吩咐过。

“大哥!”两个胡太后同时福了一福，亲切地娇呼道。便连声音也是如出一辙，那动作更像经过特殊训练一般，整齐默契得让人心惊。

胡孟吓了一大跳，神色间显得迷茫，苦笑道：“妹妹休要如此，岂不折杀大哥了?”

两个胡太后同时娇笑起来，都是那般清脆，就连掩口的动作都一模一样，完全像是一个人的动作。连徐文伯和徐之才这一刻也傻眼了。

“你们……你们谁是真的，谁是假的呢?”胡孟搔头瞪眼问道，神色迷茫至极。

“我是真的!”两个胡太后同声道。依然是一模一样的声音和动作，举手投足之间毫无分别。

这可难倒了胡孟，一个劲地搔头，向蔡伤投以求救的眼神，但蔡伤并不理会，只是含笑望着两个一模一样的胡太后。

“妹妹呀，你别吓唬哥哥了好不好，你们到底谁是假的呢?”胡孟哭丧着脸道。

“我是假的，她是真的!”两个胡太后又同时做着一模一样的动作，无论速度和姿势，都是那么默契，毫无分别。

胡孟一拉徐文伯的手臂，沮丧地道：“徐老哥，还请你高抬贵手，帮我个忙。”

徐文伯却也搔了搔头，苦笑道：“我现在也不认识了，我必须对两位太后经过检查才能够分清，这样看我无能为力！”

“啊！”胡孟一声惊叫。

两个太后不由得都欢快地大笑起来，就像是顽皮的女孩一般。

徐之才却显出深思之状。

“之才可是能分辨出来？”胡孟喜问道。

“伤哥，你能分清吗？”两个胡太后同时娇嗔地问道。

蔡伤却装作糊涂，一脸苦相地道：“我不知道，大不了我两个都要啰，叫大哥再去制出第三人当太后不就行了？”

众人一呆，旋即又大感好笑。两个胡太后都不依地嗲骂道：“你坏死了，尽戏弄人家。”

蔡伤不由得开怀一笑，道：“徐大哥的整容之术真可谓天衣无缝，让兄弟我大开眼界了。不过，这样也的确危险，一个不小心，真的会认错人的。”

“我已经认不出来了，还什么一不小心的，蔡兄弟，我看你还是不要卖关子了，否则，我会疯掉的。”胡孟焦躁不安地道。

“胡兄何用如此惶急？既然两个都一样，随便留哪一个都行，有何不好呢？大不了，你让她们抽签，成败各半，赌上一把不是更有趣吗？”蔡伤打趣道。

“你还说风凉话！……”

“大哥，我们都是你的妹妹，你又急什么呢？”两个胡太后又齐声道。

胡孟咬了咬牙，缓步行了过去，绕着两个胡秀玲小心地转了十来个圈，但越转越是迷茫，最后长叹一声，一屁股坐在一旁的椅子之上，不再说话。

“你看出来了没有？”徐文伯疑问道。

“我自然看不出来，反正我已不想看了，两个人一模一样，哪一个做我妹妹都无所谓，让她们自己去着急吧。”胡孟没好气地道。

蔡伤不由得大感好笑，道：“胡兄可真是笨，我只一眼便看出她们谁真谁假了，而你却这样看也还没有看出来。”

“那你说说，说说看，到底哪个是真哪个是假呢？”胡孟不服气地问道。

“之才肯定也有所悟，不知之才是怎么一个看法呢？”蔡伤优雅地道，同时把目光转向徐之才。

徐之才却苦笑道：“蔡叔有所不知，之才是猜测，只有一个不怎么可靠的凭据，这也只是幸运才能够用，不幸运便无效了。”

“你不妨说出来听听。”蔡伤淡然道。

“伤哥你想让别人告诉你，那可不行。”两个胡太后一齐反对道。

众人一呆，蔡伤却淡然笑道：“我会说出我的理由的，我相信天下只有我一个人才能够随时都辨认得出你们的真假来，所以呢，我的理由别人不可能重复。”

“真的吗？那你先说。”两个胡太后同时要求道。

蔡伤笑了笑，指了指左边的胡太后道：“你是假的。”

“伤哥，你……你好狠心呀，我不理你了。”左边那个胡太后闻言后脸色变得煞白，气恼地道，而右边的胡太后却极为得意，但并不开口。

“哦，我知道了。”胡孟这次欢呼着站起身来，笑道：“蔡兄弟，这下子你说错了吧？哈哈哈……这才是我的妹妹呢。”说着向左边的胡太后一指。

“胡兄怎会这样认为呢？”蔡伤优雅地道。

“你没见到她真情流露吧，如果她不是真的，怎会这样生气？”胡孟反问道。

蔡伤不答，只是含笑望着徐之才。

徐之才也有些迷惑地道：“蔡叔，看来你是想以真情流露来分别太后的真假吧？”

蔡伤含笑问道：“之才与胡大人的意见是一样，对吗？”

徐之才愣了愣，毅然地点了点头。

“哈哈哈……原来蔡兄弟只是略施小计而已。不过，这也不为一个办法，一试就准！”胡孟翘起拇指向蔡伤赞道。

蔡伤不动声色地向徐之才问道：“你的理由是什么呢？”

徐之才想了想，道：“我这本不算什么理由，我看两位太后的衣服质料全都是一样的，显然，刚刚才换上的那位是假的，而这刚换上的衣服原先定是放置盒子之中折叠好的，虽然很整洁，却不免皱褶的痕迹要稍稍明显一些。而太后刚才走入这院子时，外面是起了风的，且扬起了一些尘土，那么，真的太后衣服上多少不免会沾上一点灰尘，刚才我仔细地观察了两位太后的衣服，所以才敢合同胡大人的看法，这就是不是理由的理由。若是太后单独出现的时候，便无效了，更或者在几个时辰未见过两位太后之时，也就无法辨认出谁真谁假了。”

“好仔细的观察，好细心的人。”几人不由得同时赞道。

那被蔡伤说成是假太后的太后这才假嗔道：“还说一眼便看出了真假，原来全是骗人的话！要不是他们，我还真被你当成是假的了，你还不快向人家赔罪？”

蔡伤哑然失笑道：“你演得也实在太逼真了，但我肯定地说一声你是假的，她才真正是我的好秀玲！”说着向右边那含笑不语的太后道：“秀玲，还不到我的身边来？”

众人不由得全都愕然，胡孟的脸色也变得极为难堪了。

第六十三章　亡命天涯

莫折大提只觉得心头有一阵无端的烦躁，每天都必须来巡视战营，每天都亲自来观察敌情。

对于一个主帅来说，这的确是一个极好的典范，只有将敌情和自己的军势了解清楚了，才能够得心应手地布阵垒营，才能够不为对方可乘，并让对方大大地吃亏。

相对于莫折大提来说，元志便少了这份勤劳，更没有莫折大提深得人心，这就是为什么羌人和氐人同推莫折大提为首领的一个重要因素。因为比莫折大提更认真更实在的首领几乎没有。

无论天晴或是下雨，风雪无阻，莫折大提都会来巡视他的最新边境，检查各处的营垒是否有漏缺。

跟在他身后的是他最为得力的几个心腹与数十名亲卫。这是莫折大提从未离身的伙伴，其忠心程度绝没有人会怀疑。

莫折大提今天似乎很心烦，以前好像没有过类似的情况，“或许是因为对歧州城久攻无功的原因吧!”这是莫折大提的想法，所以他选择去巡视。

山野的花草极茂，风暖气清，就当是散散心又有何妨?

军营之外的视野绝对要开阔许多，气氛也因为初夏之景的映衬，变得活跃了许多。听听鸟儿的叫声，感受着轻风的温柔，马儿轻微而有序的步伐，使得莫折大提的心情舒展了不少，至少觉得更有活力。

他的身后是四匹极为神骏的骏马，身前也是如此，有若众星捧月一般陪衬出莫折大提那逼人的神采。

这是一个看上去极为高大威猛的汉子，那粗犷豪野的形体会使人禁不住想到森林中高大的猿熊。

“首领，我看如果我们出兵麟游，然后回攻歧州，也许还会收到事半功倍之效呢!”一名满身戎装的汉子道。

“陆统军此言岂不太过含糊？我们的征战岂能用也许来形容，我们不是赌徒，我们也不能赌！因为我们面对的是千万兄弟，我们不能拿他们的生命去开玩笑，去赌！因此，在军营中绝不能用‘也许’、‘也可能’这完全没有把握的说法，没有八成的把握我们绝对不能赌!”莫折大提毫不客气地教训道。

“首领教训的是，末将明白!”那被称为陆统军的人恭敬道。

“我们进而取麟游的话，对歧州这么长时间的封锁立刻会白费力气，这还不说，劳师动众之下，给了敌人可乘之机。同时，麟游早在备战状态，士兵的气势极旺，粮草也备得十分充足，而我们这一调动，就是阵容仍整齐，也会使战士们的斗志大减，所以我们根本不可能转移目标，我们可以做的就是以扰敌之计，让麟游的敌军不得安宁，使他们的锐气大消，而我们只要一攻下歧州，那便凭着正旺的士气，一举攻下麟游，那才真的是事半功倍。无论是从城池的坚固程度来说，还是从地势的险要来讲，攻打歧州城都要比麟游难上一些。所以，只要能攻下歧州，我们便能攻下麟游!”莫折大提淡然道。

“我不明白，当时首领为什么要选择先攻歧州再攻麟游，若是此时我们全力以赴攻打麟游，相信早已经手到擒来了。”一名汉子有些不解地道。

“哼!”莫折大提自信地笑道，“我们的目光不能只看得这么近，我们若是全力攻打麟游，自然已经攻下。但是那时，我们凭一股热情仍然无法攻下歧州，而当那股热情冷下来之后，我们攻打歧州亦需要这么长的时间，甚至更长。而我们必须节省每一步作战的时间，而取得更大的效益。

我们若是先攻下歧州，那麟游军心定会大动，我们定能在新胜的热情未过之时，便能够轻易取下麟游，这样后攻麟游所用的时间便定会比先攻麟游所用的时间少很多！”

那人不由得“嘿嘿”一笑，显得憨憨的样子。

莫折大提的目光锁定天上掠过的一只飞鸟，感慨地道：“人若是能如鸟一般自由地飞翔，那该有多好啊！”

那姓陆的统军不由得笑道：“那样肯定会吓得鸟儿全钻到水里去学鱼儿，地上不能跑，天上又有人追，它们真是死定了！”

众人不由得全都被逗得笑了起来。

“是呀，上天是如此安排的，又有谁能改变这种大自然的规律呢？”莫折大提悠悠笑道，心情也随之开朗了不少。

“嗖……”一阵轻微而密集的碎响，划破了天空的宁静，变得有些疯狂了。

莫折大提的脸色大变，他的眼角扫到一片若雨点般的矢箭。其来势之劲疾，比之普通的弓箭不知要凌厉多少倍！

那八名护卫仍未曾反应过来，他们的身后便已经传来了一阵惨叫，而他们的战马也惨嘶一声轰然倒地。

莫折大提一声怒吼，身上的披风若云彩一般盖了出去，那射向他的矢箭全都若陷入了泥沼一般，根本无法产生应有的威力。

“嗞……嗞……”两道极快的黑影拖起两道若风雷震怒般的嘶叫，向莫折大提的队伍之中扑来。

“保护首领！”那几名护卫一声怒喝，仍有二十多名狼狈的亲卫，立刻向莫折大提围了上去，他们宁可自己不要性命也要保护莫折大提的安全，这是他们的责任所在！

“当……当……”

许多柄刀与剑都重重地斩在那飞撞而至的黑影之上，但这些刀剑也随之尽数断裂。然后挡在两道黑影之前的人，全都惨呼跌飞而出。

那黑影竟是两件连弩的大弩弓，那沉重而结实的机体此刻竟成了可怕的暗器。

莫折大提这才明白，刚才那些矢箭全是由这两架巨大的弩机所发。这两架弩机至少要十五人的力气才能够拉开，而要将这弩机当作暗器射出这么远却更是难得。

那八名护卫的脸色也变得极为难看了，陆统军忙对着剩下的莫折大提众亲卫道："你们护着首领先走，这里由我们来挡一阵子！"

莫折大提心里明白，对方来者之中有极为厉害的高手，更不知道有多少人。他身为主帅，自然不能亲自涉险，而他的坐骑并没有损伤，而且还有两人的坐骑也未伤着，他们便立刻向军营的方向奔去。

"想走吗?"一声极冷也极为清脆的声音传了过来，在众人的眼下立刻出现一位挺立的身影。

那冷酷、俊逸的脸庞带着浓烈无比的杀气。此刻比他的脸色更冷峻的是他手中的大弓。

一张几乎近人高的大弓，这样的强弓倒的确吓人。

那些护卫和亲兵更是一呆，他们想不到出来的只有这么一人，一个如此年轻的人。

莫折大提一愣之间，一支劲箭已无声地滑至他坐下战马三尺之内，快得连他都有些吃惊。

"喝……"莫折大提的披风再次挥出。

"啵……"那披风竟被爆成无数块若绚丽蝴蝶一般的碎片飞洒而下，耀成一种异样的凄迷。

"唑……"他坐下的战马一声惨嘶，颓然倒下。跟着他身后的两匹战马也相继而倒，根本没有一丝反抗的力量。

箭，就是那张比年轻人的脸色更为冷峻的大弓所发。

所有的人似乎都在张眼看着梦境一般，那张大弓犹如魔术一般连张三下，然后那三匹战马便倒下了，一切发生得那么突然。

“嗖……”这一箭有响声，但声音却是在劲箭抵达那陆统兵的身前之时，才传到众人的耳中，速度和声音一样快的劲箭，的确可怕！

陆统军神色一变，手中的刀横斩而出。

“当……”竟是一声金铁交鸣之声，那支劲箭余势未竭，“噗……”的一声刺入了陆统军的大腿之中，竟是一支铁制的连杆箭，连箭杆都是铁制的。

陆统军一声闷哼，却迅速被身后的亲兵扶住。

“杀！”几名护卫一声呼喝，那些亲兵立刻奋不顾身地向来者扑去。

“哼！”那年轻人一声冷哼，手中的大弓射出最后一支铁杆箭，又刺穿一名护卫的手臂，这仍是对方的反应极快的原因，否则，只怕是刺入了他的心脏！

“呼……”那年轻人手中的大弓这才若飞旋的苍鹰，鼓动着无可言状的气劲，疯狂地向那飞扑而至的亲兵扫去。

莫折大提亲眼看到这年轻人如此勇悍，心头不由得骇然，根据他的直觉判断这附近不会再有什么埋伏，但想到那两架弩机同发的情形，让他不能不有些紧张。

“扑……”那大弓造成的杀伤力竟是无比可怕，弓弦竟像是极薄而又极为锋利的刃口，所到之处，人头竟被划切成两截，飞迸而出，弓身如巨杵一般，将那些亲兵的肋骨击得粉碎！

那年轻人的步子极为优雅，也极为悠闲，就像是在散步，更像是在赏花。只是他的目光让人想到的却是黑暗中出现的魔鬼。

仍有五名亲兵没死，受的伤也不太重，虽然眼前的一切发生得太快了，也太可怕了，但他们的使命却是护卫莫折大提，死！他们并不怕，所以他们再次扑了上来！

他们的动作不谓不快，他们的身法也配合得极为默契，甚至出刀的角度也配合得极妙。

年轻人已在他们的刀势笼罩之下。

莫折大提的神色再变，因为他发现那五名亲兵的脖子已经再没有支撑脑袋的力气了，五颗脑袋已经软垂于颈上。

果然，他们的脖子全都被捏碎了，可能连拇指大的一块碎骨都难以找到。没有人能够想象那是什么手法，也没有看清那年轻人是怎样出手的！如果硬要说有，那便是莫折大提！

“蔡风！”莫折大提的眼中射出无尽的杀机，冷漠地呼道。

“蔡风？”那几名护卫全都暗自惊呼，手中的兵刃上闪烁着无尽的杀机。

“想不到你的武功增长得这么快，我还以为那晚你死定了，想不到你竟然还活着！”莫折大提淡漠地道。

“你以前见过我吗？”那年轻人淡然地笑问道。

“哼，圣舍利是我拿的又怎样？你不用要什么花招了！”莫折大提不屑地道。

“圣舍利？圣舍利又是什么东西？”年轻人奇怪地问道。

莫折大提心中暗怒，却淡淡地一笑，道：“圣舍利就在我的身上，你有本事便来取呀！想不到蔡风也会装糊涂！”心中却暗忖道：“你找死，居然敢单人独马来夺宝。”他当然不知道，眼下的年轻人早已不是那小村中的蔡风所能够相比的了，若是他明白眼前已非昔日的蔡风，而是比魔鬼更可怕的毒人的话，自然不会再留在这里说话了。

年轻人将那沾有鲜血的手在一旁的尸首上轻轻地擦了擦，悠然地笑道：“看来蔡风真的是好有名气哦，这么多人都说我是蔡风，我真幸运！不过，我却要告诉你，我并不是蔡风，我叫绝情，赶尽杀绝的‘绝’，无情的‘情’，今天来也不是为了什么圣舍利，而是为了你脖子上的人头。不过既然知道那个什么劳什子圣舍利是蔡风想要的，也不妨取去，将来也好会会蔡风，做个见面礼给他吧！”

“你不是蔡风？”莫折大提吃惊地问道。

“我是如假包换的绝情，但你说我是蔡风也无所谓，因为我现在觉得做蔡风非常有趣。”绝情声音仍带上那么少许的俏皮道。但没有人会感觉不到他身上散发出来的杀气。

“只有你一个人前来?”陆统军惊疑地问道。

绝情仰天打了个“哈哈”，道：“我不太喜欢别人碍手碍脚，所以呢，一般都是独来独往，这好像是一个极好的作风!”

“是谁派你来的?”莫折大提冷冷地问道。

“这个并不重要，就是告诉了你，你也不可能说出去了，因为你今天是死定了!”绝情显得狂妄无比地道。

“你很狂，比蔡风还要狂，但狂人不一定都有好处可捡!”莫折大提挪了挪步子，淡漠地道。

“那就要看是怎样的狂人了，有些狂人也能够长命百岁!”绝情极为优雅地道，脚下的步子依然没有停，那跨过尸体的动作就像是在过门槛般，没有丝毫犹豫，谁都难以想象就是这样一个年轻人，一出手便毁了几十条人命。

“哧——”一溜旗花刚刚升上半空便坠了下来，竟是被一支袖箭给射落的。

是绝情的袖箭！那么准确，又那么利落！所有的人全都骇然，不过那道旗花升起的烟雾却也在空中留下了痕迹，仔细的人，犹可辨出这旗花的踪迹。

“你们是想速死!”绝情的声音无比冷漠。

“杀!”陆统军一声怒叱，那未曾受伤的六名护卫如六支利箭一般向绝情扑至。

“首领，我们走!”陆统军似乎看出了不妥之处，急忙道。同时再一次甩出一支旗花箭。

莫折大提开始当这年轻人乃是蔡风，心中暗想就是他的武功再怎么厉害，一年的时间又能增长多少呢？但这一刻知道对方并不是蔡风，而且刚才那惊人的攻击力，他也感觉到了危险的存在。

绝情的身形一滑，奇迹般地自那六道兵刃架起的攻击网中滑了过去，然后莫折大提感觉到了杀气，来自心底的杀气，奇怪的是，对方的杀气竟是自他的心底生出。

莫折大提看到了一柄极为锋利极为薄的剑，在虚空之中只刺成了那么一点，黑黑的一点，在陆统军的眼中，那是一片苍茫的光影，迷茫得使正常的世界失去了颜色，失去了最真最纯的颜色，完完全全地成了迷幻一片。

莫折大提出剑了，他的剑很别致，之所以别致，就是因为它的厚重，黝黑黝黑的剑身，闪过一幕森冷的青光。

他很爱惜这柄剑，也很少动用这柄剑，就是决战沙场之时，都很少动用过它，但他知道，今日一定要出剑了，一定要！因为眼前的对手太可怕了。

“叮——”一声极为清脆的响声传来，莫折大提发现，陆统军倒下了。

为他挡了一剑，绝情的剑竟像散漫的双头蛇一般，莫折大提是挡住了，但陆统军却挡不住。

绝情的身子飘然若幻影一般，再一次被罩入那六名护卫的兵器网中。

但是他们全都愕然了，是因为一团电光，闪亮得让人心寒，若飓风掠过，带着撕裂一切的毁灭力量自那六柄兵刃之间爆开，升起！

是一柄刀，出自绝情手中的刀！

来得是那般突然，出得是那般诡秘，杀机、疯狂的野性全在一刹那间鼓起，那是一种无奈而惨烈的劲气。

六名护卫大骇，他们虽然全都是一流的好手，却哪里想到过世上会有如此可怕的刀法？

“怒沧海！”莫折大提惊骇地呼道，他并不知道什么是“怒沧海”，但世间除了“怒沧海”之外还有什么刀法可以达到这种境界呢？所以他极为自然地呼出了这三个字。

那六名护卫只有退，他们也只能够退！六个人，向六个不同的方向退，他们想不出更好的解决方法，他们当然是想护住莫折大提的，可在面临生与死的抉择之时，他们第一个想到的仍是求生。

“叮叮叮……”清脆无比的六声脆响之后，那幕厉芒消失不见，他们全都挡开了这要命的一刀，但，他们胸口的衣襟已经被对方的刀气绞得粉碎，露出了光秃秃的胸膛，显得怪异莫名。

不见刀，绝情的手中并没有刀。其实，他们看到的绝情也只是一个幻影，真正的绝情已握着手中的剑进入了莫折大提的剑势之中。

山下传来了马嘶之声，显然是附近的兵将见到旗花信号赶来营救。

绝情绝对没有太多的时间可以利用，速战速决是他最根本的战略。

“叮叮……”莫折大提的剑影变淡，甚至有些滞慢，这只有莫折大提才明白自己的苦处。

“呀……”鲜血洒得满地殷红，凄惨之中，更多的是残酷，那名手臂被铁箭射穿的护卫，身子变成了两截，上半身的气流冲破咽喉，才会有那么一声惨叫。

切断他的是一柄刀，不知从哪儿来的刀，但是却出自绝情的手！那柄刀只一闪之间便已没入剑幕之中，消失得不见踪影。

莫折大提心在痛，他知道那名护卫正是为了替他挡下那若幽灵般的一刀，才会落得这样的下场。否则倒在刀下的就是他，而不是那名护卫！

绝情真正杀他的力量不是剑，而是那柄神出鬼没的刀！神出鬼没得有些让人心寒。

绝情心头平静得有如一井枯水，虽然恼恨那人挡住了他的杀招，但并不急躁，他知道，越是急躁只能让对方活得越长久。

莫折大提那眯成几乎是一条小缝的眼睛发现了绝情的剑，那本来黑黑的一点，到后来竟扩展成了一片幽暗的天空。

莫折大提心头暗叹，他的重剑向那幽暗的阴影中心刺去，他只有也只能赌上一把！

那六名护卫大骇，全都奋不顾身地扑上，他们的速度绝对不比绝情的剑慢！

绝情感觉到剑气及体，更感到那飞马而至的高手已经不远，错过了这一刻，他不会再有任何机会。

“叮……”绝情仰天一阵长啸，一抹凄惨的刀光若电弧一般回扫而出。

那是刀，绝情的刀，疯狂的刀。那旋飞的劲气在空中扭曲成一种撕心裂肺的力量。

绝情的剑依然没有丝毫减速。

那六名护卫脸色变得惨白，他们不怕死，绝情的刀也不能让他们死！但他们却脸色变得极为惨白，因为要死的人是莫折大提！

莫折大提的眼中充满了惊骇和绝望！

“扑……”鲜血随着绝情的闷哼之声飞溅而出。

莫折大提的重剑已深深地刺入了绝情的小腹，虽然被绝情的护体真气阻了一阻，但依然刺得那么深，只差没有从背后透出。

“首领……”那六名护卫一声惊呼，便在他们的兵刃与绝情的那一刀相击之时，绝情的长剑已经划断了莫折大提的脖子，毫无半点滞留的余地。

莫折大提到死仍未曾合上眼睛，因为他想不到对方会采取同归于尽的打法，以对方那绝世的武功，又是那么年轻，他们之间更没有深仇大恨，而对方居然以同归于尽的打法来解决这次战斗，谁也没有想到，谁也不敢相信，除非对方是个疯子！

但这是事实，的的确确是事实。

鲜血染红了莫折大提的战袍，也染红了绝情的衣衫，与地上血红般的梅花相映衬，凄艳之中更多了许多的惨烈。

绝情的刀飞了出去，是他的力气不继才会被那六件兵刃击飞的。

那六件兵刃的攻势却被绝情的刀势一阻，失去了那应有的杀伤力，但仍在绝情的背上留下了六道刀痕。

鲜血飞溅之中，绝情惨叫着扑了出去，他空着的手却抓住了那自空中坠落的脑袋。

所有的人不由得大骇，因为绝情竟然没有倒下，他的小腹之中犹自插着那柄重剑，鲜血悠悠地渗出，如血人般的绝情一手提剑，一手提着人头，就像是一个出世的魔王，形象可怖至极。当然，那插在小腹中的重剑已被他拔出，并且扔出十几丈开外。

绝情的目光之中充满了杀机，淡漠之中显得无比冷酷，他的眼角扫了一下那快马赶上山的几十匹健马，再没有半点犹豫，脚下一用力，一具尸体倒射而出，向那些仍处于震惊之中的六名护卫撞去，而他的身子却反射向那密密的丛林。

“首领!”那些赶上山来的诸人吃惊地大呼，但是莫折大提已经不可能回答他们的呼唤声了。

绝情一声尖啸，立刻划破长空达至很远。

“追……”那六名护卫呼喝着，向绝情的身后追去。

绝情虽然重伤在身，但身法依然疾若奔马，如流星一般地向丛林中冲去。他只觉得体内仍有用不完的劲道，虽然痛彻心脾，却不能因此而止住他的脚步。

那六名护卫从来都没有遇到过这般可怕的对手，对于别人来说，那已经足够致命的伤，在绝情的身上仍不当回事。

“嗖嗖——”两箭划破长空向绝情的身后射到。

绝情的身体微倾，那两支劲箭立刻擦肩而过，却没有留住绝情的身子。

“希聿聿——”一匹通体洁白的骏马如一片白云般自丛林之中窜出，直奔绝情而来。

绝情一声长啸，将莫折大提的脑袋向腰间一挂，身子便如乳燕一般掠上马背。

骏马一声长嘶，向丛林深处飞驰而去。

“啪——”一簇旗花在空中亮起。

“你竟不相信我?”左边的胡太后声音有些惊讶地问道。

“伤哥凭什么说我是真的?”右边的那胡太后淡然问道。

蔡伤淡淡地笑道:“我不看你们的服饰，那是因为服饰是可以调换的，那些全都是后天条件，后天条件，人为可之，所以那根本不能算是标准。或许之才所说的有理，之才的观察也是极为细微，但正如之才所说，当你们只有一个人的时候，便无法凭此辨认，因此，我分辨你们的真假，是通过你们的眼睛!”

“眼睛?”众人不由得齐声反问道。

“不错，眼睛所代表的不只是一个人的器官，更表达着这个人的一切，包括他（她）的内在精神。人的眼神完全可以表达一个人的感情，更可以透露他（她）的心声。有人说过，眼睛是人精神和灵魂的窗子。因此，我通过眼睛一眼便可以看出你们的真伪!”蔡伤哂然一笑道。

“那我们的眼神又有什么分别呢?”两个胡太后齐声问道。胡孟、徐文伯及徐之才不由得为之深思起来。

“秀玲的眼神中含有一种自然洒脱、随心所欲的情感，那种超然自在的气质自双眼之中很清楚地表现出来。而假秀玲则是因为长期受到身份的影响，使得眼神中含有一种拘束感，虽然神态之间自然利落，可是内心仍然无法放开。那是对新生活的畏怯，表现出来的内在精神却是恐惧和软弱之本，这或许可以瞒得过别人，却瞒不过我的眼睛。更有，在我们走入这间房中之时，秀玲眼中那一闪而过的狡黠之色和那一抹温情也逃不过我的眼睛。我更有一个不是理由的理由，那便是直觉，直觉告诉我，谁是我的秀玲，那绝不会错！难道秀玲还不承认吗?”蔡伤极为优雅地道。

“到底是伤哥厉害，我还想故意弄些迷障，谁知被你轻而易举地识破了。这回我才真的相信伤哥那种能力了。”右边的胡太后欢喜地扑入蔡伤的怀中，高兴地道。

“请太后恕罪，奴婢刚才多有冒犯！请太后惩罚!”左边的假胡太后忙跪下怯怯地道，众人这才哗然。

“你何罪之有？做得很好，以后你更要如此做下去！”真正的胡太后欣然道。说着缓步行了过去，又温和地道：“这些年来，我从没有将你当个下人看待，你我情如姐妹，眼下便让你代我去享受那荣华富贵，只要你能做好，你想要什么便会有什么，知道吗？”

“奴婢不敢！”假胡太后道。

“有什么不敢的，我让你做便做，以后你就是当今太后，有谁敢说你？”真胡太后沉声道。

“秀玲，先需要让她试上一段时日，否则，很容易出乱子的！”蔡伤提醒道。

“好吧，那我们便先走吧！”真正的胡太后无奈地道。

冲出树林，立刻便见四处的义军围攻而来。绝情的心头抽紧，一夹马腹，白马四蹄若驾云而行，向缺口之处冲去，他身上的鲜血已使白马的鬃毛染得血红。

羽箭如蝗，自密林中喷射而出，显然是莫折大提的死已经激怒了所有的追兵。

“呜……呜……”号角之声疯狂地响起，撕裂了整个荒野的平静。

绝情伸手重重地闭住小腹伤口四周的穴道，咬了咬牙，平趴在战马的背上，颤抖颠簸之中竟从绝情的小腹之中激出一泓凄惨的血水。

“嗖……”两旁合围而至的义军，羽箭齐发。

白马一声低嘶，极有灵性地选择坑洼高低不平之处奔行，竟让羽箭尽数落空。

绝情的目光中显出一丝痛苦的欣慰，与扭曲的俊脸相衬成一种极为野性的伤感。但终于快要突破重围了，只不过十来丈的距离，而两旁合围的义军有坐骑的并没有几个，徒步直逼，仍有一段距离。

“希聿聿……”白马前蹄一软，竟扑跪了出去。

绝情的身子也因这一冲击的惯性，飞了出去。

绝情的身子在空中扭了几扭，落地之时，仍禁不住一个踉跄，一缕血丝又从小腹的创口中喷了出来。百忙之中，他不得不回头望了望那匹来自大通的名宛。但这一刻，战马的身上不再只染有绝情的鲜血，更有它自己的鲜血，那是一根绊马索再加上一个陷坑的功劳。

绝情知道此刻再不能犹豫，没有战马也得逃，而且必须逃！

“嗖嗖嗖……”几排劲箭都极为利落地飞射而至。

绝情的身子如野狼一般横跃而过，他的动作绝对不会比战马慢，绝对不比豹子的灵活稍逊。虽然他的伤势是那么重，但是，因为他体内流动的是魔鬼般的血液，那超人的体能和斗志成了他绝对独一无二的不死奇迹。

“谁能射中他赏银五百两！谁能杀死他赏金五百两！”一个极端愤怒而又充满杀机的声音，如暮霭荒山中的警钟，震荡了原野之上滞留的杀机，显得是那么冷酷。

绝情没有任何考虑的余地，他记得很清楚，在前方有一条虽不太深的河流，但却绝对可以让战马止步，那也是莫折大提止步的河界。对面就已经是属于歧州府管辖的地方，更有元志的主力军与之相对。那也是绝情安排的退路所在。

绝情走过的地方，鲜血便会滴成一道极为清晰的轨迹，虽然是星星点点，却也够让人心寒的。

“大胆刺客，还想跑吗？”一声若闷雷般的怒吼自绝情奔逃而前的一块山岩后传来，接着如大鸟一般飞扑出两道身影。

风雷在动，两只巨大的流星锤若陨石一般砸落。

绝情不得不再一提气，冲上半空，便在身后的追兵要将他当成箭靶子的时候，他又飞坠而下，比那两只流星锤的下砸之势更快。手中之剑一抖，便像是满天飘落的雪花一般，灿烂无比。

另一人似乎意料不到绝情在伤势如此重，又奔跑了这么长一段距离的情况下，竟仍有如此强悍的攻击能力。但他也算得上是一个高手，对于绝情的剑势，他以不变应万变的策略，将手中的长枪飞刺而出，他不管绝情的剑，打一开始，便以两败俱伤，以命搏命的打法。

只可惜他估错了绝情，若说天下只有一个不怕以命搏命的人，那这个人就一定是绝情！他的策略对很多人都有效，就是尔朱荣、蔡伤之流，依然是有效之极，但对于绝情便不起作用了。

“扑……”那杆枪扎入了绝情的胸膛，但枪手并没有感到高兴，而是悲哀，深沉的悲哀，虽然他习惯以命搏命的打法，却并不是真的想送命，他只想赌一下别人比他更珍惜生命。可惜，这次他输得一塌糊涂，对方根本就是不要命的狂人，与这种狂人赌命，只会是死路一条。所以他唯一有的只是深沉的悲哀，但他已经没有任何机会体验这其中的滋味，因为他的脑袋和身体已成为两块不同的机体。

他被绝情的剑切成了两截。

绝情也一声狂号，鲜血使胸前的胸衣印成了一块完美的梅花，仍在狂喷，随着那道深深的创口狂喷，但没有什么可以让他的脚步停留。

那使流星锤的汉子却惊呆了，他哪里见过如此的狂人，如此的疯子？不过他也的确来不及击出第二锤，口中禁不住惊呼：“叱卢虎！”但回答他的只有那拖得满地都是的五脏六腑——花花肠子和鲜血，与两只没有闭上的眼睛。当他回过神来的时候，马嘶声已自他的身边响起，正是追兵到来，而绝情的身形已抵达河边。

对岸鼓动着欢呼与震天的喧嚣，那疯狂的马嘶使得战云笼罩了整个河道。

元志早已告之边防的战士，虽然他仍不敢相信世上有人能够单枪匹马地去杀掉莫折大提，可是毕竟对方是尔朱荣的人，就是不成功，也得迎接。

其实就是没有元志的吩咐，对岸的兵将也会明白，莫折大提的营地中接连出现两支旗花，又动用了大量的号角，及那如水般的追兵，早就告之了他们是怎么回事，他们更怕莫折大提会摆渡开战。因此，他们自然会守在河边，这一刻见到绝情浑身浴血，刚才那种战局他们看得极为清楚，自然要为绝情欢呼，有的禁不住高声呼道："伙计，快点，游过来，快点！"

绝情再次封住胸口的数大穴道，扭头望了望仍有三十多丈远的追兵，一咬牙，伸手折过一大把树枝，身子若掠波之燕一般掠向河面，就在气竭之时，抛下一根树枝，脚尖再次点上，手中的树枝不断地抛下，犹如蜻蜓点水一般，掠波而行，每一次跃起，至少是两丈之远。

"好！好！……"对岸的将士就像疯了一般狂呼起来，又跳又舞，像是全都得了疯狂症一般。也的确，他们哪里见过绝情这般渡河的方法？

"嗖——"一支劲箭越过所有射向绝情的箭，便在绝情抛下第十根树枝之时，由绝情的背后透入，深深地透入。

绝情一声狂号，那跃上空中的身子，便如一块石头般"嗵"地一声重重坠入水中，溅起一阵带血的浪花，便沉没于河心，距他扔出的第十根树枝只有五尺远。

树枝悠然地向河的下流漂泊而去，两岸上的声音霎时全都寂灭了。人们甚至连呼吸都有些困难。

愕然之中，沉默之后，对岸的官兵立刻鼓出震天的怒吼："杀死他们，兄弟们冲过去，杀尽那些杂种……"箭羽乱飞，但却全都坠入河中。

起义军也全都愕然，绝情没入水中，并没如他们想象的那般惊喜，众人全都望着河心渐渐转淡的血水发呆。

这究竟是一个亲人，还是一个敌人，很多人都弄不明白，或者死去的是个英雄，是个狂人，也许还是个疯子，可怕的疯子！但他真的死了吗？很多起义军都在心头挂上了一丝疑惑。

河水悠悠，那十根树枝已经飘远，还有一把绝情仍未来得及抛出的树枝，也早浮上水面，最后流远！

血红的河水亦淡去，唯留有对岸的悲愤怒吼，那盲目但代表着愤怒的羽箭仍在向起义军这边乱射，可是射程总是不够。

南朝，韦府，声名盖天下，皆因当年韦睿在钟离一战，杀得北魏丢盔弃甲，竟让北朝损失数十万之众，更生擒数万，获得战资无数，使得北魏也再无力南征。

韦睿精神依然很矍烁，那雄捷的动作的确很难让人想到他已年近花甲。

韦睿的目光极为深邃，甚至有些空洞的锐利，定定地盯着手中的白鸽，神情之中，绽出淡淡的欢悦。

白鸽的爪子之上系着一张不大的纸条。那毛色如莹玉般圣洁的白鸽，这一刻极为乖巧。

韦睿优雅地倚坐在一张虎皮太师椅之上，顺手叉起身边的一块鸽食，极为细心地喂给这只白鸽食下。

白鸽毫不客气地吞下，然后才“扑扑”地振翅飞走了。

韦睿望了望手中的字条，眼角闪出一丝欣喜与冷酷，然后将手紧紧合拢，再张手之时，手中只有一滩细小的粉末，然后散飘在空中，消失得没有踪影。

“来人!”韦睿淡喝道。

“吱呀——”推门而进的是一名极为健壮的年轻人。

“主人有何吩咐?”那年轻人极为恭敬地问道。

“备马，我要去平北侯府!”韦睿淡淡地道。

“爹，那是什么?”正在划着小船的女子惊异地指着河中沉浮不定的黑影。

“好像是个人!”撒网的老翁放下手中的渔网，疑惑地道。

“爹，我们把他救起来吧。”那女子改变船向，朝着浮沉的黑影划去。

“好吧，也不知是死是活!”老翁心中没底地挥出手中的渔网道。

“哗——”渔网刚好罩住那沉浮不定的黑影，老翁费力地向船上拉着。

“呀，是蔡公子!”那女子一惊，望着被捞起的躯体心神大震道。

“啊，真是公子，来！丫头，快来帮忙，快!”老翁也大感意外地急切道。

那女子忙放下手中的桨，急忙地跑了过来，眼神之中明显地表现出无比的惊讶和担心。口中却呼道："爹，小心一点，公子身上有剑伤!"

"我知道，呀，公子受的伤可真不轻呀!"老翁骇然道。

那女子帮着老翁小心翼翼地把那满身伤痕的躯体捞了上来，有些惶急地道："怎么伤成这个样子呢？现在该怎么办?"

老翁和这女子捞上来的正是伤重坠入河中的绝情!

"看，公子的腰间还挂着一颗人头，这……这……还好，还有气!"老翁一惊一喜地道。

"走，我们快回去，我到集上去找个大夫来!"那女子急忙道。

"这颗人头怎么办?"老翁也有些焦灼地道。

"看公子将他挂在腰上，可能很重要，我们就把它带回家吧，或者将它埋在哪里，待公子醒后，再挖出来还给他!"那女子很果断地提议道。

"也只有这样了!"那老翁想了想道，说着帮那女子一起摇动船桨。

绝情的尸体没有捞到，但元志的府上却高悬着红灯笼，歧州府上一片欢腾。绝情可能死了，但莫折大提也同样失去了脑袋，以一个绝情换回一个起义军的大首领，在元志的眼中，那绝对是值得!

所有见过绝情那凶猛神威的将士都被激起了无比的斗志，他们的心中燃起了仇恨之火。他们从来都没有如这一刻般清晰地感受到仇恨的存在。

射绝情最后那一箭的人，是莫折大提的儿子莫折念生，这也是一个极为可怕的悍将。

元志乘义军死了首领莫折大提，正军心大乱之时，领兵猛攻起义军。军中将士因对方在他们的面前杀了他们心中的英雄，一个个如狼似虎般凶悍，这一次战斗之中，每一个人比任何时刻都要勇猛。

起义军节节败退，麟游的守将也适时出兵追击，义军死伤数万，战局极惨，只得退至陇县，死守坚城，才得以挽回颓局，不过已后退了数百里战地。

这一战可算得上是真正的大捷，与起义军交手以来，元志这才真正地扬眉吐气过一次。只不过，这一切全都源于绝情，若没有绝情，岐州恐怕再也无法坚持几天了。

元志立刻修书一封以快马送至秀容川尔朱家族之中，告之绝情身死的事。同时上书朝廷表述此次的战绩，为了更加讨好尔朱荣，元志竟将绝情的事迹也上表朝中，对于一个死人，当然没有人会与之抢功，也不在意给他个什么功劳了。

岐州百姓奔走相告，虽然苦难依旧未去，可是总比战难不休要好多了。城中之人更知道绝情的英雄之举，有的甚至把他吹成了活神仙。军中也同样将他的形象越传越神，那种借树枝飞渡大河的盖世轻功，那独闯敌营斩杀莫折大提，再提头而回的气概，军中无人不服。元志虽未看到当时的场面，但他却相信绝情确有其能，因为他本身也是一个高手，更知道绝情的武功比起他来不知道要高出多少倍，只可惜如此英雄人物，却如此短命！

第六十四章　侯府魔踪

韦睿神情极为欢悦，但昌义之却神色有些阴冷。

“昌兄莫不是有何疑难？”韦睿疑惑地问道。

昌义之叹了一口气，道：“韦宗主有所不知，我派人去见过瑶琴，可是却无法查出蔡伤究竟在她的体内下了何种毒药，若我们一天不能查出蔡伤在她体内所下的毒，我们就一天不能下手对付他们，而瑶琴始终要受他们的控制。我们根本不可能靠瑶琴去控制北魏的朝政。我们必须先解开她身上的毒，才能够无后顾之忧。若是瑶琴有朝一日暴毙，那北魏的朝政很可能便会让剑宗占了个便宜，以尔朱荣的野心，岂会不想自己号令我们魔门之理？而眼下的毒宗、烈火宗、天邪宗有支持剑宗之意，只要待尔朱荣控制了北朝之时，就是他们联手之时，若是我们控制了北朝，那毒宗、烈火宗及天邪宗定会向着我们，只有那般，我们才真正获得魔门的主导地位！”

“昌兄所说不无道理，我们能否找到陶大师，让他去配制解药呢？”韦睿提议道。

“陶大师虽然医道通神，可瑶琴却是在北朝，她不可能有来陶大师住处的机会，而陶大师更不可能前往北朝给她医治，这是矛盾之处。更何况，陶大师会不会出手又是另一回事！”昌义之微微有些忧郁地道。

“那我们该怎么办呢？”韦睿皱眉道。

“如果要是有毒宗的人帮忙便好了，只可惜，毒宗与剑宗连成一气，难以找到他们出手相助！”昌义之感叹万千地道。

“徐文伯这老家伙竟与蔡伤称兄道弟，这之中也有他们的份，我们何不向徐家打打主意？”韦睿眼睛一亮道。

“徐家？的确是要从徐家下手了，以徐家的医道，或许可以找到解方！”昌义之神色微微缓和道。

“可是他们必须去洛阳查看，而这之中可能会惊动蔡伤的耳目，我们不能不防！”韦睿道。

“韦宗主别忘了，蔡伤和真太后不会待在洛阳，而在洛阳蔡伤的势力也极有限，只要到时瑶琴稍稍照应一下，应该不会有什么问题！”昌义之悠然道。

“可是徐家全心向着蔡伤，我们能否让徐家之人就范呢？”韦睿淡然道。

“这个，韦宗主便交由我负责好了。我会让徐家之人就范的，别忘了徐家每一位都是医道高手，我们任选其一便可足够行事了！”昌义之目光之中充满了自信地道。

“不过，我们还要向宫中回报一声！”韦睿提醒道。

“这个，我会的。”昌义之含笑道。

“宫中，你必须提防一个人。虽然到目前为止，仍不清楚这个人的真实身份，但这个人绝对是一个极为可怕的人物！”韦睿语气极为肃然道。

“我听祝宗主说过，有这样一个神秘人物的存在，她也曾与那人交过手，这人的武功之高，超出了我们的想象，据她估计，这人应该不会比蔡伤之流差多少，而宫中藏有这般厉害的角色，还是最近两年才发现，祝宗主也试不出对方是男是女。不过，我想，或许是祝宗主遇上了外来的高手也说不定。黄海闯入宫中不就是一例吗？”昌义之有些微惑地道。

“不，我却不这么认为，我们在宫中的许多事情之失败，可能和这个神秘人物有关，而黄海为什么要入宫，可能与这神秘人物亦有关联！”韦睿道。

“韦宗主难道不知道黄海与皇上本身就有怨隙？只是事隔这么多年才

闯入皇宫，当年或许祝宗主所遇的那可怕高手正是黄海也说不定。否则，天下哪有这么多可怕的高手，以祝宗主的武功竟是以二敌一才堪堪与其匹敌，若不是惊动了士卫，恐怕后果还难料呢！”昌义之有些惊悸地道。

“那次黄海本可被擒下的，可是暗中却被人救了，更有人在太子正宫放火，这些配合得那么默契，肯定不是黄海一个人所为。据侍卫们说，当时那放暗器之人的手法和动作厉害得让人心寒，绝不是一般高手可以办到的。因此，我始终认为是那个隐藏在宫中的高手所出手。据宫中的眼线传来的消息说，当年，黄海与皇上结怨的情形有些古怪，只不过只有那几个老公公才知道其内情。我想，这段隐秘定与宫中这隐藏的高手有关。只可惜，我们无法察觉而已！”韦睿深沉地道。

“我们可先不必管他，只要这人并没有对我们构成明显的威胁就行，我们目前的计划并不是本朝，而是北魏，我们只需要加以留意就不会有多大的问题。这个神秘人物，便由祝宗主去查探吧，她比我们更了解宫中的情况！”昌义之淡然道。

“那便只好如此了。”韦睿吸了一口气道。

“其实，我们都已经老了，应该让后一辈去挑起大梁，振兴魔门并不是一代两代的事，有些事，我们大可让后辈们去历练历练！”昌义之感叹道。

韦睿仰头叹了一口气，道：“是呀，岁月不饶人。”

阿那壤的骑兵来势之神速，的确出乎人的意料之外，虽然破六韩拔陵早有准备，可仍然显得有些惶乱，刀疤三苦战沃野，但始终还是战败，全因起义军的心早已动摇。先有安抚不成，后有卫可孤被杀，而众人早被柔然铁骑的气势所慑。更何况官兵之中又有尔朱荣这般可怕的高手坐镇，所有人的斗志有些散漫，兵力分散之下，竟被阿那壤攻破沃野，刀疤三战死是在赵天武赶赴沃野之时，可惜他迟了一步。

阿那壤的骑兵气如长虹，一路势不可当，起义军更有粮草难继之危。

尔朱荣也不断派兵骚扰义军的南方诸镇，使得破六韩拔陵首尾难顾，而杜洛周北行之事犹没有消息传来，义军只得陷入一种苦战之局，这是谁也无法改变的局面。

北方的百姓大量涌入关中，在战火的焚烧中，无处不是一片狼藉。阿那瓌的军队更像一群蝗虫，行到哪里，哪里便会只剩下残垣断瓦，烧杀抢掠，就是连一粒米也都不会留下，既然没有任何吃食，那老鼠也就只有活活饿死了。这是阿那瓌的可怕之处，与恶魔毫无异处！

绝情悠悠地醒来，却发现眼前的环境极为陌生。

低矮而显得压抑的草茅房，一床极干净的被子暖暖地盖在他的身上。

"公子，你终于醒了，真是太好了！"一个双眼微显红肿，皮肤微黑，却极为俏丽的女子欢叫起来。

"这是哪里？我怎会在这里？"绝情有些惊异地问道。

"这是唐家村，是我与我爹从河里把你救起来的，公子，你伤得可真重，大夫还说你不可能醒过来的……"

"谢谢！"绝情打断了那女子的话，感激地道。

"公子还用说什么谢谢？公子曾有大恩于我们父女俩，今日是上天给我一个报恩的机会，公子何谢之有？"那姑娘微怨道。

"我有大恩于你们父女俩？"绝情惊异地问道。

"难道公子不记得我们了吗？我叫姜小玉，我爹叫姜成大呀，那一日在邯郸城中，公子不是出手相助过我父女吗？"那女子奇问道。

"是吗？"绝情微微皱眉，沉思道。

"公子是饿了吧？我去为公子熬些粥来吃。"姜小玉一愣，温柔道。

"我不饿！"绝情感激地一笑道。

"公子怎会不饿呢？都五天没吃东西了，又流了那么多血，谢天谢地，公子居然能醒过来。"姜小玉掩饰不住欢喜道。

绝情心中一阵感动，明白姜小玉为何会眼眶红肿，定是因为他的伤势哭过很多次，禁不住怜惜地道："好吧，那你去给我端碗粥来吧。"

姜小玉面上露出一丝欣慰。

绝情移了移身子，一阵钻心的剧痛几乎麻痹了他的神经，这一刻才感觉到伤势的沉重，一股浓浓的药味自被窝之中涌出，只熏得绝情眉头一皱。

姜小玉很快便端来一碗粥，显然早已做好，而一直凉着。

绝情感激地望了姜小玉一眼，诚恳地道："有劳姑娘了。"

"公子何用见外，这叫好人自有好报。若非公子前种因，哪能得后果？"姜小玉恢复了俏皮之态，娇声道。

绝情苦涩一笑，道："姜姑娘恐怕是认错了人，姑娘可是把在下当成了蔡风？"

姜小玉一愕，好笑道："公子本来就是蔡风，何用当成？来，喝粥吧，凉粥还要好喝些。"说着温柔地向绝情口中喂去。

绝情知道解释也没有用，对元权和长孙敬武诸人解释了那么久，还是不能让他们相信。若不是旁人帮忙，他们绝对不会相信。而在遇到莫折大提之时，也将他当成了蔡风，可见他与蔡风长得是多么相像。只是他始终不知道蔡风究竟是何方神圣，连在这种穷山村之中也居然有认识他的人，这的确让绝情猜不透。如此一个人物，他怎会不知道呢？

好一会儿，姜小玉方温柔地喂完了粥。

"姜姑娘，这药是谁开的呢？"绝情淡然问道。

"这是城里的大夫开的药，他还说你伤得这么重，没办法治好，只是为你敷了一些伤药而已。"姜小玉解释道。

"这药开得不对，这样只会增长伤口复元的时间，我来开几味药，麻烦姑娘去请个大夫，然后顺便把药抓来，可好？"绝情悠然道。

"这药开得不对？"姜小玉瞪大眼睛疑惑地问道。

"这些只是普通伤药，对于我来说只是多余的，更是累赘。因此，我要先洗伤口，再上药！"绝情自信地道。

“我这就为公子洗。”姜小玉毫不犹豫地道。

“那倒不必，你去把大夫找来，我所说的这些药必须由他亲自配制，否则，你可能因不太熟悉而弄错。”绝情想了想，又道，“姑娘可会写字？”

姜小玉俏脸一红，摇了摇头，微显失落之感。

“那我先说几样，姜姑娘你记下，等大夫来了，我再说出另外几副药方。”绝情哂然一笑道。

“公子，你说吧，我记着。”姜小玉咬了咬牙道。

“松香七两，生白矾半两，枯白矾半两，当归二两，白芷五钱，紫草二钱，甘草一两二钱，白蜡二两，轻粉四钱，真麻油一斤。以上为一散一膏的主药。前三种为散敷，后面用作生肌膏。”绝情说着目光温和地注视着姜小玉，见她不住地点头，显然在记。又道，“还有一汤，主补气血之用。当归二钱，洋参二钱，黄参二钱，白术一钱，甘草四分，陈皮一钱，柴胡六分，升麻三分，红枣三个。”绝情连续重复了五遍，姜小玉才清楚地记住了。

“你躺一会儿，我去找人来照看一下，然后再去城里。”姜小玉温和地道。

“你去吧，我自己会照顾我自己的，对了，你爹怎么未曾回来呢？”绝情问道。

“我爹去打鱼了，大概过一会儿就会回来了。”姜小玉道。

“小玉！小玉！不好了！”一名皮肤黝黑的青年人惶急地冲了进来。

“范大哥，什么事不好了？”姜小玉也被年轻人的情形吓了一大跳，骇然惊问道。

“不好了！”年轻人喘了一口气，又继续道，“大叔和几位兄弟被朱家村的人给打了，船也被抢去了！”那年轻人脸上显出无比愤怒地道。

姜小玉一呆，脸色“刷”地一下便白了，急道：“他们现在在哪儿？”姜小玉一把拉住年轻人的手惶急地问道。

“在神婆家，他们都被抬到神婆家去治伤了。”年轻人愤慨地道。

姜小玉扭过头向床上的绝情望了一眼，又对年轻人道："范大哥，麻烦你照顾一下蔡公子，我去看看！"

那年轻人向绝情望了一眼，有些不太情愿地点了点头，道："好吧，你去吧，我会照顾他的。"

绝情神色微微一变，平静地道："姜姑娘，你去吧，我没关系的。"

"那我去了。"姜小玉神色有些凄惶地冲出了家门。

那年轻人淡淡地望了绝情一眼，没好气地问道："你醒了。"

"还没请教这位兄台如何称呼？"绝情淡然一笑道。

"你叫我小范好了！"那年轻人淡漠地道。

绝情笑了笑，道："我比你都小，叫你小范，好像不太合适，不如便叫你范兄吧？"

"入乡随俗，他们都这么叫我，你就这么叫好了，何必要计较这许多？看你也是一个见过大世面的人，怎么脑子转不过弯来？"那年轻人不耐烦地道。

绝情一呆，这年轻人虽然态度不好，可是其谈吐却极为不俗，不由得使人另眼相看。

"爹——"姜小玉匆匆忙忙地向屋子中呼道。

屋子里本围得很满的人立刻让出一条通道来。

"小玉姑娘来了……"

"小玉，你放心，我们会为大叔泄恨的……"

屋内群情激奋，七嘴八舌地哄了起来。

"爹！"姜小玉神情之中显出无比的愤怒，关切地呼道。

"小玉姑娘，请你让开一些，现在，我要为他们施法，不能错过这个时辰，否则便要等到明天才能施法了！"

姜成大满身血污，虚弱地望了姜小玉一眼，眼神中充满悲伤。

"爹——"姜小玉禁不住泪水自眼眶中涌出，却被众人拉住了。

“六叔，这到底是怎么回事？怎么会这样？”姜小玉无助地拉出一位中年人悲愤地问道。

那中年人叹了一口气，咬牙道：“你爹稍稍进入了朱家村的界限，这才让他们找到了借口，就打了过来。后来，兄弟们见你爹吃了亏，便全都过去了，只是他们人多势众，众兄弟敌不过他们，才败下阵来!”

“小玉姑娘，你不用担心，神婆会让大叔好起来的。”一名年轻人将姜小玉向后拉退了几步，安慰道。

“大家都出去吧，神婆要施法了，不要留在这里碍手碍脚。”那被姜小玉称做六叔的汉子呼喝道。

“走，我们去找那些杂种算账去！不出这口鸟气誓不为人!”几名年轻人愤怒地呼道。

“大家要冷静一些，我们必须从长计议，乱了自己的阵脚只会对我们更不利。要知道朱家村也不是好惹的主儿，我们这样一拥而去，只会正中他们的圈套，我们去找老太爷商量商量，让他为我们出个主意!”被称为六叔的汉子高声喝道，浑洪的声音，竟将众人的哄闹给压了下去。

众人一呆，但立即又有一人呼道：“对，去找老太爷，他娘的，我们唐家村岂是好欺的!”

“小玉，你家的那个病人情况怎样了?”六叔淡然问道。

“他醒了，我想应该不会有生命危险。”姜小玉擦了擦脸上的泪水道。

“醒了？看来神婆可真的法力无边，伤成这样子居然还能够活过来。”六叔眉目之间显出惊讶和欢喜地道。

“我不知道，可能是吧。”姜小玉心不在焉地应声道。

“你说他是你的恩人，你可知道他是什么身份吗?”六叔有些怀疑地道。

“他是个好人，我在邯郸的时候见过他，那时候，他只有一个人，官兵都很怕他，就是那些恶棍也都怕他，我就知道这些。”姜小玉含糊地道。

“哦，连官兵都很怕他？那他会是什么人呢?”六叔沉思道，旋即眼睛一亮，恍然道，“那他肯定是个很有身份的人，若是有他帮我们的忙，为你爹报仇岂不是又多了几分胜算吗?”

“可是他会吗？他伤得那么严重，没有死去就已经算是很幸运了，而这一刻他又怎有动手的能力呢?”姜小玉疑惑地道。

六叔眉头微皱，喃喃地道：“他虽然在邯郸城中很吃得开，可在这里却不知道是否能行了?”

“他现在伤得那么厉害，若是他在这里很有身份的话，谁人敢伤得他那么重呢?”姜小玉有些不耐烦地道，很明显是对六叔打绝情的主意很是不满。

六叔干笑一声，道：“算了，我去老太爷那里了，事后再去你家看看。”

姜小玉望了神婆一眼，又望了望躺在席子上的老爹，心头不由得一阵焦灼。

神婆也看了姜小玉一眼，怪笑道：“我老婆子会把你爹治好的，你下午再来把你爹接回去吧。”说着便把门紧紧地关上了。

姜小玉无可奈何，只好扭头向家中走去。

饥饿的难民向关内狂涌，使得关内也是四处狼藉。为了生存，难民甚至发展到了煮人为食的地步，一路上抢、劫、掠，弄得各地的秩序大乱。

难民所过之处，官府不得不派人镇压、治理，否则难民一哄之下，原本不算平和的关内百姓便立刻遭殃了，什么鸡、鸭、狗、猪之类的几乎会被难民偷抢干净。因此，各地的百姓对这类难民敬而远之，甚至棍棒相加，使难民和当地百姓之间的矛盾很快便激化，更有许多难民流窜成寇，四处抢杀，关内的百姓也变得惶恐起来。

而在涿州、定州、涞源、顺平诸地，难民在有秩序地流入。更好的却是每个难民在入城之时，都可以分得一碗粥喝。这对饥渴若死的难民来说，不啻天降甘霖。让难民歌功颂德的自然是这施粥的大恩人、大救世主，而在诸州分粥的计划却是冀州葛家庄主人葛荣的主意。涿州、定州、涞源、顺平诸地几乎在每一处都有葛家庄的势力，至少在整个北魏的东部和东北部，没有人敢不买葛家庄的账，各地的郡丞、太守都不敢不给葛家庄面子，甚至还要巴结葛家庄。虽然众人明知葛荣此举似乎用意甚深，但却不失为一个安抚民心的好办法，使难民造成的乱子大大减少。别人出力让他们向朝廷邀功，又何乐而不为呢？所以这些当官的不仅不说，还大力支持葛荣的行动。

葛家庄的生意依然照做，而且越做越大，几乎所有能动的势力和财力全都在火速地动转之中。

在沧州与海盐帮一战，葛家庄的人击毙海盐帮帮主修远水，海盐帮十大长老已去其五，这可算是海盐帮最惨的一次战局。海盐帮的实力完完全全地控制在葛荣的手中，因为剩下的五位长老，全都是葛荣以重金收买的心腹，海盐帮早就有葛家庄潜伏进去的高手。所以一动起手来，修远水那边的人根本就没有半点还手的余地。

游四的确是个了不起的人才，在海盐帮初逢大变之时，仍能够以最短的时间将其帮规帮制大改，使得每位弟子和长老及各路堂主都心服口服。更让他们看到了希望，感受到了动力，绝没有因为死去帮主而沮丧的神情，因为北方武林之中，葛荣比起修远水来，不知道强大多少倍，而葛荣的远行计划与塞外交易的计划却是更让人心动和振奋的事情。所以，他们自然更为卖力。

葛荣很忙，每天都要收到许许多多的汇报，包括北部的军情，南方的生意，更包括塞外的交易。

太行山三十六寨、十八洞，此刻所做的事情并不只是对那些商人抢劫，对商旅的盘剥，更派出高手任由葛荣调遣。

这段日子以来，葛荣的确是忙得有些不可开交，游四也好不到哪儿去。派出高手北走突厥、契骨，与高东、漠东的契丹、漠西的嚈哒，这些塞外的国家最需要海盐。当年葛荣周游各地并不是白走，而这一刻派出的大量高手就像是考察一般，对各国进行走访，以打开商路，更有突厥人的鼎力相助，使其商路大开。

海盐帮更按照葛荣的计划，行出大海，东向高句丽、新罗诸国，以开拓商路，这些举措只要一成功，葛荣的商业将无限地扩大，换得的财富将是难以想象的。

能够动用的各路关系几乎全都动用了，官府的、各大家的、各门各派的、各个寨头的。若是朝廷知晓这之中的情况，肯定会惊得目瞪口呆。这之中的情况只有少数人知道，表面上，葛家庄的一切都平静得如往常一般。各个人也只知道自己该干什么事情，在干什么事情。别人的事情他们根本不知道，也不敢去查问，这就是葛荣安排的巧妙之处。

葛家庄之中，除了少数几个人之外，能获悉葛家到底有多少产业的人几乎不存在。游四当然是这少数人当中的一个，包括葛荣的所有经营运作，都有这个年轻人的汗水渗透其中。无论是黑道还是白道，无论是明里还是暗里，游四似乎已经成了葛荣的影子。

除了葛荣之外，葛家庄还有十个最为可怕的人物——葛家十杰！他们没有名字，但人们都知道，这些人绝对存在。游四就是这十杰中最为年轻的一个，排行却是在第四。经常出现在庄内的还有裴二、薛三，这两人的排名在游四之上，而这两人的武功很少有人清楚，但谁都知道，任何一人的武功都不会低于游四，任何一人的智慧都不会比游四差多少。另外仍有七个极其神秘的人物，恐怕除了葛荣和十杰本身之外，葛家庄中大概不会有人知道，包括葛荣的两个儿子。

破六韩拔陵所领的大军节节败退，这是让朝廷稍稍欣慰的一件事，元志告捷，莫折大提身死，这又是一件让朝中振奋的事情，而这可怕的刺客却是尔朱荣所派，这件大功自然要向尔朱荣头上记一笔。而尔朱荣更出任北部，对付破六韩拔陵的大军，其功更是倾朝难敌。不过刺客自身已死，这一点倒让朝廷大觉遗憾。试想有这样的刺客，若是将起义军的首领一个个都予以刺杀，那该有多好？不过，让朝廷头大的事却是运给北伐军的粮草被人给劫了，甚至还不知道出手的是什么人。几乎让人难以相信，数船的粮草竟在一个晚上被人给劫了，可仍不知道对方是谁！这岂不是天大的笑话？运粮的官兵几乎被杀了个干净，数百人在不知不觉中同时身首异处，这等可怕利落的手法，几乎骇人听闻，船只不是被打翻，就是被凿沉，看着江面上的尸体让人心寒。

当然不是真的全都被杀，可是有谁敢现身呢？一回去，仍只有死路一条，朝廷绝对不会放过他们的。因此，这些幸存者只得苟且偷生，隐姓埋名了。

运粮官员也同样没有留下活口，这几乎是一种冷血的大屠杀，可是谁也没有办法制止，这个世道已经变得太过黑暗了。

朝中大为震怒，出事地点离关中比较近，有人怀疑可能是关中起义军做的手脚，也有人怀疑是莫折大提率领的起义军所干，他们为了支持破六韩拔陵，因不能直接出兵相援，便只好破坏朝中运粮的计划。但猜归猜，事实之上，谁也不知道究竟是什么人弄的鬼。现场没有一个敌人的尸体，对方甚至没有留下一点线索。唯一知道的就是对方用马车运走了所有粮草，而马车的轮印在一条河边消失。对方肯定也是自水路运走的，朝廷唯一可做的事，就是封锁所有的水陆要道，使通往关中与西部的关口全部在其检查之内。甚至通往汾州的要道及秀容川的要道都加强警戒。朝廷的局面依然紧张万分，各路起义军的热头极旺，而北方流入的难民闹事，也使得朝廷头大不已。

姜小玉回到家中的时候，绝情已将伤口全都洗了一遍，身上的血迹也擦拭干净了，土炕之上也用清水洗过一番。

绝情的脸色极为苍白，赤裸着上身，静静地倚墙而坐，盘着双膝，像入定的老僧。

小范的脸色也有些苍白，额头上竟渗出了汗水，望着踏入家门的姜小玉，禁不住露出一丝苦笑。

姜小玉望了望湿淋淋的地面，又望了望屋里的情景，不由得一呆，疑惑地问道：

“怎么会这样？”

小范一脸苦笑，道：“他要用清水冲洗伤口，我简直不敢相信他仍是一个人！”

姜小玉脸色一冷，不高兴地道：“范大哥怎能如此说蔡公子？”

小范摇头无奈地道：“他腹部的伤口处流出来的都是发臭之毒血，其他几处也是如此，可是他仍然能够自己移动身子，伤口周围的肉都未见腐烂，这岂不是太不可能？”

姜小玉一脸骇然地问道：“他身上流出的真是毒血？”

“这还用骗你？都流到地上了，我只好用清水把它给冲洗干净，不然会臭死人的。”小范指了指地上的血迹道。

姜小玉有些不敢相信地望了望绝情，却发现绝情的呼吸极为平静，几处伤口仍有不断的悠悠血丝渗出，根本就未曾包扎，不由得骇然问道：“你怎么不将蔡公子的伤口包扎起来？要是被邪风侵入，岂不会让他伤得更重？”

“这是他的要求，他说伤口之内仍有残余的毒液没有排出来，他必须将之全部逼出来之后，才能够包扎，否则又会在里面生出很多毒血！”小范脸有惊色地道。

姜小玉神色微微一缓，也不知道是该担心好，还是不用担心好。

“大叔怎么样了？”小范关心地问道。

“神婆在施法，我也不知道怎样？”姜小玉有些茫然地道。

“既然神婆在施法，想来不会有问题的，连他伤得这么厉害都能够活过来，大叔那一点伤又算得了什么呢？”小范满怀信心地安慰道。

“但愿，对了……”姜小玉似乎想到了什么，忙从怀中取出一个小包，道，“这是公子所开药方上的药，你来帮我烧火煮熬了吧，大夫待一会儿便来。”

“你叫了大夫?”小范脸色一变，惊问道。

“是公子吩咐叫大夫来的，他要开药方，而我又不会写字，大夫来是要按他的吩咐去配药的。”姜小玉解释道。

“他会开药方?”小范有些惊讶地道。

“这有什么大惊小怪的，人家公子可是有身份的人，开个药方有什么了不起?”姜小玉不屑地道。

“嘿嘿。”小范赔笑道，“是我说错了，一看就知道公子不是常人，开点小药方自然是没有什么不可能的，只是我怕神婆会不高兴，她最讨厌的就是大夫。大夫一来，倒好像小玉不相信她的法力一般!”

姜小玉神色一紧，道：“这是公子叫的，我难道还要违背公子的意愿吗？神婆若是法力高也不用怕人不相信。”

“是，是！我这就去熬药!”小范说完便接着姜小玉手中的药包。

姜小玉“卟哧——”一笑，只把小范看呆了，禁不住道：“你笑起来真好看。”

姜小玉俏脸一红，嗔道:“还不去熬药?”

小范心中一甜，欢快地笑着行了开去。

姜小玉立刻掏出另一包药，放在钵中细细碾了起来。

片刻，那大夫背着药箱行了进来，一进门就发现了绝情倚墙而坐，伤口暴露在风中，禁不住骇然而呼道:“你们想他死得更快些吗?”

姜小玉和小范同时吃了一惊，都抬起头来望了望门口，低呼一声：“大夫!”

“你们就这样看着他的伤口，也不包扎一下，都成了邪风入侵的目标，你们这样子怕是嫌他死得不够早是吗?”大夫责声道。

“这是他要这么做的。”小范忙解释道。

“他要死，你也让他死吗？还不快把他的伤口擦拭干净包扎起来!”大夫冷冷地讽刺道。

小范的脸色一红，但大夫说的话在姜小玉面前又不好出言反驳，只好狠狠地瞪了对方一眼，又扭头向姜小玉求助地望了一眼。

姜小玉眉头微微一皱，望了望大夫，道："大夫不是说公子不可能活过来吗？"

"哼，这不过是回光返照而已！如此重的伤，就是铁打的人也难救活！"大夫不屑地道。

"大夫说的确实很有道理，就是铁打的人，也难救，但如果我不是铁打的就不难救了。"绝情缓缓睁开眼睛，声音却极为平静地道。

大夫与姜小玉诸人不由得一呆，都没想到绝情会在这个时候醒来，而且还能够轻松地说话，虽然脸色依然苍白得可怕，可是眼中却显示出来一丝异样的神采，绝不是大夫所说的回光返照之征兆。

大夫有些不敢相信自己的眼睛和耳朵一般，惊疑不定地打量着绝情，同时向前行进几步，神态极为滑稽地叨念道："奇怪，奇怪，真是奇怪……"

"有什么好奇怪的？人家可是经神婆施过法术的身体呀。"小范不诧地道。

"孺子之见，什么狗屁神婆，什么狗屁法术，全都是一些骗人的玩意儿罢了，你以为烧一些纸灰就可当药用啊？呸！那谁还去药店，还要那大夫的药铺做个屁用啊！"大夫有些微恼道。

"说得好，医者父母心，邪魔不侵，医之德，是不畏强，不害弱，实事求是，你是一个好大夫。"绝情微赞道。

"过奖过奖，我看公子的医术便比我高明，所开的一散、一膏、一汤，都是我从来没有想到过的，我行医数十载还未见过如此妙的方子。而公子却如此年轻就有如此见地，可真是难得呀！"那大夫毫不在意地道。

"大夫之气度也让晚辈大为敬服！"绝情毫不掩饰地诚恳道。

"大夫请坐！"姜小玉见大夫与绝情如此谈得来，忙客气地道。

"难道公子不怕邪风侵入吗？"大夫奇问道。

"邪风根本无法侵入，因为我在刚才那一刻是将体内的余毒和废气向体外逼出，邪风根本无法乘虚而入。"绝情淡然道。

“哦?”大夫显出一丝惊讶地应道。

“我请大夫来就是想让大夫为我再配几副药，此刻我不便动手，也难找到这些药草，只好麻烦大夫帮帮忙了。”绝情淡然道。

“医者父母心，我能出力之处，自然尽力!”大夫毫不迟疑地道。说着打开药箱，取出笔墨纸砚，显然是有备而来。

“乳香四钱，木药四钱，木鳖仁二钱……”

绝情一口气报了十副药方，全都是大夫见所未见的药方，但他行医数十年，对药物的认识，自然知道这些方子都是极为珍贵的，而且都极有效用，虽然多为外伤准备，可是这些外伤的方子比许多独门药物更似多了几分独到之处。

“公子要这么多方子，难道只是为了自己身上的伤势吗?”大夫疑惑地问道。

“大夫眼力果然高明，以我身上的伤势，只要三个方子，再加上其中的两味药便足够，何用这许多的药方?”绝情淡然一笑道。

“那公子要这么多药做何用呢?”大夫奇问道。

“今日，朱家村的人打伤了唐家村的几人，相信这些方子用得着。”绝情悠然道。

“原来如此。”大夫恍然道。

“公子没见过他们的伤势，如何会知道要用什么药呢?”姜小玉疑惑地道。

“姑娘有所不知，你们两村打架，大不了是刀枪棍之类的伤势，伤的多半为皮肉、筋骨，而公子所开的药方，对治外伤和筋骨之伤都极有作用，更有数种止血之方。这之中还有许多药可治愈伤风之用，不知道我有没有说错?”大夫最后以询问的眼光望向绝情道。

“不错，其中金银花五钱、当归二两、大黄五钱、花粉五钱等十种药组成的方子，名为托里散，服之可防止邪风自伤口侵入，更有蜈蚣星风散、雄鼠散、千里奔散、江鳔丸、羌麻汤诸药对伤风感冒有极好的疗效。

而对于普通的伤口，一般只要防止邪风，便无大碍。”绝情淡然地道。

“公子之方的确是小老儿想都未想到过的，不知道公子之师为何人？”大夫仰慕地问道。

绝情一呆，愣了愣，叹了一口气道：“我也不知道，我只是一个没有过去的人，自从我记事起，我就具备了这些本领！”

众人不由得一呆，那名大夫更是张口结舌地道：“公子是否有隐痛？便当小老儿没问好了。”

姜小玉愕然之中，还以为绝情是不想告诉别人他的身份，也就没有吱声。

绝情淡然一笑，道：“我并没有什么隐痛，大夫别多心了，人不一定都要有过去，有着过去的人反而是一种负累，每个人只要能抓住现在便够了，现在想干什么就干什么，多干脆？多利落？任意而行，任意而为，不愧天地良心。坦荡而生，多惬意。若每一个人都能守好自己心底的那份天地，那这个世界便不会有这么多的仇恨和杀戮了！”

众人一呆，大夫禁不住拍手称赞道：“好论断，公子果非凡人！”

“好什么好，若是那样，你岂不减少了很多收入吗？”绝情打趣地道。

几人不由得同时笑了起来。

第六十五章　荒野神婆

“这几副药方就算是小老儿我送给公子的好了，能得一知音的确好难，难得有这么痛快，将来姜姑娘若有什么用得着小老儿我的地方，不妨直说。”那大夫豪爽地道。

“我看大夫的表现倒不像是一个大夫了。”绝情笑道。

“那像个什么?”大夫反问道。

“江湖豪侠!”绝情有趣地道。

“哈哈……”大夫望了望绝情，两人同时大笑起来。

“公子，小心伤口裂开了。”姜小玉关心地道。

绝情轻轻地抚了一下小腹，微微一皱眉，淡然道：“没关系，现在这些伤势再也不会恶化了，不用为我担心!”

“公子的体质真是常人所难想象的，本以为你会必死无疑，却不想你竟然恢复得如此快，若是在没有见过公子之前，打死我也不会相信这是真的!”大夫毫无芥蒂地道。

“其实药物的重要只是一个方面，最重要的乃是一个人的精神意志。即使肉体伤得再重，若精神与意志不灭，仍然是那般具有韧性和活力的话，那这个人的伤就一定会比普通人好得快。其原因主要是精神的求生欲激发了他肉体每一部分未死的生机，使得他形成了无上的斗志，这种人即使要死也不会很容易!”绝情平静地道。

“公子说得似乎有道理，只是我却没有办法接受。”大夫苦笑道。

“这要看接受治疗者本身的战意如何，一个好的大夫，不仅擅于用药，更擅长激起人求生的欲望，也只有当这个人充满了求生的欲望之后，所有的药物作用才能发挥得更快，其身体各部分的机能对病毒的抵抗都要强一些，这是不可否认的!”绝情认真地道。

“公子所说之言小老儿我完全相信，只是我行医几十年，仍无法掌握其中的奥妙所在而已!”大夫有些惭愧地道。

绝情自信地一笑，道：“我身上的伤在十日之内便可痊愈，十日之后就是我离开这里的时候，在离开之前，我希望大夫还能来上几次。”

大夫和姜小玉同时一愣，有些不敢相信地望了望绝情身上的伤势，哪里肯相信十日之内可以完全痊愈？不过绝情说得这么肯定，也许真的能出现奇迹也说不定。

“既然公子这样要求，我自然是求之不得。好不容易寻得一知己，自然要多跑几趟啰!”那大夫感慨地道

姜小玉却露出一丝失望的神情，想到绝情在十日之后真的会走，禁不住便伤感起来。

“对了，村中受伤的人呢?”大夫奇问道。

“神婆在那里施法呢。”小范解释道。

“又施什么法，这妖婆子除了妖言惑众，还能干什么呢?”大夫恼骂道。

“大夫怎能这么说话呢?”小范反感地道。

“难道她还会干别的事情吗？我就不相信她可以治好那些人，光靠烧的一些纸灰水，几句神不懂、鬼不辨的咒语便能治好伤？我还真想见识见识呢!”大夫冷嘲道。

门口光线一淡，六叔那高大而硕壮的身形已经出现在门口，看见屋内的情况不由得呆了一呆，好一会才把目光投到姜小玉的身上，有些不高兴地问道：“你怎么又把大夫请过来了?”

姜小玉低了低头，嗫嚅道：“是公子请他来开药方的。”

“哦?”六叔望了绝情一眼，又将目光投到了大夫身上，讥讽道，“你不是说公子没得救了吗，怎么他仍活得好好的？你在这里坐着不觉得脸红吗?”

大夫淡淡一笑，并不恼怒地道：“我本不想来，可是一想，你又不会写药方，那样实在是太过麻烦，还是亲自来一趟为好。”

“你！”六叔虽然恼怒，却不知该如何作声。

绝情向姜小玉打了一个眼色，平静地问道：“这位是?”

姜小玉忙介绍道：“这位是唐六叔！”

唐六叔向绝情打量了一眼，也显出一丝惊异。绝情的气势与他身上的伤势几乎难以想象，无法让人联系到一起。但绝情的确有重伤在身！

“六叔何不坐下来喝口茶?”绝情平静的声音之中自然透出一股压力。

唐六叔狠狠地瞪了大夫一眼，想到绝情可能是极有身份的人，并不敢得罪，只得找个凳子坐下。姜小玉乖巧地端上一碗茶来，温柔地道：“六叔请喝茶。”

唐六叔有些不忿地端起茶碗，淡漠地问道：“公子的伤势可好了一些?”

“多谢六叔的关心，现在好多了，应该不会有多大的问题。”绝情极为平静地道。

“没事我就放心了，这几天多亏了小玉守在你的身边呀。”唐六叔似有所指地道。

姜小玉和小范脸色微微一变，绝情却淡然一笑道：“小玉姑娘之大恩自是不敢有忘，感激之情却不是言语所能表的，他日我定当重谢！”

唐六叔神色微微显出得意之色，笑道：“公子何出此言？听小玉说公子曾有大恩于她父女俩，今次乃是应天道循环，好有好报而已。”

绝情哂然一笑，道：“我倒记不起曾有恩惠于人，倒是小玉姑娘的大恩记在我的心上，六叔何用如此说?”

唐六叔神色有些尴尬，他自然听出了绝情心中对他并没有什么好的印象，不由得干笑道：“我还有要事，便不打扰公子休息了。”说完转身走了出去。

小范望了望姜小玉，又望了望绝情，再望了望离去的唐六叔，不由得提醒道：“要不要去把大叔接回来?”

“神婆说晚一些再去。”姜小玉有些黯然道。

“朱家村一共有多少人呢?”绝情平静地问道。

姜小玉一呆，道：“有两百多人，除老少不算还有七八十人。”

“他们也是都以打渔为生吗?”绝情又问道。

“那倒不全是，他们也上山打猎。”小范答道。

“这条河里的鱼难道不够两个村里的人捕吗?”绝情问道。

“那倒不是，这件事情是从很多年前便开始了，那时候结下来的仇怨，总是解不开，他们总是说我们这边村里的那座风水山影响了他们村的风水，使得我们村中田地肥沃，而他们村却是没好日子过，于是就要挖掉我们这山头。而我们的祖辈都葬在这山上，又怎能让他们挖?就这样，仇怨越结越深。他们经常向我们找碴儿，寻麻烦，可他们人多，又有几个人很厉害，所以我们总是要吃一些亏。”小范狠狠地道。

绝情心下恍然，道：“你们的船等我伤好了，便去帮你们要回来。不过你们不要再这样打下去，那对谁都没有好处。”

“你能行吗?”小范疑惑地问道。

绝情不屑地一笑。

金蛊神魔田新球这几日心情格外不好，一不小心，便会打人骂人，尔朱家族的侍女也被他打得很多都爬不起来了。

尔朱天佑自然知道他为什么会这样，也很理解他的心情。辛辛苦苦花了一年多的时间炼制出来的毒人，只完成了一次任务便从世界上消失了，这对他的打击也的确太大了。不过，这命运，谁也无法说清楚，尔朱天佑只能给他一些安慰的话语而已。

不过，今日金蛊神魔田新球的心情似乎格外好，甚至连尔朱天佑都有些奇怪，但金蛊神魔田新球却要离开神池堡。

尔朱天佑没有挽留住。

金蛊神魔田新球策马一阵疾驰，却似乎并无任何目标，也许只是寻找一刻的放纵。

金蛊神魔田新球缓缓地放松马缰，骏马慢慢停下了前奔的四蹄，最后刹住时，却在一条窄窄的小道之上。

金蛊神魔田新球没有动，身形稳健至极，横坐于马上，面容极为冷漠。

“我还以为田宗主是不愿见故人，纵缰跃马行得这般快，差一点没将奴家的骨头累酥掉！”一声娇媚入骨的声音自马后不远处传来。

“祝宗主功力精进如斯，真是可喜可贺呀！”金蛊神魔田新球淡然回首一笑道。

“精进又如何？总摆脱不了劳碌的命运，哪有田宗主这般清闲自在呢？”说话的是一个身着长裙、玉容却为一幕轻纱所掩的女子。

“祝宗主是在笑我吗？”金蛊神魔田新球轻轻跃下马背，轻盈中显出无限的洒脱。

“仙梅哪敢？仙梅只是羡慕而已。”那女人优雅地行进数丈，轻柔地道。

金蛊神魔冷漠地一笑，道：“祝宗主约我出来便是为了这几句话吗？”

“田宗主何必这么认真呢？难道仙梅找田宗主叙叙我们的旧情不可以吗？何必一副拒人于千里之外的架势呢？这会让仙梅痛不欲生的。”祝仙梅幽怨地道。

金蛊神魔璨然一笑，道：“毒宗和阴癸宗已很多年没有往来了，难得祝宗主仍记得有那份旧情。不过，我却没有兴趣再叙！”

“田宗主就这样狠心吗？”祝仙梅幽怨地摘下斗篷，露出一张美得令人炫目的俏脸，搭配着那绝美而修长的身材，隐透着一种妖异而朦胧的诱惑，那种成熟的风韵从那若秋水般的眸子中似真似幻地流露而出，融入那一脸哀怨的风情，直把金蛊神魔给看呆了。

金蛊神魔幽幽地吐了一口气，感叹道：“想不到仙梅竟练至第八重天魔大法，真是可喜可贺，只可惜我已不是昔日的我了！”

祝仙梅眸中闪出一种异样的神采，缓步行至金蛊神魔的身边，吐气如兰地道：“难道新球看仙梅不上了吗？”

金蛊神魔苦涩地一笑，道：“若是有人看不上仙梅，那这个人肯定是个死人，仙梅的确是女中的女人。只不过，我更明白仙梅的用意！”

祝仙梅一声娇笑，缓缓地转身摘下一朵紫色的小花，悠然道：“田宗主果然仍是我的知心人，既然田宗主已明白我的意图，我也不必拐弯抹角了，仙梅这次来是为了一件事。”

“要我与阴癸宗合作？”金蛊神魔眉宇间闪过一丝淡漠的神色，反问道。

“不，我是想要毒宗与阴癸宗合作！”祝仙梅淡漠而肯定地道。

“祝宗主可知道我与南朝已没有什么可以回转的余地，而当年我被郑伯禽追杀之时，为什么没有人找我合作？我已太习惯一个人走的日子，更何况，我想不出合作的好处！”金蛊神魔冷然道。

祝仙梅神色间显出一丝歉然，道：“当初的确是我们的不对，可是时间的运转却使我们不得不考虑合作。若每一个人都记着前尘往事，那对我们谁都不会有好处。现在天下大乱之时，乃是我们振兴魔门的大好机会。我们的联手是为了前程大局着想。”

“为前程大局着想？哈哈，那你为什么不找剑宗联手？若是阴癸宗与剑宗联手，我们魔门分散的六宗不就很容易并合了吗？那时候天下还有谁能与我魔门为敌呢？”金蛊神魔田新球不屑地答道。

祝仙梅神色一冷，吸了口气道：“剑宗虽是我魔门之中的一派，只可惜它已经混入了杂派，已经不能完全算是我魔门中的人，即使让他得了天下，那也是胡契族的，我魔门又能得到什么好处？”

金蛊神魔田新球神色有些难看，声音也微微有些缓和地道：“祝宗主不觉得所执看法有些偏见吗？发展壮大我魔门就是要不断地吞噬和融并不同的派系，这样才能够真正地做到一并天下的目的，而剑宗之举乃是开创魔门之先例，又有何不好呢？”

“哼，难道田宗主没有感到尔朱家族那排外的心理吗？”祝仙梅不屑地道。

“何以见得？”金蛊神魔田新球反问道。

“闻说田宗主已顺利地研制出了毒人，但毒人呢？”祝仙梅反问道。

金蛊神魔田新球脸色大变，骇然问道：“你怎么知道？”

“哼，这一点都觉察不到，岂不枉为魔门中人？天下间又有多少事情可以瞒得过我们的耳目呢？”祝仙梅淡然道。

“这是我的事，何用祝宗主操心？”金蛊神魔田新球冷漠地道。

“可是我却为田宗主大感不值！”祝仙梅毫不客气地道。

“有何不值？我倒想听听祝宗主的意见！”金蛊神魔田新球冷笑道。

“田宗主难道还没有发现尔朱荣其实已经在忌讳你了吗？”祝仙梅望了金蛊神魔的脸色一眼，竟变得沉默了。

金蛊神魔田新球脸色有些难堪，却仍很自若地笑道：“我有些不明白祝宗主所指！”

“田宗主是个聪明人，怪只怪田宗主炼出来的毒人太可怕了，连尔朱荣都要忌讳他三分，而这个毒人只听你一个人的命令，就等于你拥有了一件完全可以杀死和击败尔朱荣的可怕武器！以他的个性又岂能允许这样一件武器存在于世间？因此，他才会借除掉莫折大提为名，也同时消灭你的这件武器，但其功劳却尽归他所有。这样一举多得的计划谁都喜欢玩。”祝仙梅悠然道。

“你是在挑拨我和剑宗的关系？”金蛊神魔田新球冷冷地盯着祝仙梅那张美丽而妩媚的俏脸，淡漠地道。

“田宗主若是真的很信任尔朱荣，又何怕别人挑拨？不过，我也不必在意你是否当我挑拨。今日，你离开神池堡来会我，就证明了你们之间有难以解开的间隙存在，明人眼里不用揉沙子，我不相信我说错了。”祝仙梅冷笑道。

金蛊神魔田新球的脸色数变，最后仍是变得极为冷漠地道：“就算是这样又如何？间隙是可以调解的，至少总要比与你们合作好一些！”

“是吗？田宗主对尔朱家族很看好吗？”祝仙梅讶然反问道。

“应该是剑宗，我为什么不看好他们？他们手握兵权，这个世道，谁强谁便能生存，难道这一点，祝宗主也不明白吗？”金蛊神魔田新球不屑地道。

“哼，那只是暂时而已，他又不是北魏的主人，那兵权不过是有虚无实，而单靠他那几千胡契族的铁骑，仍不足谈天下之大局！”祝仙梅淡漠地道。

“我看祝宗主大概也不是南朝的主人，萧衍一天没死，你们就奈何不了他们！别忘了，萧衍也是一个绝顶高手，绝不会比郑伯禽逊色！”金蛊神魔田新球反唇相讥道。

“不错，我的确不能算是南朝的主人，可我却可做北朝的主人！”祝仙梅一语惊人地道。

“你能做北朝的主人？”金蛊神魔田新球骇然道。

“不错，南朝的天下，只要萧衍一死便可直接操纵于我们的掌指之间，而北朝的主人也会是我，你说那时候会出现怎样的局面？”祝仙梅冷然笑道。

金蛊神魔田新球不信地笑了笑，道：“我凭什么相信你有这个能力做北魏的主人？”

“的确，我此刻仍只能算是半个主人，但如果有你配合的话，那北魏就完全由我们做主了！”祝仙梅自信地笑道。

金蛊神魔田新球有些不敢相信地望了望祝仙梅，深深地吸了一口气，道：“你要我如何合作？”

祝仙梅笑了，笑得很甜！

将姜成大抬出来的时候，已是面色苍白，奄奄一息，只急得姜小玉泪流不止。

“这是你爹心神不泰所致，使得我的法力无法施于其身，你们抬回去吧。”神婆的声音极冷绝地道。

“神婆，你再帮忙想想办法吧，小玉姑娘和姜大哥也是一时糊涂所致，救人一命胜造七级浮屠，你就再帮他施一次法吧。”唐六叔有些恳求地道。

神婆面色阴冷地望着姜小玉，“嘿嘿”一声怪笑，道：“听说你又把那个庸医给叫来了，是吗？”

姜小玉望了望地上惨然躺着的父亲，心头一阵凄然，虽然对神婆极为不满，却不能不回答。

那神婆见姜小玉点了点头，便似找到了借口一般，道："人说，佛度有缘人，心诚则灵，心不诚便是佛法再高也是无用武之地，我看还是将他抬回去吧。"

"神婆，你就发发慈悲吧。"小范也急了。

"是呀，神婆，你看姜大叔都这么一大把年纪了，而小玉姑娘又只是一个弱女子，你便可怜可怜他们父女俩吧。"众乡亲都乞求道。

神婆眼睛转了几转，想了想道："要我再施法也行，但是你们必须把那庸医赶走，而且永远也不要让他踏入我们村子！"

众人不由得一呆，望了望姜小玉那凄然的样子，咬了咬牙，道："好，我们这就去将那庸医赶走。神婆，你快施法吧！"说着大伙便要向姜小玉的家里行去。

姜小玉愣了一愣，却不知道该怎么办才好。

神婆露出一丝得意的笑容，傲慢地道："抬进来吧！"

"慢着！"说话的正是那名大夫，只见他扶着绝情缓缓地行来，绝情的身上缠满了绷带，神色却无比的平静。

"公子，你怎么跑出来了？"姜小玉关心地道。

众人全都大为惊愕，村里的人都知道几天前皆认为绝情是死定了，可是几天之后，居然能被人扶着走路了，这是多么不可思议的事情啊。

绝情悠然一笑，道："我没事，我只是想来看看大叔的伤势而已。"

众人望了望神婆，又望了望姜小玉和惨然的姜成大，再次看了看大夫，都怒喝道："尤一贴，你还来干什么？"

那大夫却笑着望了望众人，又扭头望了望神婆，坦然道："我是来听听这老巫婆是怎样妖言惑众的，也是来看看一些愚昧无知之辈是怎样被人家当猴子耍的。"

众人神色大变，尤一贴如此不给他们留面子，当众如此骂人的确是犯了众怒。神婆却趁火打劫道："我们都是愚昧无知之辈，唯独你是圣人，你这个圣人前几天不是说这位公子不能救活吗，而现在人家怎么活得好好的呀？我妖言惑众？若不是我的几张黄符，这位公子如何能自鬼门关回来？”

众人不由得都附和道：“是呀，你这庸医，还敢骂人，真是找死！”

绝情眉头一皱，平静地道：“大家少安毋躁，何必动肝火呢？大家都是低头不见抬头见，和和气气的不好吗？光吵怎能解决问题？就是退一万步说，也得先看看姜大叔的伤势怎样再吵不迟呀。”

众人一想也是，只得狠狠地瞪了尤一贴一眼，而对绝情却是极为恭敬。想一想也可知道，一个人身受如此严重的创伤绝非无因，若是一个普普通通的人，绝没有受如此严重之伤的道理，而且都是刀剑之伤，唯有一处箭伤。普通的敌人也绝没有谁会如此心狠手辣，而这些更不是同一件兵刃所致。那就是说绝情在没受伤之前的敌人肯定很多，弄刀耍剑的人都是些凶人，这些道理就是傻子也明白。因此，绝情说话竟有一种难以拂逆的力量。

绝情踏步行至姜成大的身边，望了望这位面色灰白、昏迷不醒的老人，心头一阵恻然。狠狠地道：“他们好狠，不过没有什么大碍！小玉，叫几位兄弟把大叔抬回去吧。”

姜小玉幽幽地望了绝情一眼，却有些犹豫不决。

众人不由得一呆，愕然问道：“你能治吗？”

“年轻人，人命可不是开玩笑的哦！”神婆嘿嘿一笑道。

绝情冷漠地抬起头来，望了神婆一眼，声音也冷极地道：“若留给你治，只会伤得更重，死得更快！”

神婆脸色微变，怒道：“好个忘恩负义的小子，若不是我，你岂有命立在这里说话？我为你施法后，才将你从鬼门关救出来，你倒反过来侮骂老身！”

绝情心头一阵暗怒，冷笑道：“你为什么不施法叫阎王爷把位子让给你，那你不就可以要谁活便活、要谁死便死吗？”

神婆的脸色一阵青一阵白，怒道：“你有本事就拿去治好了！”

“是呀，你怎么能忘恩负义呢？”众乡亲不由得责道，都投以鄙视的目光。他们绝不相信绝情是全靠自己的特异体质而活过来的，还以为真是神婆的法力无边，方才将他从鬼门关中救出来的。这一刻见绝情帮尤一贴说话，禁不住都怒眼相向。

绝情并不理会众人的目光和责备，毫不回避地迎向神婆的目光，冷冷地道："你要是能说出姜大叔的伤在哪些地方，我就相信你可以治好他的伤!"

众人一听，也觉得的确有理，不由得齐向神婆望去，希望她能够给大家一个说法。

神婆神情冷漠地一笑，道："我怎么不知道？其外，筋骨断折，乃皮肉之伤；其内，带震伤。"

"那你如何治他的外伤？又如何治他的内伤？"绝情不屑地问道。

"人体脉络以吸收五行四时之气为主，四时神明，五脏之伤自可依照五行四时之气治之，我所施大法便是要引动天地之中存在的五行四时之气，而注入伤者体内，调和其五脏之气，顺畅其肌脉，内伤自可功到病除。外伤无非是肌理断裂，筋骨挪位、碎裂之类，人体每一个部位都可以五行四分。每一寸肌肤都会受到五行四时之气的影响，肌理断裂，便使该处的先天之神气失调，折骨挫筋同样如此。我只要施以大法将其先天之神气调匀，便会自然而愈，这有何难?"

绝情和尤一贴不由得微微动容，众人其实并不明白，可也全都装作很懂的样子，微微颔首点头。

"那你又何必说什么心诚则灵，心不诚则无法治疗呢？你这不是明摆着找借口为难乡亲们吗?"尤一贴不放过任何机会地道。

那神婆的脸色不变，冷冷地望了尤一贴一眼，漠然道："你似乎不知道，五行四时先天之气，并不是我说能加诸于谁身上，谁就能够吸收得了的。我的确能引动五行四时之气，但每个人都有各自的主神，若是他心不诚，便不会相信这看不见的先天仙气之存在，也就不会全神贯注地配合我行动作法，心中别有所思，我就是这一刻将先天之仙气加诸于他身上，下一刻仙气也会因他未把握好而逸走。这难道不是心诚则灵的印证吗?"

尤一贴不由得哑然，他想不到神婆居然会如此牙尖嘴利。所说的这种让人感到虚无缥缈的答案，似是而非，的确让人难以辩驳，而对这些愚昧的乡下人，竟让他们陶醉一般。

绝情淡然一笑，道："那你说说姜大叔究竟是伤在五脏中的哪一脏呢？又是失调哪一气呢？"

"我何必要知他伤在哪一脏，失调哪一气？每个人的身体都可以根据自己的需要而吸取所失调之气，这也是心诚则灵的一个原因！"神婆不屑地道。

绝情不由得大为好笑地道："既然五行之气在这天地之间到处都是，而他身体又可自己吸取失调之气，又何必要你多此一举呢？"

"这个当然不错，但天地之间的五行四时之气，根据各个地点的不同，气脉也便有所变化，虽然天地间每一寸空间都可重划金木水土火，但其五行四时之气并不聚中，若是轻伤，不用治自然会好，但是重伤，他根本来不及吸取这么多灵气，而我施法，便是要把这些灵气聚拢，使他吸取得更快。这样，重伤得到缓解，轻伤得到治疗，自然会无碍！"神婆口沫横飞地道。

绝情的目光之中显出一丝惊讶，神婆的答话中竟无法找到破绽，虽然他明知道这似是而非的道理不是没道理，只是他根本无法行通，不由得气上心头，淡淡一笑，道："你给每一位病人都喂了纸灰水是吗？"

神婆脸色微变，但却不得不承认，因为她也发现姜成大嘴角边那黑黑的痕迹。

"你可知道这对于一个不能动弹或昏迷的病人是很危险的？"绝情冷冷地问道。

"有什么危险？这是使他们心神更安稳，平心静气之用！"神婆狡辩道。

"哼，像你这样只能使病者呼吸难畅，食道阻塞，不利于他们吸气呼气，便会使他们血液难畅，使他们的肌理运行功能缩减。这哪是治病？这只能害了他们！"绝情越说越气。

神婆被绝情的语气震惊了一下，旋即又恢复常态道："那他们不是都没事吗?”说着指向一边的几名乡亲道。

“他们肯定不是在昏迷不醒的时候喝入纸灰水的，是以，能够吞咽而下，但昏迷的人却不能自己吞咽，难道你连这一点都不明白?”绝情冷漠地道，同时伸手在姜成大的气海、廉泉、抚突三穴上轻轻点了一下，然后才落指神庭穴。

“哇——”姜成大竟翻身而起，向一旁吐出一大摊纸灰水来。

这突然的举措吓了众人一大跳，但不由得全都面显喜欢，绝情的举措比什么话都有效，众人立刻改变了对他的看法。

“我……我还没死吗?”姜成大虚弱地道。

“爹，你没死，你不会死的!”姜小玉泪眼婆娑地道。

“谁去拿碗水来?”绝情淡然吩咐道。

“我这就去!”小范迅速地拿水去了，众乡亲纷纷议论起来，绝情就那么三两指便让人给醒了过来，这自然更令人信服。

“既然你会治，不如你们搬回家治吧。”神婆神色微变，淡漠地道。

“走，哪几位乡亲帮帮忙，将大叔抬回家吧。”绝情平静地吩咐道。

秦州和新秦州，莫折大提所率的各路起义军首领全聚于此。莫折大提虽死，但其子莫折念生依然神威不减，在羌人和氐人及各路义军的首领推举之下，自称天子，并设百官，重整军容。

这无疑是给了起义军无比的斗志，莫折大提身死的阴影立刻被莫折念生的这一举措全给弥补。义军的军心立刻稳定，更有序地向东进逼。各地战况立刻吃紧!

胡琛的势头却更狂，赫连恩、万俟丑奴，虽然势头微有挫折，但仍然接连攻下数座城池，义军的声势更盛，绝不比莫折念生的阵容稍逊!

胡琛拥高平为王，莫折念生自称天子，却使得两路起义军都有矛盾之处，那就很难配合，同时谁也不想做对方的臣子，而乞伏莫于却从中占了些许的便利，但战局也不是怎么好。因为他缺少了像胡琛与莫折念生那种空旷发展的地方，四面都是朝中的重城，所以受到的压力绝不是胡琛与莫折念生所能比拟的，而乞伏莫于所依靠的便是迅速攻破逼向梁山的几道城池，以梁山为背，减少了四面受敌的威胁。更有梁山的群寇相助，虽然形势极苦，但仍能支撑，更有北部入关的难民涌来加入起义的队伍，使得其形势稍改了少许。而此刻朝中猛将又全都落在对付几大义军之上，乞伏莫于这边的情况更显得轻松了少许。

汾州和吴中的义军也如燎燃之火炬，越演越烈，情况变得似乎有些不可收拾。四方的难民纷纷起义相拥，其势迅速蔓延，那些养尊处优的达官贵族哪里能是疯狂的起义军之对手？

朝廷不由得将边关的守将调回朝中，以对付那些疯狂的义军。

而南朝边关的军队也蠢蠢欲动，大有乘势而入的意图，更暗派人相助各路义军，使得北朝穷于应付。

战火几乎使整个北魏朝廷的秩序大乱。

南涌的难民越过长城，向关内长驱直入，虽然一路上有官兵防守，却总有一些流窜的难民混入盗贼的群中。更有许多马贼乘机掠入关中，对长城内靠北的各镇进行肆掠。

尔朱荣的大军主要靠近平城，其他兵力分散至安城一带，以袭击破六韩拔陵的义军，另自府谷神木，入大柳塔、沙圪堵追击破六韩拔陵的义军，由于义军的斗志几乎尽失，毕竟是一群乌合之众，与官兵的军纪各方面都要相差一截，虽然人人悍勇异常，但阿那壤连挫破六韩拔陵的势头，卫可孤早死，刀疤三又殆，赵天武和鲜于修礼亦节节失利，使得义军气势低落，更有一些义军弃城投降。

朝中一边安抚降兵，一边加紧攻击，也有些忙乱，更有沃野诸镇的居民被阿那壤的铁蹄赶得南下，朝中更要安排他们的就食问题，否则这些人也会成为义军中的一部分，酿造出更为可怕的后果。

大黑狗的狂吠惊醒了村中的所有人，村里的每一个人都很谨慎，因为最近邻近的村庄常在夜晚被人给抢了。传闻是一群流窜入长城内的马贼，抢杀几乎是无恶不作。因此，村中的每一个人都打起十二分精神防止这群马贼闯入村中，而每一到黄昏的时候，打猎回来的人便在入村的各要道之上设下陷阱，老虎夹、绊马索之类，这是必防之举，而每个人甚至将刀箭放在枕头之旁，以便能以最快的速度准备攻击。而且近来各村更联合起来，对付这一群来去无踪的马贼。

"咚……咚……"锣声敲得极响，空寂的山野全都被震荡了。

凌通行动的速度是最快的，在他体内流动的几乎是野兽般的血液，整个晚上，他并没有真的睡着，只是按照蔡风所教的心法打坐练气。这一年多来的进步可谓一日千里，又得剑痴的亲传，其武功更非昔日所能够比拟的。

几乎是当大黑狗吠叫刚出声的时候，他便已经穿过了窗子飞投入黑夜之中。天空中的星星和月亮使大地变得更为幽森，却并非无迹可循。朦胧之中，凌通已经捕捉到西边的一声闷哼。那是他所设的老虎夹！

夜晚，并不适合偷袭，对于这个住满了猎人的村子，无论是谁都得想到，自己可能是对方眼中的一只野兽，那并没有太大的差别。

并没有马，似乎早已知道马匹只能坏事，对于这处于山林之中的小村落来说，马匹只会更碍手碍脚。

这是附近几个村落最为富裕的村庄，就是因为蔡风住在这里，带来了阴邑最为精纯的经验，使这个小村落每个猎人的猎技都提升了一级。最有效的，却是设置陷阱和老虎夹等捕猎装置。

这些装置不仅对野兽有效，对人也同样有效。在阴邑，曾经用这种方式粉碎了官兵数十次围剿，使得官兵为之丧胆。眼下的装置虽然没有那么精巧、细密，但其威力也绝不容小视！

"呀……""啊……"点点滴滴的惨叫声都无法逃过凌通的耳朵。

凌通不由得心下一阵好笑，这样一群人居然想来洗劫村庄，却变成了可笑的闹剧。

村中火把立刻全都燃亮，本来放于村中待用的那几堆柴火，也迅速燃着，霎时，村的中心亮如白昼，但各人手中的火把全熄掉，隐于黑暗之处。亮的地方，反而一个人影都没有看到。

凌通悠然地行至村口，他的眼中立刻出现了一群黑影，从这个方向涌向村中。

“嗖嗖……”箭从暗处飞射而出，是削得很尖的柳木箭，绝对具有杀伤力！冲来的马贼极为凶悍，可是那来时的凶焰已经荡然无存，在大漠之中，他们或许可以纵横驰骋，但在山林之中他们却差得太远了。

“别放箭，别放箭……”一阵急促的惊呼自那群偷袭者中传来。

“大家别放箭，别放箭……”乔三已经发现了对方是什么人，便发出一阵高呼。

“是赵村的人，他们是赵村的兄弟。”凌通也发现了赶来的人并不是众人所想象的马贼。

箭雨立刻全都停下，所有人全都愕然。

“乔老三，快去帮忙把受伤的兄弟抬进村呀！”行来的几人哭丧着脸向乔三乞求道。

乔三向吉龙等人打了一个眼色，有些气恼地问道：“赵青源，你们到底搞什么鬼，这么深夜了还来乱窜个啥？一不小心，真个把你们稀里糊涂地干掉，可别怨我们呀！”

“是呀，深夜你们还这样乱窜，我们可真当是那群恶贼，害得我们白忙一场！”凌通也责声问道。

“乔老三，还望你们出手救救我们赵村，入黑时，那帮马贼便窜入了村中，烧杀抢掠，我们实在是逼得没有办法，只好连夜跑了过来，可又不敢点起火把，那样会被马贼追赶，就这样稀里糊涂地过来了，可是现在又成这个样子。”几个大男人说着竟哭了起来。

“哇……”竟传来了小孩子的啼哭，队伍之中竟然还有妇女，这一下子大大出乎乔三和凌通的意料之外。

“幸亏没有兄弟伤着人命，快带他们去祖屋养伤！”凌跃向杨鸿雁及吉龙吩咐道。

“鸿之，快吩咐兄弟再摆路卡，小心马贼窜过来！”乔三隐隐便是村中的首领。

杨鸿之本来极傲，但在村里的人中，他就怕乔三，立刻带着村中人重新布置路卡。

“你们村中的其他人呢?”乔三沉声问道。

赵青源停住悲泣，吸了一口气，道：“黑暗中，各人向各个不同的方向逃，我也不知道究竟有多少兄弟仍然活着!”

“这天杀的恶贼，他们将不得好死!”乔三咬牙切齿地狠声道。

“你们几个先在我们村里住下，明天一早，再联合各村的兄弟，一定要把这群恶贼的藏身之地给找出来，让他们还个公道!”凌跃愤怒地道。

“好了，没事了，大家各自休息吧，小心提防着便是!”乔三劝众人道。

凌通似极为泄气地道：“如果真要去，现在马上行动，杀那些狗贼一通!”

“小孩子别乱说。”凌跃喝道。

凌通吐了吐舌头，一个筋斗从火堆上翻过，逗得大家好笑不已，对于凌通的身手，大家已是见怪不怪，但赵青源诸人却是目瞪口呆，傻傻地问道：“这是谁家的伢儿呀?”

“凌老二的公子，怎么样?”乔三也有些得意地拍了拍凌跃的肩膀笑问道。

凌跃自然是笑得嘴巴咧开着。

赵青源和赵家村的一些汉子不由得“咋咋”称奇，如此小的年龄就有如此好的身手，的确让他们感到惊奇。

“真想不到，你们村连这么一个小孩都如此厉害，难怪那些马贼不敢前来这里撒野，早知道，便请你们去教教我们村里的孩子和大人，也便不会落得这步田地了。”赵青源仰慕地道。

乔三神色也一阵黯然，但平静地道：“我们村中像这样的小家伙也只有一个而已。”

赵青源以为乔三只不过是谦虚之词，也便不再说什么。

“爹，我知道飞龙寨在什么地方，明天，不如让我去请飞龙寨的兄弟来对付那些狗贼吧，只要他们出手，相信这些马贼定会一个都不会跑得了！”凌通似乎想起了什么道。

“飞龙寨的人是你可以请动的吗？人家一个个武功了得，你这个小不点，人家还不知道你是打哪儿钻出来的呢！”凌跃责骂道。

“通儿，小孩也不要胡思乱想。”乔三亦叱道。

凌通似乎受了委屈一般，低声怨道：“飞龙寨又不是阎罗殿，那可是为老百姓排忧解难的地方。”

“若是每个地方出现了马贼，他们都来管，那他们哪有那么多的力气？你也不看看自己是谁，这里离飞龙寨有一百多里路，他们能赶来吗？”凌跃责道。

“我不行，可是蔡大哥的名字总行。飞龙寨有什么了不起，还不是要听蔡大哥的吩咐？虽然蔡大哥现在不在了，但我们村始终还是与蔡大哥关系密切的，就凭这些，他们也会来帮我们！何况根本不用借蔡大哥的名字，我也请得动他们！”凌通反驳道。

凌跃神色微变，乔三立刻解围道：“其实通儿说得也没错，凭借蔡公子与我们的交情，他们自然不会不帮忙，何况通儿还算得上蔡公子的半个徒弟呢。”

凌跃一想口气也缓和了许多，望了望凌通那一脸神气的样子，不由得又好气又好笑地道：“你神气什么，凭你那三脚猫的功夫，要是做了蔡公子的徒弟，不把他气坏才怪，以后可得加紧练功，知道吗？”

凌通想到已逝的蔡风，鼻子禁不住一酸，却再也没有吱声。

“好了，夜已深了，大家各自休息吧，我们最好明天去城里向尉太爷禀报一声，相信他会派官差来帮忙的。”乔三想了想道。

“不好，三叔，这次真的是马贼来了。”杨鸿之的声音显得有些急促地叫道。

“怎么办？怎么办？”赵青源被吓破了胆，惊慌失措地问道。

“大家立刻准备，赵村的兄弟，立刻带着妇人小孩，受伤的跟鸿雁去祖屋安顿。大家小心了！”乔三颇有大将风范地道。

“大家快跟我来！”杨鸿雁低喝道，赵村赶来的众人立刻紧随其后向祖屋跑去。

凌通兴奋异常，若夜猫子一般蹿入黑暗中道：“我去把兽夹设好！”

“通儿——”凌跃担心地道。

“没事，通儿不会有问题的！”乔三极有信心地道，说着一拉凌跃隐于暗处。火光之中，村里一片空荡，只有几只猎狗依然在狂吠。

第六十六章　猎阱屠匪

凌通虽然身负大弓，动作却灵活至极。远处，马嘶之声渐近，而凌通也极为轻松地把兽夹和陷阱调整好了。心头暗笑道："哼，晚上居然敢骑马来犯，想来是活得不耐烦了！"

显然，那些马贼也已经发现了村中所燃起的火焰，是以竟按兵于村外，不再进袭，他们仿佛也知道危险的存在，战马有些不安分地骚动起来。

凌通心中暗骂道："他妈的，这样干耗下去，难道老子不要睡觉吗？"想着缓步轻移至杨鸿之的身后，伸手轻轻一拍。

杨鸿之也在全神贯注地注视着马贼，冷不防凌通这么一拍，差点没吓得尖叫起来。

"别这么紧张，这些狗贼胆子很小，不敢来攻。不如我们绕到他们后面去，把陷阱更改一下，让他们回去也没有机会，如何？"凌通低笑道，一副兴致勃勃的样子。

"你别像鬼似的好不好，这样会把我吓出病来的，如游魂一般，也不警告一声。"杨鸿之心头乱跳地道。

凌通大感好笑，道："我以为除了三叔，就是你胆子最大。原来，你还怕游魂和鬼呀，去不去？咱们让那些狗贼有来无回，怎么样？"

杨鸿之有些犹豫地问道："这能行吗？"

"怎么不行？这些狗贼又有什么大不了的？咱们给他们下几副药，保证让他们一命呜呼，看他们还神气什么！"凌通自信地道。

杨鸿之倒真有些怕凌通小看他，咬咬牙道："好吧，我去叫吉龙!"

"别这么婆婆妈妈的，就让他在这里守着村口吧，我们两个去便够了，这么几十匹马，几十个鸟人，对付他们还不是小菜一碟？走吧!"凌通低声道，拉着杨鸿之顺着暗处绕行过去。

猎村的地势极为险要，入村有三条路。一条在后山，却是一个大崖，只有一条极窄的羊肠小道，战马根本无法通过的，且更有一夫当关万夫莫开之势。一条则是猎村的入口，道路极为坑坑洼洼，又有大片灌木和树林，虽然树林稀稀疏疏的并不茂密，却给人一个极好的埋伏天地。而道路两边更是极陡的坡，形成特殊的一种地形。再有一条却是那条小河，蔡风当初钓鱼的那条小河，那条小河的地势更复杂，晚上想通行的确不是易事。

凌通的身形利落至极，挑着黑影纵跃自如，而杨鸿之则显得笨拙多了。那陡坡对凌通这熟知地形的人来说，更不在话下。杨鸿之虽然也熟知地形，却仍不得不靠凌通拖拉，才上得了坡顶。

上得坡顶，那群马贼就已在脚下，这群马贼也并不傻，没有进入这坡间的夹谷，使得想用石头对付他们都不行。

凌通突然感到一阵异样，忙一拉杨鸿之向一块大石之后闪去。正当杨鸿之惊愕不解之时，一声脆响，却是树枝被踩断的声音。

凌通竖起食指，作个噤声的手势，右手在杨鸿之的肩头按了一下，叫他别乱动，自己却轻轻地挪开，掩自一株大树之后。这棵树，凌通至少爬过上百次，早已经熟悉得不能再熟悉了，是以极为迅速地爬上树枝，自伸出的树杈之上向那响声传来的地方爬去。

"小心一点，别让他们察觉!"说话者的声音显然不同于本地人，毫无疑问是马贼的同伙，他们也想自这坡顶爬下，显然这两人是前来试探路径的。

凌通暗自好笑，从背上取下事先准备好的绳套，那也是捕兽所用之物。同时拔出短剑，望着两人渐渐走近，凌通准确无误地将绳套抛出。

黑暗之中，两名马贼还没有弄清楚是怎么回事，其中一人的脖子上就多了一个绳套。当他们发觉不妙之时，凌通已从树杈的另一头飞跃而下，向另外那名未被套住的人扑去。

动作快得骇人，更像是出没在夜间的幽灵鬼魅。

那人一惊，他的同伴已“呼”地一声飞了起来，竟被凌通吊在树杈之上。凌通极为巧妙地以树杈为中轴，绳套的一头握在自己手中，他这么飞纵而下，冲力之大，竟使那人还来不及反应就着了道儿。可怜，脖子被紧套着，连惨呼闷哼都发不出来，手中的兵刃更是毫无用处。双手一个劲地在绳套上乱抓，可惜越挣扎就越紧。

那人在同伴一动的时候，就知道存在敌人，却没想到敌人正在他的头顶，等他感觉到气劲自头顶贯下之时，已经迟了，只得拼命挥刀上击。

凌通早就算好了这一切，岂会给他机会？短剑顺刀滑下，一脚踢向对方的面门。

“呀——”一声长长的惨叫划破夜空的平静，那人仰面扑倒。

凌通一脚连狼都可以踢得骨折肉裂，何况是这人脆弱的面门？

“嗵——”凌通手中的绳套一松，那挂上树杈的汉子只在半空中便重重地落下。虽然难受得要死，两眼翻白，却并未死去。这一跌，只使之晕头转向，但此马贼并没有在意这些，只是在一着地时，就伸手拼命地拉扯套在脖子上越来越紧的绳套。

凌通岂容对方有此机会？只在对方刚刚缓过一口气来的时候，他的短剑已经深深插入了对方的心脏。可怜那人连半声惨叫都来不及发出，只是五指渐渐变松，然后颓然倒下。

“嗖嗖！”两支暗箭飞射而来。

凌通一个倒翻，仰躺在地，两支劲箭擦面而过。“咚咚”两声钉在身后的树干上，只吓得凌通虚汗直冒，身形迅速一滚，滚至另一株树后，心头大怒。

“嗖——”“呀——”杨鸿之百忙中射出了准备了好久的一箭，对方没料到除了凌通之外还有埋伏，竟被杨鸿之一箭命中。

另一人也骇然躲向树后，生怕再遇攻击。

凌通定了定神，黑暗中借远处微弱的光亮，向杨鸿之打了个手势，从怀中掏出小弩，心中暗道："奶奶个熊，老子喂点药你吃吃，看你他妈的还凶不凶！"想着纵身跃上树枝，借横出的树枝，无声无息向附近的树干上转移。

只移过了三棵树，那躲在树后的马贼就已经在凌通的射程之中，而对方依然丝毫未觉。

凌通心中暗笑："哼，跟老子斗？你他妈的只是野猪一头，野狼一匹，看老子的猎技如何！"

凌通双脚在树枝上一勾，身子犹如长尾猴一般，倒挂在空中，手中的弩机"嗖"的一响，那名马贼根本就未来得及反应，就已一命呜呼，他还一心注意着杨鸿之与凌通的动静，谁知却让这要命的煞星潜至身后了。

村外的马贼似乎已经察觉出山坡之上的变化，而村内的乔三叔与众兄弟也变得警觉起来，不过听刚才那几声惨叫并不是村中人所发出的，心下也放心不少，但吉龙诸人迅速爬上山坡，予以支援。

凌通捏嘴发出一声夜莺的啼叫，村中之人立刻守住另一边山坡。

凌通再学三声猫头鹰的鸣叫，身形飞掠而回，取回那尸体上的绳套，顺手拾起一柄大刀，向坡下掠去。

"小心些！"杨鸿之知道凌通是要一个人去马贼的后方设陷阱、兽夹，不由得小声提醒道。却听到一阵脚步声自身后传来，骇然转身，却发现是吉龙诸人。

"通通呢？"吉龙问道。

"他去贼人后面设兽卡了！"杨鸿之道。

"这些人是你干的？"吉龙问道。

"通通干掉三个，我只干掉了一人。"杨鸿之苦笑道。几人一阵愕然，却迅速选好位置，密切地注视着山下众贼的动静。

村外的马贼显然有些失去耐心，变得不安起来。

杨鸿之诸人借树干的遮掩向马贼不断地靠近，他们绝不想让这些人好过。看来，此次进袭的这群马贼只是小股人马，并没有真的尽数赶来。或许正如赵青源所说，由于他们村中之人四散而逃，使马贼分成数股相追。也可看出马贼是多么凶残，连逃走的人也不放过，这更增添了凌通心头的杀机！

凌通的动作快得犹如黑夜里的野猫，很快就溜到了马贼的后方，将手中的绳套向腰上一缠，迅速找到藏于石穴中的巨藤，在树与树之中搭成简易的绊马索，心中暗骂道："看你们这些狗崽还怎么得意，老子将你们这些狗蹄子全都扳下来，然后一个个地宰，让你们知道小爷的厉害！"

看清马贼的方位，凌通迅速将捕兽网斜斜移位，在风声的掩盖之下，竟然未被对方发现。更把那被赵村之人破坏的机关重设一遍，而此刻马贼显然已有所决定，由于村内火光辉映，使得众马贼觉得莫测高深，既然对方有所准备，夜晚行动，自己准备不足，始终显得力量单薄，竟不敢贸然前进，而刚才明显地表现出对方中有厉害人物，竟让马贼产生了退意。

"嘘……"一声尖啸，由高到低，在黑漆漆的长夜，显得格外凄厉而阴森，更有一种惊心动魄的震撼力。

马贼的战马也禁不住微微受惊，众马贼更是心神大震，他们没料到这声尖啸传自于他们的身后，深山老林之中，他们不期然地想到山魈恶鬼。虽然他们杀人无数，可是在这种只见火光不见人、莫测高深的夜里，他们仍是禁不住汗毛直竖。

"嗖——"一溜火光划破夜空，竟是凌通以一支火箭射至马贼身边的干柴堆处。原来，猎村之人为了对付这些马贼的侵袭，在每隔一两丈之处就设有干柴堆，只是为了使对方的身形暴露于外，而凌通在一声尖啸之后，便引着了柴火。

在此同时，村内伏下的猎手，数十支箭齐发，马贼们还来不及反应，就已被射倒一二十人，战马也被射倒十余匹，整个马队全都变得混乱不堪。可怕的不是那些猎人真正具备极强的杀伤力，虽然这些猎人的狩猎之术或箭术都极为精湛，但是他们的箭却基本上是以柳木与一些极为坚硬且韧性十足的木质削成，并不足以置人于死命，除非是射中要害。不过，可怕的是这些箭上所淬之毒！

凌伯是医道高手，凌跃也对药物有一定的了解，又有现成的药物，凌通更喜欢摆弄这些药材，因此，按典籍配制了一些剧毒之药，这些木质箭的箭头都在毒物中浸泡过，用起来自然是杀伤力可怕至极。只要擦破了皮，射入了肉中，不用片刻便会使中箭者麻痹致死。因此，这一开始，众马贼就已经注定了死局。

马贼们仓促还击，却根本找不到猎手们的方位，只得下令撤退。

“呼——”回头路上亮起了一堆大火，却仍是没有半个人影。

“吼——”一声惊心动魄的虎啸，震撼了整个夜空，这正是发自凌通的口中。此乃从蔡风所学的绝世口技，这刻却派上了用场。虽然凌通吹出的口技不如当初蔡风那么有气势，但以内力催逼出来，其威势和震撼力也确是惊人至极。

战马全都人立而起，“唏津津……”一阵狂乱的嘶叫，事出突然，有些马贼竟从战马背上摔了下来，惨叫之声和惊呼之声此起彼伏，状况混乱不堪。

凌通更不想错失任何攻击的机会，趁火打劫地拉弓疾射，这种暗箭伤人虽然不怎么光彩，却也射得极为起劲。一暗一明，角度准确无比。三箭三中，四五十个马贼刹那之间损失了一半。剩余的调过马头就向回跑，但却因回头路上有火光燃起，他们不想使自己暴露在光线之下，变成别人的活靶，因此全都自火堆两侧阴暗之处绕过。

战马虽然受了惊吓，但很快被控制，这些人都是极贯于骑于马背之上，驯马之道很精，很快就制住了狂躁的马匹。不过，他们不太走运，因为那阴暗的角落之中，却尽是陷阱、兽坑。

看着那些马贼连人带马跌入陷坑，慌张惊乱的熊样，凌通就想发笑，暗箭也就放得更起劲了。

原来，兽有兽路，人走的道，野兽一般是不会走的，而一般喜欢自一些比较隐蔽和阴暗之处行走，是以村中人所设的陷阱、兽坑在那阴暗的角落比较多。凌通为了好好地利用这些兽坑和陷阱，故意在正道上燃起一堆火，使马贼以为危险只是在大路之上，却没想到这正中了凌通的计算，怎叫凌通不大感得意呢?

后面的人似乎知道火堆之旁更危险，策马迅速自火堆之上跨过。凌通来不及射箭，他虽然一口气射杀了六人，但仍让这些人冲到跟前来了，并且跳过火堆，同时也发现了他这么一个敌人的存在，怒箭若雨一般向凌通射至。

凌通极为灵活，靠着树干的掩护，对方的箭根本就无法起到什么作用。

“呀……”“呼……”马嘶、惨呼、重物坠地之声，那些四处乱绊的巨藤终还是发挥了其作用。马失前蹄，十数匹马乱成一团，更有人被摔得折腿断手，或被马匹压成伤残，踩死之人亦有。

这些马贼之中，竟也有高手，在马匹失蹄之时，疾跃上树身，借树枝一荡之力缓去冲势。也有数人提缰跃过巨藤，不过只是五骑而已。

“呼——”一道刀风自凌通的头顶响起，一名马贼竟自树顶向凌通攻到。这人确是个高手，他清楚凌通的位置，在马被绊倒的一刹那竟跃上了树杈，一荡之下，若大鸟般扑向凌通。

凌通一惊，再也不敢小看这群马贼，仓促之中射出最后一箭，立刻挥弓上扫。

“啪!”大弓经不住一劈，竟断成两截，凌通也顺势一滚，滑至一旁。

“轰!”这一刀就重重劈到地上。

“嘶——”凌通反手拔刀挥出，角度极为刁钻，由于他是躺在地上，是以出招的角度，大大出乎人意料之外，也极为霸道，在同一时间，凌通的身子又飞弹而起。

“当!”仓促间那马贼长刀下压，斜步让开，竟挡住了凌通这一刀，甚至连凌通的后招也破解开来。可是他却大吃一惊，一声惊呼，身子竟仰倒下去。

原来凌通一滚之际，抛出套索，并算准那马贼的后招和跳动的方位，果然让他中计，一下子跳到绳套之中，一时来不及提防，竟被凌通拉翻倒地。

凌通得意至极，在对方还未有反应之时，已挥刀割断了对方的咽喉。

“去死吧，小鬼！”一声怒吼自凌通身后传来，一股劲风兜头而至。

凌通这下乐极生悲，没想到竟会有人自身后攻来，而且也绝不是弱手。此时，他即使想挥刀自救也不可能了，只得就地一滚。

“呀！”一声惨叫，吓得凌通不敢睁开眼，他心中在想：这刻自己即使不死也要受重伤了。可是当他立身而起之时，却发现偷袭者已扑倒在地，竟是吉龙及时一箭射穿了偷袭者的咽喉。

若是在正常情况之下，吉龙的箭不一定能够射中对方，可是这时，他把所有的心神都集中在凌通身上，更加上刚才凌通以诡计杀死被射马贼的兄弟，对方自是怒火填膺，耳目大失平日的灵敏，竟被吉龙一箭射准，死得也是冤枉至极。

其实这两个人在江湖上小有名气，单打独斗，并不一定会输给凌通，可是他们却没有凌通那种机智。更想不到，如此一个小孩也会这般狡猾，诡计多端。

凌通松了口气，却出了一身冷汗，狠狠地在尸体上踢了一脚，再扑向另外两名并未被马摔伤之人。

凌通虽然平日里与剑痴打过不知道多少次，也被剑痴打败了无数回，因而却从中获取了不少实战经验，也懂得了许多取胜之道。但是，凌通的武功与剑痴相比，毕竟相差太远，不是一个级别之人，使得凌通根本就无法发挥出真正的攻击水平，体现出真正的实力。而这些马贼的实力比之凌通又要逊上一筹，是以凌通可尽情尽性地发挥出战斗力。不过，凌通在跟剑痴相斗之时总免不了有些顾忌，而与这些马贼拼斗则是真刀真枪地对决，相较来说，这种以命搏命的战斗经验，凌通与马贼对比起来，则要输上一筹。

凌通的优势就是他对这里的地形十分熟悉，更且，他从不将敌人当人看待，而是当作一只猎物。对待猎物自然是要不择手段，运用一切可以利用的条件，达到将猎物杀死的目的。这是蔡风曾说过的话，这个世上只有猎人与猎物两种分别，与人相争之时，你若不是猎人，就一定是猎物。没有任何情面可讲，就像没有人能与狼同床共枕一般。凌能丽更曾讲过：成事者，不拘小节，获猎者，不择手段。是以凌通打一开始就将这些人看作猎物，也便绝对不会留情。

那两名马贼见凌通一出手，就让他们损失了两名高手，心中早有些怯意，但事到如今，他们已经不能够有避开的可能，可是马贼们天生便有着一股子狠劲，越是危险，就越是凶狠，越容易激起杀心。

凌通的长刀还未挥出，那两名马贼的身子在树干上一晃，就像是两支箭一般，向凌通横冲而过。劲气暴射，气势汹涌无伦，一看就知道这两人不是庸手。

凌通避无可避，但以他的功力，却绝难克制两人的合击，但他的眼角闪出了一丝狡黠之色。

“呀——”一声惨叫，一名马贼飞跌而下，还未落到凌通的身前，便已经气绝身亡。

原来凌通在出刀之前，就已经上好了毒箭。只是弩机比较小，而在黑暗之中，两名马贼被凌通的先声所夺，哪里想到对方真正要命的并不是他手中的刀，而是暗藏的弩机毒箭。凌通以有心算无心，一击就中，心中大慰，手中的刀再也毫无顾忌地挥出。

那名未死的马贼心神大震之下，竟被凌通一刀扫得立身不稳。

“呼——”一道黑影自马贼的面门掠过，却是凌通的弩机。

马贼想不到凌通动作如此迅速，骇然上身后仰，险险避过这可怕的一击。

“嘿，下边！”凌通一声冷笑喝道。

“碰——”“呀——”一声惨叫，马贼刚想到不好之时，凌通的一脚已经踢到了他的肚皮，身子就不由自主地狂跌而出。这才明白凌通那弩机的横切，只是个幌子，真正的杀招却是下盘，可惜知道得已经太迟了。

“唏津津……”一匹战马向凌通踏来，大有将凌通一蹄踩死的意图。

凌通一声冷哼，来不及再赶上去宰掉那名受伤者，就旋身让开，一道狂野的劲风却自身后涌至。

“当!”仓促之间，凌通回刀一挡，身子竟受不住这一震之力，顺冲而出，撞在一棵树上，只差点没被撞得眼前发黑。

凌通哪还不知厉害，暗暗吃了一惊，想不到马贼群中竟有如此高手。

“呼——”又是一道劲风劈至，是一柄长长的斩马刀，借助整条手臂和腰身旋扭的劲道挥出，其气势和力道自然大得骇人。

凌通不敢硬挡，幸亏在这片树林之中，战马始终没有人自身灵活，那大胡子马贼又是坐在马上，自然无法与凌通的灵活相比，在斩马刀劈至的前一刹那，凌通险险地避开了这要命的一刀。

“轰——”一株几乎有两个碗口粗的松树，竟被劈成两截，骇了凌通一大跳。

“呼——”一张大网自树顶直罩而下。

“嗖嗖……”数剑齐发，向大胡子马贼飙射而至，却是乔三叔与吉龙诸人赶来相助。

那大胡子马贼见势头不对，似乎讨不了好，身子斜掠而下，自网底蹿过，竟弃马而逃。

凌通见对方身法极快，显然是一名十分厉害的高手，怎能让对方逃去，否则明日众马贼再结群而至，这样一个人岂不是没有敌手，那还了得？他刻意要趁对方落单之时将之干掉。所以，毫不犹豫地扑上，身形若穿林乳燕一般，在树干上连点，竟一下子挡在大胡子面前，挥刀疾劈。

那大胡子马贼似乎没想到这小孩竟比他想象之中更厉害一些，他哪里知道凌通虽小，但所学的乃是佛门至高无上的神功，岂是凡俗所能了解的。更且凌通每天至少有四五个时辰是在修习内功，甚至每晚以练功当睡觉，如此不休不眠地苦练，更是惊人至极，也是机缘巧合，若非他所练的功夫都是硬功，以身撞身，以掌、脚劈树，以一种近乎发泄式的练功方式修习外功，只怕他此刻早已走火入魔了。

对于这种佛门绝学是欲速则不达，必须有节制，不能过度。而凌通不明此理，日夜不停地修炼，功力和气劲自是飞长，但以他本身的体质根本无法完全承受这些气劲和功力。虽然蔡风当初为他打通了经脉，不过凌通听信了蔡风的话，想打人就先要学会挨打，是以他发泄式地击打树木，每天使自己皮开肉绽，精疲力竭，这就使得他体内过盛的气劲全都转移到那些树木之上，消除了经脉爆裂之危，而他自己却茫然不觉。后来剑痴更看出了凌通这种病态的存在，而凌通多练剑法和其他武功，那击桩踢树的挨打功夫就放下了。为了使凌通的劲气散出，是以剑痴每一次都将凌通打得满身是伤，凌通并不知道这是剑痴有意相助，而他也在不知不觉中，就达到了许多人数十年都难以达到的以气护体。那是一种自然的抗打能力，他甚至根本就不用去想，只要身上哪里一受力，就自然产生了抗力和引导之力。也使他对身体周围攻来的劲风无比敏感，他根本不用眼睛看和耳朵听，只通过皮肤的气机感应，就知道有什么东西要袭击他的哪一个部位，也就让他能更早一步做出反应。种种好处，只怕凌通自己做梦都想象不到，哪怕是剑痴这类高手，也不会知道这种结果会有多少好处。但有一点是可以明白的，那就是凌通这一年多的修炼，甚至可比得上普通人修习七年八年的。由于每一刻钟，凌通的体内气脉都是处于饱胀状态，无形之中使得凌通脉流逐渐强壮粗大，气劲运动之灵活绝对不会比任何高手逊色。就因为小无相神功的浩然正气，使凌通的体质大变，皮肤的再生能力、韧性程度都超出普通人的想象。

大胡子马贼骇了一跳，凌通纵身、横截、出刀诸般动作之连贯，一气呵成，的确大有一个高手的气概，刀锋之中气劲奔涌，更是惊人。

凌通的身子突然在空中一缩，竟横移一脚踢在一旁的树干之上，然后身形冲天而起。由于凌通的气劲运行灵活无比，是以他的动作几乎是随心所欲，说变就变，这下却大大出乎大胡子马贼的意料之外。

斩马刀落空，凌通的刀却劈了下来。大胡子的斩马刀太长，又不是在马背之上，身处如此狭小的树林中间，其优势自是很难发挥出来，反而有些绊手绊脚。

凌通所赌的这一招果然极为正确，那大胡子回刀不及，凌通已经进入他刀身回转的死角，百般无奈之下，只得倒挺刀柄横截，刹住身形倒仰。

“咔——”凌通暗叫不好，却收刀不住，斩断了对方的刀柄。

大胡子一声长啸，手中的断木棍在手指微弹之下，撞向凌通。身形也倒滚而退，那大网也刚好落地，并未能罩住后退的大胡子，但大胡子倒退的身子在大网的利钩上一划，顿时撕下一块皮肉，但也脱出了凌通的刀势之外。

凌通眼角一扫，发现仍有战斗力的马贼已经没有几人了。显然斗志已经尽消，哪里还敢凶悍。毒箭、陷阱倒还真起了极大的作用。那被绊马索绊倒，跌得晕头转向的马贼，不分东南西北地逃窜，哪里还管同伴的死活。凌通豪气上涌，继续紧逼。显而易见，马贼群中，这大胡子是个极为厉害的人物，有此等可怕身手的人物，就是让人头痛。若今日不能把他留下来，恐怕明日只有被他宰割的份儿了。

那大胡子一声闷哼，挺身而起，手中只剩下四尺的斩马刀化成一道厉芒向凌通罩来。杀机直透刀尖，火光之中，更显阴风惨惨，鬼气蒸腾。

凌通知道，论功力，他比大胡子马贼还要逊上一筹，刚才虽然是仓促回刀，但仍展现出大胡子那可怕的臂力和功力。更且大胡子那一刀斩断松树，其气势和劲道之强，确是他无法相比的。当然，凌通是不知道这大胡子的身份，若他知道大胡子的身份，只怕此刻，他应该感到极为自豪骄傲。

凌通自然不会与大胡子硬拼，展开身法犹如一团幻影般绕着对方缠斗，他的身法本来就是在这林间的木桩之间所学，且对这种地形了如指掌，身法一经展开，竟让大胡子无从着手，处处受制。

凌通当初自剑痴那里学来这身法之时，就一直是在林间练习，而剑痴所习的环境与凌通却是不同，当初创出这套身法之人，也并不是依林所创。可到凌通手上，没有什么人真正陪他练习身法，只好绕树穿梭，此种练习方法与这套身法本身就有所出入，是以凌通刚开始时的身形并不是很自然，那时经常与剑痴唱对台戏，总以为剑痴故意什么地方教错了。于是他竟根据自己的理解，与所处的环境将这些步法身形做了少许改动，经过一段时间的演练，他所改的这套身法更适合于在这种山林中穿梭对敌，形如穿花走柳，快捷无比，更且实效。同时可借地利之助，使得身法更加变幻莫测。后来，剑痴都不得不承认凌通的确是个练武奇才，而凌通却知道，最大的得益却是那本《武学总要》，使他更能将所学的武功融会贯通，取其精华而弃其糟粕。就如蔡风对他所说："武学之道，并不在于烦琐，而只在其精简有效。只要把握住其中的要旨和本身的性质所在，其他的要如何变可以随心所欲，这样才能打破常规，达到更高的境界。墨守陈规者，最多只能够成为一个高手，而绝不可能成为宗师。你现在要学的，要知道的，只是武功的重点所在，快、准、狠，想要打人先要学会挨打……"凌通将蔡风的这些话几乎当成了真理。说白了，让他敬服和爱戴的高手，始终只有蔡风一个。否则，他也不可能如此苦练外功和提高自己的速度、力量。只怕连蔡风都没想到凌通竟会有如此的恒心和毅力。这之中当然有凌能丽失踪和凌伯之死的刺激，也正因为如此，才造就出了一代奇才，这是后话。

凌通总是在紧要关头，攻上几刀，使得大胡子想脱身也不行，而想杀凌通更不可能。他的斩马刀，时不时地砍在树上，树干倒被劈断了好几株，可却没能伤到凌通一毫一发，更可怕的却是凌通每当他的刀被树干挡住的时候，就定会趁虚而入，攻得他手忙脚乱。虽然偶然与凌通的刀相击，却根本无法伤得了凌通。

这一群马贼似乎并不是完全一道的，在占了优势的时候，就会越杀越凶悍，但是在有难之时，却是四散而逃，丝毫没有齐心协力的打算，各顾各的性命，哪还有去救别人的心思？

乔三叔诸人知道对这些贼人绝对不能心慈手软，更没有心慈手软。那些受伤的、摔下马的贼人，只能够自认倒霉了，也有极少被绳索捆得像粽子一般，那也不知道是幸运抑或是不幸。

很快，众贼人未被擒获或杀死的，几乎已经逃得干干净净，唯有大胡子越杀越心焦，越杀越恼怒，而杨鸿之诸人早已十数张大弓一齐对准了大胡子，只待凌通一让开，就立刻乱箭将这大胡子射成一只刺猬。

"大胡子，投降吧！"凌通身形飘远，也累得够呛地笑道。

大胡子收刀静立，神色间有些骇然与惊诧，他没想到的却是连这么一个小孩也无法对付，心神大感沮丧。不过，已被他砍倒了十数株松树，他的功力耗损极巨，火光之中，场面显得极为怪异。

“哼，恶贼你也有今天，你是自己动手还是要我们帮忙?”乔三心头升起无限的杀机，冷冷地道。

“通儿，你没事吧?”凌跃关心地问道。

凌通擦擦额角的汗水，淡然一笑道：“这几个毛贼还奈何不了我，今天杀得真是痛快，看来恶贼也不难对付嘛。”

众人不由得会心一笑，说起来，今晚能够大获全胜，至少有一半是凌通的功劳。能够让这群令人闻风丧胆的马贼如此惨败，的确是过瘾至极，心中更是出了这些日子以来窝藏肚中的郁闷之气。

“哼，要老子自行了断，做你爷爷的春秋大梦吧!”大胡子反而不屑地道。

“那就不用再客气了!”乔三没有半丝怜惜，充满杀机地道。

杨鸿之诸人也再不客气，大弓之弦迅速放松，十数支蓄满劲气的毒箭，电射般向大胡子飙射而至。

如此近的距离，几乎是没有可能有人能够避开。

大胡子心头微感绝望，却仍然不甘心地挥刀疾挑，在身周划出一片刀芒，但他却知道，这只是徒劳的挣扎，在这个距离之中，他根本是不可能避得了这自四面八方涌射而至的毒箭。

但，大胡子没有死，而是在这千钧一发之时，有一个身形以快得不可思议的速度，腾空拔起。大胡子的刀闪闪发亮，像是一团升起的篝火，亮得有些刺目，甚至让人心惊肉跳。

凌通的眼中掠过一抹阴冷而惊诧的色彩，禁不住骇然呼道：

“会主!”

所有的人都呆住了，也全都吃了一惊，骇异至极，连手上的弓箭都不知如何放射了。

大胡子那硕壮的身子被轻轻放下，那是一只修长而充满魔力的手，曾是大胡子立身的位置，此刻却立着一条修长而飘逸的身子，一张充满恐怖意识的鬼脸，狰狞得若从地狱油锅中捞起烧焦的面孔，足以让每一个人心寒透底。

那十数支毒箭静静地插在附近的树干之上，没有一支伤了大胡子，也没有一支落在地上。

众人没有动，完全是被不知是从什么地方冒出来的不速之客那深若幽海的气势给震慑了，那种自然露于体外的气势是没有任何人感应不到的。

凌通已经不是第一次见到这个怪人，这突如其来的怪人正是“同心会”的会主梦醒。是以凌通会震惊异常，他很清楚，即使整个村里的人全都加起来，都不可能是他的对手。

“你是什么人？”乔三愣了愣，这才知道发话，杨鸿之诸人虽然感觉到被对方的气势所慑，但仍然忍不住再引弓搭箭。

“大家不要乱来，这位前辈不是坏人！”凌通急忙摇手制止道。其实他的心中也不知道对方究竟与这群马贼有什么关系，但却知道，若与他为敌，那只会是死路一条。因此，这才出言制止。不过，却也是赌上一赌，凭他与剑痴之间的关系，对方应该不会太过为难于他。

“通通，你认识他？”凌跃也骇然问道。

凌通不得不有些勉强地点点头。

“小朋友，我们又见面了。”梦醒似乎仍对凌通有印象，极为温和地道。

凌通心中一喜，对方仍记得他，那事情就好办多了。不由得点点头微微有些兴奋地道：“是呀，我们又见面了，你认识这位大胡子吗？”

大胡子却是半句话也说不出，但眼神和脸上的表情却很清楚地表现出他心中的惊骇与茫然。

“嗯，我和他有些渊源，因此，我想替他讨个情面免去一死，将之交给我处置可好？”梦醒并不否认，也很直接地道。

凌通一愣，但却立刻爽朗地一笑，道：“既然是这样，我们也不在乎少杀这么一个恶贼，就将他交给你处置也无所谓了！”

梦醒想不到凌通会这般爽快，而乔三诸人见凌通与对方如此熟稔，此次能够大破马贼，凌通可谓是功不可没，没有凌通，更不可能擒得了这武功如此强横的大胡子。再加上这个突如其来的神秘人物的确是太可怕了，无声无息，没有半点征兆，倒似是山妖鬼魅由地底下冒出一般。没有人看见他是怎么来的，又是如何出手的，即使乔三这不懂武功的人，也知道这个神秘人物是个绝世高手。那是因为他深深感觉到自这神秘怪客身上散发出来的气势和内涵，与蔡风极为神似，是以凌通这样爽快的答话，反而正合他的心思，自然不会加以反对。

梦醒扭头望了望凌跃和乔三诸人，似乎也极是尊重他们的意思，只是那鬼脸在夜火的映照之下，显得更加恐怖和凄厉。

乔三和凌跃同时出言道："既然阁下并不是与这群恶贼一伙，又与通通有相识之缘，那这大胡子就交给你好了。"

"谢了！你们如此大方，我也不好意思就这样让你们白白辛苦一番。这样吧，我这里有一颗'回天补气丹'，当是与你们交换的条件吧。小朋友，你将他服下，对你会有好处的。"说完梦醒自怀中掏出一颗宝光流溢、色泽暗红的药丸，以小指一弹，射向凌通道。

凌通伸手往空中一抄，将药丸拿到手中看了看。

凌跃和乔三不由得大惊，见凌通并没有立刻吃下去，心中才稍稍放心，暗赞道："通儿并不是傻子……"

可是他们还没想完，凌通就爽然一笑道："多谢你的宝丸。"说着毫不犹豫地向口中一抛，吞进了肚中。

"通通！"凌跃和乔三骇然惊呼，神情焦灼地望着凌通。

"爹，三叔，别担心，这位前辈是不会加害于我的。"凌通极为自信地道。

梦醒那藏于鬼脸之后的眸子中暴射出欣赏之色，微有些讶异地问道："你就不怕这是一颗毒丸？"

凌通哂然一笑道："你要杀我根本就不用浪费这么一颗毒药，更何况我相信你定不会是那种人。再说即使是毒药，我也一样要吃，那只能表示我相信错了人，既然看错了人，活着也无多大的意思，不如吃下这颗药丸省事。"

乔三和凌跃诸人望着凌通这一腔豪情，直爽而充满气魄的话语，几疑自己置身梦中，简直不敢相信这是一个只有十四岁大的孩子所说之话，心头禁不住涌起一股欣慰且敬佩的意念。

梦醒一愕，旋即大笑起来，笑声之中充满了欣慰和欣赏之意，良久才收住笑容，定定地望着凌通，又笑道："好，好，有气魄，我梦醒算是没有看错人！人小却豪情满怀，那颗药丸的确不是毒药，而且是不折不扣的'回天补气丹'，此乃老神仙陶隐居通明先生所炼制的不世仙药，但只此一颗，顶多只能够补气健体，通经活脉。老神仙的'回天补气丹'一分为二，只有二丹合服，才可以使习武者功力倍增，至少可使之增加二三十年的功力，既然你有如此豪气，这剩下的一丹也就一并给你好了。"

"啊，陶老神仙的仙药!"所有的人全都忍不住惊呼出声。也的确，若是在其他地方，没听过陶老神仙陶弘景也并不为奇，毕竟这里太过偏北，陶弘景虽然医术通神，却并未能名震每一个小山村。但猎村之中曾有凌伯这样一位医道高手，对两朝的医道几乎都了如指掌，更是经常谈到，天下说到医术之最莫过于通明先生，其次就是丹阳徐家。是以小村中每一个人都知道通明先生就是陶弘景老神仙，此刻听说凌通所服下的乃是老神仙的仙丹灵药，自然心中欣喜无限。

第六十七章　风水之战

“谢谢前辈!”凌通“扑通”一声极为乖巧地跪下恭敬地道。

梦醒似乎也受之无愧，再从怀中摸出一颗艳红的丹药抛给凌通，肃然道：“这颗丹药此刻不能立即服下，必须在一个月之后，当你有朝一日感到体内有寒气上涌之时才能够吞服。否则，你立刻会经脉暴胀而亡。本来，若是两丸同时入口，就不会有这种情况出现。这两丹乃一阴一阳，食阴可延年益寿，强身健体，阴丹乃是缓补之药。但单食阳丹，却是大补，没有多少人可以承受得了它的补性。两丹同食，则阴阳调和，龙虎交会则会因人的体质差异充分发挥出其补气之效。对有些人来说，甚至可补上四五十年的功力，希望你好好珍惜，切勿丢失，也希望你日后能除魔卫道，多做善事。”

凌通心头大喜，并不立刻起身，而是恭敬地道：“晚辈一定聆听前辈的嘱咐，他日除魔卫道，不负前辈所望!”

“很好，我看你近来武功进步神速，大有一闯江湖的本钱。不过，行入江湖得万事小心，江湖也若行猎……”

“世间只有猎人和猎物之分，做任何事只要拥有兽的警惕，猎人的沉稳，那就定能安全过关，是吗?”凌通打断梦醒的话，俏皮地接道。

梦醒和在场所有人不由得全都愕然，愣愣地望着凌通，却像是在看一个陌生人一般。良久，梦醒才嘘了口气，讶异地问道：“这是你总结的道理?”

凌通神色黯然地摇了摇头，有些意兴索然地道：“这是蔡风大哥哥对我讲的。”

“蔡风?”梦醒掩饰不住内心的震撼，惊问道。

“前辈，你认识我蔡风大哥哥吗?他在哪儿?现在好吗?”凌通突然变得激动起来，听到梦醒的语调，明显地是认识蔡风，不由自心底升起了一丝希望地问道。

梦醒似乎也微有些失望地摇了摇头，道：“我不知道他的下落，已经很长时间都没见到他了。好了，我们就此别过，若有机会，他日再会!”

凌通心中微微有些失落，道：“那晚辈就不相送了。”

“哈哈，你的好意我心领了。”梦醒说完身子便如夜鸟一般，抓起大胡子，根本不用借树干之助，已御风融入远远的黑暗之中。

众人不由得骇然呆立，若非对方刚才与凌通说了这么多的话，定会以为遇上的只是山妖鬼怪之类的，抑或是天外飞仙。否则有谁可以御风而行，快胜夜鸟呢?不过，对于猎村之人来说，早有蔡风这个先例。能够飞起也并不算是什么神话，可是他们眼前之人似乎比之蔡风更为神秘莫测，更为厉害而神化。

最高兴的莫过于凌跃，他想不到的是年纪如此小的儿子，不仅已有了一身厉害的功夫，更能得这般奇人相助，博取这似飞仙般的怪人之青睐。这可是天大的福气，自然是心底欢喜无比了。另一个高兴的人自然是凌通，想到梦醒所说的话，表明他有一闯江湖的本钱，更能够在一个多月之后增加几十年的功力而成为一个武林高手，那是多么令人欢喜、欢快之事啊！他的内心深处，早埋下了江湖的种子。自凌能丽留下那封信之后，他的心神就全都飞入了江湖，恨不得早日武功有成，马上行入江湖大干一番。此刻听梦醒如此说，那自是不错了，怎叫他不欣喜和快慰呢?一向对江湖抱着一种莫明的神秘，蔡风就是来自那神秘的江湖，跟蔡风在一起，不仅使他定下了人生的目标，更学到了许多一生都享用不尽的东西。蔡风的习性和性格很容易感染一个人，而凌通更是深深地被蔡风所感染，虽然他从未离家出走，最多也只是到市集闹闹，可是他已经具备了超乎常人的自信和胆量，更知道深层次地去看这个世道和问题，也就形成了他这种狡黠却极其豪爽的风格。是以往往说出一些超出他这个年龄范围，却又富有智慧的话语。

“通儿，恭喜你了!”乔三欣慰地笑道。

凌通收回心神，有些腼腆地笑了笑，乖巧地道：“这全托三叔的福!”

“哈哈，你的嘴巴越来越甜了。”乔三喜滋滋地道。

“通通，啥时候也来教我们一两手，看把我们羡慕得……”杨鸿之和吉龙诸人打趣道。

“瞧你们那副懒样，哪里有什么耐心学哟，更何况，要学功夫，不拜师行吗？可是若拜师，岂不是把辈分全都弄乱了吗？”凌通也笑应道。

“好了，别在这里闹了，大家把这里收拾收拾，小心布署，这些马贼不会就此善罢甘休的，仍需要小心防范，这些箭和刀之类就由吉龙带几个兄弟收拾，鸿之随我带几个兄弟去把陷阱设好，在来的路上也要多设几道陷阱。让那些恶贼们有来无回，更要让他们知道，咱们猎村绝不是好惹的!”乔三吩咐道。

“砰砰……”敲门之声惊动了韦睿和昌义之。

“进来!”昌义之淡然道。

“吱呀!”一青年踏步而入，恭敬地道：“禀师父，祝宗主来了。”

“快请她进来。”韦睿眼睛一亮，忙道。

昌义之充满喜色地与韦睿对望了一眼，道：“说曹操，曹操就到!”

“说我什么呢？二位宗主居然有如此闲情。”一声娇滴滴的声音传了过来。

两人的目光同时转向门口，只见一位容颜深掩于斗篷之中的女子踏步而入，裙带飘摇若仙，难掩其绝代之风华。

这人正是魔门最为神秘的阴癸宗主祝仙梅。

“我们刚才正在谈及宫中高手之事，祝宗主便至，岂不是说曹操，曹操就到吗?”韦睿笑道。

“祝宗主至此定是又有要事?”昌义之似乎极为了解祝仙梅行事的原则，淡然道。

“不错，仙梅无事不登三宝殿，的确有一件要事相告。”祝仙梅认真地道。

“什么大事能如此劳动祝宗主亲至呢?”韦睿也有些动容地道。

“靖康王准备与北魏刘家联姻!”祝仙梅沉声道。

“什么?”韦睿和昌义之同时惊呼出声，不敢相信地问道，一脸惊疑不定的神色。

“这是事实，就是连皇上也知道，却并未出言反对，似乎有默许之意，这使靖康王之举已成定局。”祝仙梅吸了口气道。

“此刻北魏正值风云际会之时，他们应该乘机大举北伐才是真的，又为何要与北朝联姻呢?”昌义之极为不解地道。

“谁也不知道皇上葫芦中卖的是什么药，不过依我估计，此次联姻主要是想转移北朝的注意力，也借此分化北朝四大家族的势力，否则以皇上这般老谋深算之人，岂有不知此理?”祝仙梅估计道。

韦睿和昌义之禁不住点了点头，韦睿道:“大概应该是这样，萧衍这只老狐狸岂是易与之辈?”他竟丝毫不客气地直呼武帝的名字，昌义之和祝仙梅都见怪不怪，在他们的眼中，武帝萧衍的确没有什么了不起。

“但无论他怎么想，怎么做，这对我们并非无利，更探得这次联姻似乎是因为道家的一部奇书有关，其中的详情我们仍不全知，还需继续查探。”祝仙梅认真地道。

“道家的一部奇书?”昌义之的眸子之中闪过一丝异样的光芒。

“侯爷似乎有了定计?”韦睿很清楚昌义之的智慧及为人，忍不住问道。

昌义之想了想道:“韦兄与祝宗主难道不知我魔门的百年之密?”

韦睿与祝仙梅闻言，大感惊讶，齐声道:“难道这部道教奇书会与我们十大魔宗中所秘密流传的‘由魔入道’的传说有关联?”

此时昌义之却答非所问地道："本朝中有谁最与靖康王过不去？"

"郑王！"韦睿毫不犹豫地道。

"不错，正是郑王，郑王这个人我最清楚，自靖康王引兵攻梁一事后，他对其一直深怀成见，更处处与之为难，若真是那部道家奇书，我就有办法造成两王之间的矛盾，甚至弄乱朝纲，让他们大火拼，那时你们认为会怎么样呢？"昌义之深沉地道。

韦睿的嘴角牵动了几下，眸子之中露出了一丝狠厉的神芒，道："那我们就立刻去查实刘家当年所得的是否是这部奇书。"

"不，是否是这部奇书却不事关重大，因为如真有其事，我就能将这部道教奇书说成当年道主所留的道宗第一奇书《长生诀》，如今当务之急，我们仍是要先去探探郑王的口风。再说如若被我猜中刘家当年所得的真是道教奇书《长生诀》的话，那我们这代将会重造魔界神话！"昌义之嘴角边泛起一阵邪笑道。

祝仙梅点了点头，道："一切就听侯爷的安排好了，仙梅此际要去北魏一趟，顺便到刘家看看，相信很快便会有结果。"

"祝宗主要去北魏？"韦睿奇问道。

"侯爷大概已经猜到我此去的目的，是吗？"祝仙梅扭头向昌义之问道。

"祝宗主要去见毒宗之人？"昌义之淡然问道。

"不错，金蛊神魔田新球乃是我们胜败的重要一环，我们绝不能放弃！"祝仙梅认真地道。

"不错，祝宗主与我的想法相同，毒宗的支持乃是极重要的一环。"韦睿赞同道。

"郑王那边就交由我去对付好了，再说我也应该出去走走了。"昌义之深沉地道。

绝情的伤口愈合得便像奇迹一般迅速，只不过三四天的时间，背上那刀剑的伤疤就已全部脱落，那箭孔也合成了疤。小腹的伤口也愈合得差不多了，更奇的是绝情背上的疤壳掉下之后，皮肤竟如同未曾受伤一般光滑。

姜成大的伤也不怎么轻，又因为年老，身体恢复却慢了许多，虽然比绝情的伤轻了不知道多少倍，但仍然未曾全部复原。不过，在绝情所开的药方之下，比起那几位受伤的年轻硕壮之人还要恢复得快一些。

姜成大的渔船被朱家村所夺，再没有办法去捕鱼了，绝情便做了一根钓鱼杆去河里钓，每天所钓的鱼比许多人捕的鱼更多。

姜小玉每天就是背着大鱼篓，跟在绝情的身后，绝情不仅钓鱼，而且杀鱼，用鱼杆杀鱼！空钩可以钓鱼，简直是神乎其技，在第三天中，绝情便根本不钓，纯粹用尖尖的鱼杆刺鱼。

河水并不是很清澈见底，但绝情却能够凭着水流的声音辨别出鱼所行的方位，然后竹竿就如利箭一般快捷无伦地刺出，有时候一竹竿便可刺上来数条。只惊得姜小玉快发疯了，她从来都不曾想到世间竟会有如此神乎其技。整天中，她的神经都处于一种激动的巅峰状态，一天下来竟变得疲惫不堪。

绝情所做的鱼更是味道美得让人恨不得连刺也吞下去，姜小玉要是累了，绝情便亲自动手，烧鱼、烤鱼、炖鱼，什么花样都能做。而更有多的鱼拿到城里去卖，虽然死鱼价格不怎么好，但比往日多得多的鱼换回来的米和盐却不成问题。柴禾，山上有的是，每天早晨，姜小玉都照例去砍一担柴禾，有时候是小范亲自送来。村中送柴禾过来的人很多，特别是在小范吃过绝情做过的菜后，都有些不想回家吃饭了。

在绝情身上出现的千奇百怪的事确是极多，绝情倒似乎成了一个无所不会的人。不仅懂得医道，而且会做菜烧饭，但却并没有人知道他究竟是什么身份。若说他很有身份，为什么又会做这些女人才做的事呢？连他自己也不知道自己到底是什么身份，别人岂会知道？

姜成大却是隐忧于心，绝情终会离开这个小村，而那时姜小玉可能无法自拔。他们根本不应该属于同一个世界中的人，可男女间感情的事情往往是根本无法预计的。

小范这几天中有些郁郁寡欢，旁观之人自然很清楚，谁都知道，小范和绝情根本是不可能相比的，这一点，小范自己也十分清楚。

绝情上山采药的时候，他总是落得很远，望着绝情与姜小玉那种欢快的神态，只能暗自伤神。

唐家村与朱家村的情况似乎并没有多大的缓解，朱家村的气势极凶，两村近日来的气氛颇不对头，大有火拼之势。唐六叔已很少再来姜家，似是正在组织如何向朱家村进行反击之事。

这一日，绝情正准备与姜小玉上山采药，小范脸色极为难看地冲来，额上显出汗迹，大呼道："公子，小玉，不好了，六叔他们带着人去攻打朱家村了！"

姜小玉脸色一变，神情有些焦灼地望了望绝情，却不知道该怎么办才好。

"他们从哪里去的？"绝情淡然地问道。

"他们从河水浅的地方，用木排渡水过去。"小范神情焦灼地道。

"离这里有多远？"绝情神色变得极为冷峻地道。

"就在向南五里之处，那里的水不过大半个人深，从那里过去，便是朱家村的南面，我怕他们会出事。"小范担心地道。

绝情把手中的药篓向姜小玉的手中一放，淡然道："你在家里照顾大叔，我这就去一下。"

姜小玉接过药篓，关心地道："你要小心一些。"

绝情自信地一笑，道："不会有事的。"说着大步向南行去，一步跨出竟达两三丈之远，惊得小范和姜小玉合不拢嘴来，他们还未回过神来的时候，绝情的身影早已消失得无影无踪了。

小范骇然地望了姜小玉一眼，见她也同样是一脸的惊骇和茫然之色，便深深地吸了口气，道："他去了吗？"

姜小玉不禁大感好笑道："当然是去了。"

小范这才回过神来，道："我也去看看。"

凌通和杨鸿之策马缓行，对付那些马贼流匪，的确不是以一个小小的猎村之力就能够解决的。昨晚虽然大获全胜，只不过仗着地势之利，更仗天时之助，同时还是提前做好了准备，才会使马贼大败而去，可这毕竟是一小股马贼流匪，还有大群的人没有赶到。若是他们大举来犯，那可真不是一件好对付的事情，说不定猎村也会步上赵村的后尘。

昨晚一战，猎村大获全胜，可是陷阱机关的损失极大，兽夹之类也有损失，是以乔三与众人议定，就让凌通与杨鸿之去城里告急，以求搬来救兵，也顺便购回一些制作机关用的铁器，这自然是一种防范之举。

其实朝中早已下旨，不准人私自购买箭支与长兵器，违者定处以重罚。这当然是怕百姓作乱造反，否则，若是能够买一些金属箭头，定会更有效。

本来，乔三只是想派杨鸿之一人独去，可是想到路途危险，也就让凌通同行。事实上所要购买的铁器也并不多，一个人背回便已足够，都是一些小玩意儿，并不占面积，只是因为杨鸿之与城里尉府也有些关系，毕竟熟人好办事一些。

城中的兵权全都在尉太爷手中掌握着，所以，在蔚县之中，真正掌权的并不是县令，而是尉太爷。

蔚县并不十分大，但靠近北部边陲，自然免不了会有流匪横行，更何况最近又初平破六韩拔陵之乱，朝廷怕贼人死灰复燃，是以便又在北边诸城加派守兵，使蔚县的守军达到两千余人。再加上尉府自身的家将、差役，几达近三千人。若是能从城中调出一队人马，来对付这群贼人自然不在话下。

猎村至城中的路不是很远，若马速极快的话，一天两个来回并不是一件难事。只是近日来流匪猖狂，竟似乎封死了去城中的道路。赵村也曾派人去过城里，可是却并没有成功，而是被追逼回来。甚至求援的兄弟也被射杀，这一路之上绝对不安全。所以，凌通与杨鸿之几乎是全副武装，短弩强弓，一应俱全。

凌通很难得有这么一个策马狂奔的机会，昨晚一战告捷，使得众马贼人亡马损，却也有几匹马被套住，凌通与杨鸿之所乘的两骑就是战利品。

二人欢畅异常，意气风发，大有不可一世之态。

入冬的景色似乎微微有些凄清。

两人一路有说有笑，却并不在意路途的危险。凌通对自己极有信心，昨晚初显身手，的确让他意气风发，斗志高昂，恨不得立刻找几个马贼来练练拳脚。杨鸿之对凌通却是极为信服，何况昨晚更证实了凌通的实力，有凌通在他身边，他的确是极为放心。尽管他也记不清自己曾被凌通摔了多少跤。

谈笑间，凌通突然似有所悟地一带马缰，低声道："小心，这里似乎有些不对劲！"

虽然凌通刚才表现得漫不经心，可是他的心神并没有半丝懈怠。这得归功于他每日连睡觉都保持一种警觉的练功状态，从而使他的警觉更超乎常人。

杨鸿之虽然与凌通笑是笑，骂是骂，可是在紧要关头，对凌通绝对信任。因为他很明白自己与凌通之间的差距，也对凌通的直觉和判断力极为信服。听到凌通的话，不觉打量起四周来，但却并没有发现什么异样，只是前面的路比较狭窄一点，树密一些而已。这条路杨鸿之走过不下百次，熟悉得不能再熟悉了，但仍看不出什么疑点……

木筏之上全都以木柱做了屏风，使得朱家村的柳木箭失去了许多的攻击力，数十名壮汉乘着四张大木筏，长而粗的竹篙，直通通地刺入水中，在溅起浪花之中，大木筏快速向对岸靠近。

唐六叔和几名极为硕壮而孔武有力的汉子，不停地向对岸朱家村的人放箭，也使对方伤了几人，但却把双方的情绪都激得高涨，大有不见血不收手，不有个结果不甘休的架势。

河中和对岸的怒吼、喝骂声不绝于耳，朱家村的人，更有人划了船下至河中，向大木筏之处攻击而前。

两方打得极为火热，这或许是两村近十年来战得最为激烈的一次。

朱家村更多的人下得小船之中，划至大木筏之后进行攻击，他们想利用小船的轻便之利，从大木筏之后包抄，形成合围之势。

唐家村，在河岸边守候的仍有七八条船，见朱家村的人想利用这种战术围击，立刻划船迎上，定要使大木筏之上的众人没有后顾之忧。

大河虽宽，也不过近两箭的射程之宽而已，所以在这种情况之下，很容易使双方短兵相交。

唐六叔一声喝令，那些本向对岸攻去的柳木箭，都向游入河中的朱家村的小船上射去，更有人把大石头抛出乱砸。

大木筏虽然笨重，但比小船稳健得多，而且筏面又平坦，更易于立足和活动。

对方射过来的箭，可以用比较小的藤盾相挡，虽然对方的小船上也有东西相挡，却是两面受敌，竟吃了许多亏。

朱家村的人大为愤慨，立刻又添加了许多小船作战，也同样推来几张大木筏，看来是要与唐家村的人在河中来决战胜败了。

双方的人都杀红了眼，大木筏对大木筏，双方互不相让，朱家村的人也早就算到唐家村的人会来报复，所以行动起来并不是太过仓促，虽然一开始他们吃了些亏，可是他们并没有丧气，反而更凶，更猛。

柳木箭毕竟没有那种金属箭头的杀伤力大，虽然会使人受伤，却不会伤人性命。而双方的藤盾又起了防护作用，因此双方在远程交战之中并没有伤得太惨，场面很快便已短兵相见，双方的大木筏驶近之后，几根长长的竹篙便在空中交错舞动，这种又重又长的家伙使用起来虽然不是怎么灵活，可却极为凶猛，更叫人难挡，双方都是臂力极强的壮汉舞动着这种蛮家伙。一人以竹篙稍稍控制大木筏的方向，两人以竹篙相击。

木筏之上一般都有这类防备——那就是在木筏那大木头之上再立几根粗木柱，既是为了方便众人稳住身子，也是为了挡住竹篙横扫的攻势，这种木柱在夏日可加上横梁，加盖茅草，便变成了凉棚。这种多用的装备，也便限制了对方的竹篙横扫之势，不过这次为了方便几根竹篙灵活地操纵大木筏，那顶部的横梁也便没有加上。

虽然大木筏设置了这么多的装置，可仍有人被扫落水中，也造成了一定的威胁，幸亏河水并不是怎么深，而这些人每个都会水性，落入水中之后，在乡亲们的掩护下又迅速爬上大木筏，否则不被对方的竹篙击破脑袋，也会被柳木箭射死！

当绝情赶到的时候，河中的战况已是杀得不可开交，双方各有损伤，怒喝之声，叫骂之声仍然是不绝于耳。

“噼里啪啦！”船桨相击之声，木片碎裂之声，惨号之声，弓弦之声，使这段河面变得异常热闹，更有老少、妇人在岸上呐喊助威，小孩惊骇啼哭之声。

绝情从未见过这种打混仗的场面，虽不似沙场之上那么惨烈，可是却比战场之上相斗更有特点多了。

“住手！”绝情一声高呼，以劲气逼出的声音便若闷雷一般自天空中滚过。每个正在交战的人都禁不住愣了愣，接着又很快加入了战团之中。两岸的呐喊助威人群，也奇怪地向绝情投来疑惑的眼光。

唐家村的老太爷正坐在河畔观战，身边还立着两位硕壮的大汉，目光中充满了诧异之色地问道：“年轻人，为什么叫他们停手？”

“你们这样打下去只会使各自伤得更重，损失更惨！别看他们很多人被抬着回家，而唐家村不也有很多人被抬着回家吗？这样对两方都不利的事情，干之何用？”绝情冷声答道。

“你能叫朱家村的人停下手来吗？”唐老太爷眯着眼问道。

“他们停也得停，不停也得停！”绝情极为坚决地道。

“哦，我倒要看看！”唐老太爷似乎极有兴致地道。

绝情再不理会唐老太爷，扭头望了望河中杀得正凶的两村人马，眼中露出一丝冷意。这时，正看到一个小孩手中握着一根小竹竿，忙走过去温和地道：“小兄弟，这借我用一下好吗？”

小孩望了绝情一眼，又扭头望了望身后的妇人，怯怯地将竹竿递给了绝情。

绝情接过竹竿，一声长啸，高呼道：“全都给我住手！”说着向大河中跃去。

众人不由得一阵惊呼，想不到绝情会跃入河中！很快所有的人全都呆住了，几乎不敢相信自己的眼睛。

原来绝情根本就未曾沉入水中，而是踏着波浪若水上掠过的翠鸟，轻灵无比地向战地冲去。

整个河流两岸全都寂静了，甚至连空气都似乎变得凝重，呼吸声皆变得粗重起来。

船上和大木筏之上的人本来就被绝情的吼声所骇，但却没有发现绝情踏波而来，依然战得极欢。

但很快，船上有人发现绝情踏浪而来，一慌神之下，竟为对方所乘，也便只得立刻还以颜色，又战了起来。

大木筏之上的人根本不敢稍有懈怠，那样只会吃上闷亏。

绝情身影自各艘小船之间穿过，手中竹竿轻拨，那慌飞乱窜的柳木箭全都如死蛇一般坠落河面，顺水飘走。

那船桨交错之中，绝情手中竹竿轻敲，将两村船上的操桨之人全引入水中，船身更是动荡不已。

惊呼之中，船上之人更是骇异莫名，他们怎么也想不到世间竟会有这种近乎神话般的人物。荡漾的碧波之中，一袭轻飘的长衫，若河神临世一般，踏波而行，那乱舞的箭支，像全都失去了力气一般，尽数坠入河中。

两村木筏之上的人更跃上了对方的木筏，手中柴刀之类的兵战短器交织于一起。

绝情双脚落在一只飘起的桨上，一声暴喝：“你们全都给我住手!”

声音若焦雷滚过各人的头顶，钻入每个人的耳朵之内，像是钢针刺入一般难受。全都禁不住愕然住手。

绝情的身子如一只翱翔的野鹤，冲霄而起，然后斜掠而过，跃上两筏的上空，那在空中正要相击的竹篙，全都“轰——”地一下击在绝情的双脚之上。

绝情又是一声长啸，借着竹篙一击之力冲得更高，而双方的操篙之人若被雷击一般，纷纷立不稳脚跟，向水中跌去。

绝情以同样的身法和同样的做法，将几艘大木筏之上的操篙之人全都击入水中，然后又落入仍在混战的大木筏之上！身形如陀螺一般乱转，大木筏上之人一个个全都被点中穴道。无论是朱家村的还是唐家村的，未被击中穴道之人便被击入水中，而有几只小船之上的人早就依言住手不战，也就未受到牵连。

“砰砰……”数身闷响，几只大木筏全都靠在一起，几个人便如滚地葫芦一般倒在筏上，也有人依柱而立，未曾倒下。

“哧哧……”几根竹篙若利箭一般重重地插入河中，将几只流淌的大木筏钉在河心，使得七八张大木筏，在河心搭起一张大平台，而朱家村和唐家村的壮汉很多都在上面，也有被打入河中的，他们立刻游回各自的营地或船中，向岸边划去。

大约行了十余里路，凌通突然勒住马首，向杨鸿之吩咐道：“我们调转马头向回走，绕过去!”

“到底发生了什么事情?”杨鸿之不解地问道，迷茫之间刹住马蹄。

“前面道上有绊马索，肯定有埋伏!”凌通肯定地道。

杨鸿之抬头望了望，却没有看到什么绊马索之类的，禁不住有些疑惑，凌通却已调转马首，斜斜向左后方行去。

杨鸿之只好闷葫芦似地调转马头，跟在凌通身后策马而行，疑问道："我怎么没看到什么绊马索？……"正说话间，异变突起，本来平静的狭道，响起了一阵弦声。

杨鸿之骇然回首，却见几名凶神恶煞的大汉策马自路边追赶而来，他们的马并不行直道，显然凌通所说的没错，直道上设有绊马索。

"快走！"凌通低呼道，一夹马腹，向前狂奔，杨鸿之哪有不唯命是从之理？对凌通的眼力和判断力简直是佩服得五体投地。

由于射程太远，劲箭尽数落空，几名大汉怒吼连连，却不明白是哪里出了问题。只好策马疾追，他们想不到的是，凌通竟如此精明，观察如此细致，眼力如此之好，竟在半途中改道而行，使得他们的埋伏尽数白费，还得立刻显身追赶，使得先机尽失。

杨鸿之却是弄不明白，为什么对方竟能够算准他们自这条路上经过，抑或是为什么会抢先在这里设下绊马索。但事已至此，已经没有任何必要细问其中原因了。只是暗自庆幸被凌通发现了机关所在，未曾上当。

这条路，凌通与杨鸿之不知走过了多少回。到城中去的每一条小道，对于他们来说，都熟如指掌，自然是毫不费力。

凌通扭头望了望，对方只不过是六人而已，并不是大量的追骑。刚刚思索着应该如何将这六骑干掉之时，眼角之间却发现又斜斜追来数骑。

凌通大骇，迅速策马穿擦于林间，以使对方的箭矢无从射起，杨鸿之强压住心头的震骇，依照凌通的方法，策马倚仗林木进行掩护。

"嗖……"那斜射而来的数箭尽数落空，抑或是射在树干之上，但却使得凌通与杨鸿之暗自心焦，此刻离县城仍有十来里路，而对方十数骑相追，若是被追上，恐怕真的只有死路一条了。不过，也幸亏这一路树多林密，追兵似乎也知道，这样乱射只会浪费箭矢，可是要想包抄已是不可能，唯有狠命策马狂追，以求找个机会放箭。

凌通和杨鸿之微微安心，至少此刻没有陷入被围的困境之中。但很快，他们就发现了不妙，以凌通与杨鸿之两人的骑术，根本就不能与这群人相比。

凌通和杨鸿之虽然会骑马，但大部分时间生活在山村之中，骑马的机会很少，而这些人却是以坐骑为生的马贼，这之中的差距的确是没法可比的。

不过，幸亏这里距城里已经不远，两人策马狂奔，很快就已经城墙在望，但可怕的，却是此时已经冲出了树林的掩护，完全暴露在箭矢的目标之中。

“鸿之哥，你先走，容我阻他们一阻！”凌通无可奈何地道。

“不行，你一个人如何……啊……”一支劲箭自耳边擦过，只吓得杨鸿之把未说完的话咽了回去。

凌通也不管自己的骑术是否纯熟，自背上迅速搭弓、上箭，这完全是被敌方逼出来的，扭身毫不犹豫地放出手中的劲箭。

“嗖！”箭虽是射了出去，却是半个目标也未中，甚至根本就失去了应有的准头。

杨鸿之心头暗叹，他也根本没有办法在疾奔的马背上扭身射箭，毕竟他们对骑术并不熟悉，若是在林间，脚踏实地的作战，相信定不会输给这些人。整个猎村，在马上马下都十分干练的人，只有乔三，乔三曾是自沙场之中拼杀出来的，可杨鸿之与凌通却绝对没有这个能耐。

“唏津津——”战马一声惊嘶，一支劲箭插中马的屁股，使之越发快速奔行，一冲之下，险些没把凌通甩下马身，但由于马速突增，竟越出了杨鸿之。

“向城门口逃命！”凌通伏身于马背，由于身子稍小，这一伏，几乎不成目标。

杨鸿之也早已伏于马背之上，劲箭自头顶身边掠过，只吓得他连抬头的勇气都没有，更别说扭身反击，只得听天由命地策马向城门口奔去。

离城渐近。

凌通的眼中迸射出希望的火花，在这要命的时刻，他竟见到有五骑自对面缓步而来，五骑中却似有一小女孩。

凌通心头大惊，若是让这十几个贼人追上，只怕连这几人也会受到连累，禁不住高呼："快逃，快逃，别过来！有强盗要杀人了！"同时也再改马首，想引开这群贼人，心中却想："他奶奶个儿子，死就死，可别牵累别人！"

"唏津津！"战马却一失前蹄，跪伏而下，在一改方向之时，马身打横的当儿，前蹄竟然中箭。

凌通的身子就像弹丸一般抛了出去。

"通通！"杨鸿之大骇。

"哎哟——"凌通一声惨叫，跌了个狗吃屎，但追兵渐近，他哪敢停留？幸亏他平时挨打的功夫练得很不错，这一跌摔得竟然全没关系，刚好杨鸿之的马赶到。

杨鸿之本来落后一些，这一刻见凌通跌倒，更是心惊，战马刚到，却见凌通一跃而起，并伸出手来。杨鸿之立刻明白，忙伸手一拉，与凌通的手握个正着。

凌通借劲一跃，竟又翻上了杨鸿之的马背。

这下似乎让那追赶的几人极为意外，他们正是马贼一伙。不过，昨晚并没有参与猎村的行动，是以并不知道凌通的厉害之处。此刻，凌通如此利落地上马，似乎根本就未曾因刚才跌下马背而受伤一般。

凌通刚一跃上马背，就觉脑后生风，知道贼人又放了箭。没办法可想，只好挥手猛扫，刚才他虽然跌下马背，但手中的马鞭犹未抛出。这凭着感觉的回手一扫，马鞭却正好抽在那射向腰际的箭矢。

"啪"地一声脆响，箭矢斜掠而过。

凌通惊出了一身冷汗，不过，他还是坐稳了身子，与杨鸿之背靠着背，倒骑于马上。正在此时，他竟然发现对面五骑加速向他们逼来，但他根本来不及细想，便为眼前的情景呆了一呆，暗呼一声不好。

竟是十几支劲箭罩射而来，他不回头正面看那些箭还好，此刻正面回头一看，心神就禁不住乱了起来。他从来都未曾经历过如此阵仗，但却不能不挥刀去挡。

射向人的箭是挡开了，可射向战马的箭却是一支也不偏。

凌通这次有备，反手抓起杨鸿之，在马失前蹄之际向一旁翻滚而去。

劲风自耳畔呼啸而过。

弦响、箭啸、马嘶、人叫。一切都让凌通根本来不及思索和反应。

手背被荆棘拉出了数道血痕，衣服也被撕裂开来，但凌通已经不敢花时间去想这些，追兵的速度极快。

再次立身而起，凌通竟惊异地发现，马嘶、人叫正是自追兵的群中发出来的。

出手的，却是那迎面赶到的数骑，在这要命的时刻，救了凌通和杨鸿之。

马贼追势一滞，凌通强忍疼痛，怒向胆边生，不仅不逃，反而张弓搭箭回头疾射。

一匹战马惨嘶歪倒，未能逃过凌通这愤怒一箭。凌通的臂力比之普通壮汉不知强过几倍，他的弓虽然和其他弓没有多大的分别，却是以铁质制成的，至少可以承受八石拉力古之“十石”力，合今日五百三十四点六市斤，是以他的弓强，箭便自然比之普通箭快得多。

十二名马贼，已经倒下了四人，剩下八人的阵脚大乱，搭箭还击。

那赶来的五人竟然是骑术高手，策马之术极为高明，甚至都似乎是好手，极为轻松地便挡落了稀稀疏疏的劲箭，唯有那小女孩落在射程之外。

杨鸿之见来援之人竟全都是厉害人物，不由得精神大震，惧意全消，也搭箭还击。

“哼，欺负小孩子算什么人物？盗亦有道，让我今日便来教训教训你们！”赶来的一位老者冷哼着搭箭再射。

“小朋友，你没事吧？”一名长相极为凶悍的汉子竟以亲切的语气向凌通询问道。

凌通感激地道：“谢谢相救，我没事！”话未完，那汉子已经自他的身边飞掠而过，四人四马若旋风般向那八名贼人逼去。

凌通禁不住热血沸腾，战意大起，飞步向那八名追兵扑去，速度之快竟也不比战马稍逊。

“等等我！”杨鸿之一急，连忙呼道。

那八名贼人心下大骇，他们的箭对这几人竟全都失效，而凌通的厉害之处，也让他们大为震惊，无论是从气势上或是心理上来说，也立刻逊了一筹。

“嗖嗖！”又是两箭射出，两名贼人应箭而倒。一支是凌通所射，另一支却是那老者的杰作。

剩下的六骑见势头不妙，立刻策马四散逸去，其势极为惊惶，犹如丧家之犬。

第六十八章　杀手参禅

凌通心头稍稍舒了口恶气，刚才被这群贼人所追的狼狈之状，想起来就怒火中烧。此刻，见对方也会有这样狼狈的时刻，自然是极有报复之感。但凌通杀机既起，就不想再放过如此大好机会，怎会心慈手软？

占着强弓之利，凌通再连发两箭，再次射杀一人，另一箭却被击落。

那四人也再射杀三贼，唯剩下两人窜入林中，才让那四人止步。

"你的功夫不错呀！"一声娇脆的声音在凌通的耳畔响起。

凌通扭头一看，却是那小姑娘策马而至，模样极为可爱，身上服饰更衬出其清丽可人之处，但年龄却似乎不大。

"多谢夸奖，只是用来凑合着逃命而已。"凌通危机一过，又恢复了常态，笑道。

那小姑娘禁不住"扑哧"一声，笑了起来。

杨鸿之神情有些古怪地赶来，惊异地望了小姑娘一眼。

那四人也缓缓策马而回，凌通和杨鸿之连忙上前几步，感激地行了一礼，道："多谢各位相助之恩！"

"不用客气，路见不平，拔刀相助乃是我等分内之事，不必挂怀，何况这只是举手之劳而已。"那极为和善的老者淡然道，神情极为安详。

"是呀，对付这几个小毛贼算得了什么？"小姑娘也插口道。

"不知恩公尊姓大名？若有用得着我凌通之处，定当效劳！"凌通学着江湖人的语气有些滑稽地道。

"扑哧！"那小姑娘又笑出声来。

凌通脸上一阵发烫，尴尬地道："我知道自己人小力微，但若诸位要我带路的话，方圆百里，我却是熟如指掌，相信定有些用处。"

"小朋友的话老夫相信，只是我们并不需要人带路，你的这份情，老夫就先领了吧！"老者淡然道。

"对了，小兄弟，你的轻身功夫不错呀，不知令师是谁呢？"一名汉子笑问道。

凌通想都没想，便道："我没有师父！"

几人都是一愣，但凌通那毫不犹豫的回话却不由得他们不信。

"刚才见小兄弟的身法极为利落，显然身手不弱，怎会没有师父呢？"老者奇问道。

"骗人，我才不相信呢！"小姑娘嘟着嘴，一脸的不信之色。

凌通正容道："我的功夫自然有人教，但他却不是我师父。"

"哦，原来如此，那这批人为什么要追两位呢？"老者并没有下马之意，淡淡地问道。

"他们是一群流匪，我们这次进城请老爷发兵对付他们，他们自然要追我们了。"杨鸿之毫无隐瞒地道。

"哦！"那几名汉子相视望了一眼，又扭头向老者望了一眼。

那老者听说凌通要去城中搬救兵，神色也微微有些异样，道："既然这样，那咱们就此别过吧。"

"我们不进城吗？"小姑娘奇问道。

老者淡淡一笑，道："我们当然进城，但这位小兄弟却是有要事待办，我们自然不能随之而去了。"

"既然诸位恩人也要进城，那我们一道如何？"凌通有意挽留道。

"老朽还另有要事。"老者淡淡道，缓缓调过马头，不再理会凌通，向那小女孩唤道："灵儿，走！"

小女孩望了凌通一眼，问道："你是叫凌通？"

"嗯！"凌通有些茫然地点头应了声。

"驾！"一声低喝，五骑展蹄而去，唯留下凌通和杨鸿之相视愕然。

“走吧，我们进城！”杨鸿之提醒道。

绝情便如一只大鸟般立于大木筏上的一根木柱之顶，满眼冷漠地望了望两村之人。

“蔡公子，你在干什么？怎么连我们也一起打？”唐六叔有些愤慨地道。

两岸的村民都被绝情刚才那像是在梦中轮回一般的神奇身法给骇得呆住了，有人禁不住“河神，河神！”地呼叫起来，甚至有人合掌祈祷。岸上的村民立刻开始议论起来，在他们的印象之中，只有神才能做到的，而绝情却活生生地立在他们面眼，的确足够震撼两村众人。

绝情淡淡地道：“若是两村再这样斗下去的话，只会使你们的生活更困苦，只会使你们永远都不能过上安宁而平和的日子。想一想，你们之中若是有谁或死或伤的，你们各自都有妻有儿，他们将怎么办？你们受伤了，他们还要用心去照顾你们，你们吃的便要别人接济，为了一些没头没尾的恩怨，就如此不顾及亲人，如此意气用事，真是愚不可及！”

众人不由得全呆住了，愣愣地望着绝情，两岸的喧闹之声一下子全都平静了。

绝情犹不解气地道：“你们看看，你们用了多少木箭？你们流了多少鲜血？你看你们现在都是什么样子？要是你们这些箭支，这些鲜血都用在上山打猎之上，你们说，可以猎到多少猎物？可以解决你们几天的粮食？在打猎上，要是你们能这么齐心，别说是普通猎物，就是猛虎也同样可以打死好几只。那样，虎皮可卖钱，猎物同样可以换来柴米油盐。而你们现在这个样子，不仅换不来柴火油盐，还要出钱治病，更要花时间去上山采药，这一前一后，你们说你们要白费多少时间？不仅如此，你们的亲人心中还要老是担心，不能开心度日。而你们自己更要身体受痛，难道你们便不能够平平安安地过日子吗？不使所有的亲人担心，难道不好吗？真是愚味无知！”

绝情目光扫了一下大木筏之上被制住穴道的各人，眼神之中微有愧色，又抬头道："仇！恨！什么是仇？什么是恨？就是因为，我打了你，然后又被你打了吗？我想问问你们，你们在打赢了对方之后，又想到了什么？就是为了高兴吗？就是为了出那一口没来由的气吗？但是你们的心都是肉长的，你们打伤了对方之后，难道不会想到对方的妻儿会很痛苦吗？"

绝情顿了一顿，望了望两岸的村民，有些怜悯地道："我说乡亲们呀，你们看看这河中的水吧，它每天都在不停地流，不停地流，绝不会再回来，它流走一天，你们就要衰老一天。从你们祖辈开始，它便这样地流着、淌着，而它的样子没变，但你们却换了一代又一代。与这条河比起来，你们的日子是那么短暂，为什么你们就不能安安稳稳地过上一辈子呢？你们就算不为自己着想，也应该为你们的后辈子孙想一想呀，你们也想他们将来与你们一样，每天都打打杀杀吗？在这腰带一样宽的河里，还要担心被人打，还要小心被人害吗？你们不觉得这样你提防着我，我提防着你的日子很累吗？你们也想让你们的儿孙这样累着活下去吗？"

两岸的村民全都陷入了沉默之中，绝情的话是那般实在，而有力！不啻于当头棒喝，使每个人都陷入了沉思之中。他们肯定绝情的话，并不仅仅是绝情的话对，要换作别的任何人说，都不可能起到这样的作用。原因是绝情一开始就震住了所有人的心神，使他们不自觉地对绝情有一种仰慕而向往的情绪，对于这些很信奉神明的村民来说，绝情刚才那震撼人心的行动，几乎就成了神一般。因此，绝情的每一句话，他们都在认真地听，而且在想。就这样，才会使绝情的话发挥了最大的效果。

绝情的目光变得更为深沉，将头扭向朱家村，沉声道："你们朱家村，人丁兴旺，乃祖先所庇佑，但你们为什么仍放不过唐家村的祖山呢？你们听谁说的，那祖山有碍你们的风水呢？你们朱家村的日子过得很艰难吗？我看也不见得。有山有水，和唐家村没有什么两样，人丁兴旺更胜唐家村。"说着又扭头来，对着唐家村道，"你们之间又不是有什么真的解不开之仇，世人说，退一步海阔天空，大家应该和睦共处才是正道理！"

绝情说完，身子缓飘而下，落于大木筏之上，手中的竹竿飞速点出，片刻间便即将大木筏之上数十大汉的穴道解开。

众大汉这才茫然地爬起身来，极为异样地望了望绝情，却并不说话。

“你们还想打是吗？”绝情冷冷地问道。

众大汉你看看我，我看看你，却全都默然无语。

“不说话就是不想打啦，好！既然你们知道悔悟，不想打了，我也不为难你们！”绝情说着扭头向两岸高喊道，“你们两村村民今日都会于两河之畔，有什么事情，大家不如挑明了，今日是战是和，你们得有个交代！”

两岸之上的众人也全都变得沉默了，那些村民们你望着我，我望着你，全都有些不知所措。

绝情又望了望两岸之人，沉声道：“你们两村，谁是可以做主的人？让他们出来代表各村说话！”

小范这时也气喘吁吁地赶到了，却见绝情已制住所有人，而且似正在调解两村的恩怨，心下不由得一喜，目光自然落到唐老太爷的身上。

唐老太爷微咳了一声，缓缓地立起身来，那花白的胡须翘了翘，眼中射出两道清澈的光芒，淡淡地应道：“唐家村，我自然可以做主！”

“对，我们唐家村一直是老太爷做主的！”小范附和道，众人也跟着附和起来。

“既然有老太爷做主，那自是再好不过，相信老太爷是明白事理之人，为唐家村着想的好老者！”绝情欣然点头道，同时向朱家村的岸头望了望，沉声问道，“朱家村做主之人又是谁呢？”

“我就是！”在人群之中走出一个精神极为矍烁的老者，青须白发，与唐家村的唐老太爷相映成趣。

“这位如何称呼？”绝情神情一肃，微微客气地问道。

“朱青衫！”那老者淡然回应道。

“很好，我想正式问两位，你们是愿战还是愿和？今日应该有一个说法。虽然，我并不是你们两村之中的人，却也不想见到你们这般模样，更不想看到你们的子孙后辈也如同你们一般恩仇不断。相信你们两位都知道，‘冤冤相报何时了’这句话！”绝情淡漠地道。

朱青衫与唐老太爷不由得相对望了一眼，两道冷冷的目光相交于大河的上空，皆微微震了一下，再同时望向绝情。

绝情毫不躲避地与两人相对望了一眼，才淡淡地道："你们是否认为我是在多管闲事？"

朱青衫爽朗地一笑，道："少侠之心，我朱青衫自然心知，我刚才听了少侠一席话，有若当头棒喝，若是还不清醒，恐怕便会成了我朱家村的罪人了。只要唐家村的人不再记挂着过去的恩怨，我自然愿和睦相处，恢复到我们先祖那种和平的生活当中！"

"好，朱大叔能有此见解，实令在下心喜。只不知唐老太爷是什么意见呢？"绝情淡然转头问道。

唐老太爷微微一笑，淡漠地道："朱青衫，看在这位少侠的面子之上，我不能不放下过去的恩怨，只要你交出前几日扣下我们唐家村的几条船，我们所有的恩怨便让它随着河水流走。以后是否和平共处，还要看你们是否真的放下了挖山的心思。"

"哈哈，唐铁牛，我朱青衫岂是说话不算数之人？既然我们讲过和睦共处，自然不会再有异心，你们的那几条船应当还给你们！"朱青衫哂然笑道。

"好，既然两方都这么有诚意，那你们俩便全都到筏上来吧，以你们的行动，证实你们真的是放下了所有的恩怨。也让你们的兄弟们感受到你们各自的诚意！"绝情仰天一阵欢笑道。

朱青衫和唐老太爷相互对望了一眼，都缓步踏上了河畔的小船之上。

那两条小船立刻向河心的大木筏划去。

唐老太爷与朱青衫双双登上大木筏，本显极为老迈的唐老太爷，这次却并未拄着拐杖，走路的动作、气势，确有一派长者之风。

朱青衫也大踏步从大木筏的另一头跨上，两人全都向绝情靠近，两岸的村民与筏上的众大汉全都变得沉默了。

大河之中，唯有流水"哗哗"之声，朱青衫与唐老太爷的目光在空中相交、相吸。当两人行至绝情的身边之时，目光依然没有移开分毫，都是那般沉稳。

绝情的心极为平静，虽然小腹的伤口隐隐作痛，却并不碍他的思绪，脸色微显有些苍白，那是因为上次受伤的确是失血太多。

唐老太爷望着朱青衫，朱青衫也望着唐老太爷。良久良久，在两岸的村民都快窒息之时，两人竟同时仰天发出一阵长笑，笑得那么欢快，笑得那般真挚，两个苍迈的老人，全都笑得快喘不过气来。

在众人全都莫名其妙的时候，两个老人干瘦的手，终于握在一起，重重地握在一起，然后笑声停止了，一切都静止了，这是一种感觉，一种冰释前嫌的感觉。两岸众人在一怔之后，接着暴起了如潮的欢呼。

那是每一个村民所热切盼望的，也是期待了数辈子的事情终于在这一刻得到了和解，得到了实现，所以每一个人的欢呼都是出自内心的，大木筏之上的众大汉也全都露出了喜悦之色，不能掩饰的欢悦之情蔓延了所有大汉的脸色。两村本来像是生死对头，在这一刻竟相互握起手来，他们的敌意在这一刻才真正地化为了乌有，真正地随河水流走。

所有人都欢快起来了吗？不是，绝情的脸上却显出了一丝难觉的感伤！

欢呼声渐渐停止，先是在大木筏之上的众人全都静默了，因为他们已深深地感觉到气氛有些不对，那是朱青衫和唐老太爷。

这两个人静静地立着，两只手仍然紧紧地握在一起，从河面上吹来的风，轻轻地掀动他们的衣衫，可是他们所表现得太静了。

脸上那泛起的笑容依在，谁都可以感觉到他们那种欢喜的心境。但他们的沉默太不合情理，因此，大木筏之上的所有人全都愕然，全都自心底升上了一团阴影。

两岸的村民也遥遥地感应到这似乎不同寻常的气氛，那本来狂野的欢呼全都静了下来。

绝情轻轻一叹，悠悠地吸了一口气，道："两位老人家仙去了！"

大木筏之上的众大汉立刻变成了呆头鹅，一个个愣着都失去了活力。他们这才发现朱青衫与唐老太爷的目光都是那么散漫，瞳孔都已经放大，虽然脸上依然绽着欢欣的微笑，却已断绝了生机。

“老太爷——”大木筏之上的两村之人全都忍不住惊呼出来，冲到两位仍静静立着的老人身边，两岸上的村民似乎也明白了是怎么回事，全都由欢喜变成了悲泣。

两位老人的手握得很紧，他们的脚下也立得很稳。两具虽然已失去了生机的躯体，却并未倒下，这的确应是一件奇事。

“老太爷——”大木筏之上的两村村民全都不自觉地跪了下来，因为他们知道这两个值得尊敬的老人的确是死了，而且是死在最畅快、最满足、最欣慰的时候。

这种死亡应算是一种幸福，能够满意而死的老人的确是值得羡慕的，更难得的却是两个老人同时仙去，且握手站立而死。的确应被传为美谈佳话，因此，这些人全都跪了下来，虔诚地跪了下来，心中没有悲哀，反而生有一种莫名的欢快和激动。

岸上的人也全都明白了是怎么回事，年轻人和妇人们，也全都向着河心虔诚地跪下了，传来一片抽泣之声。

“你们都回村准备一下后事吧，和解是他们的心愿，此刻，他们的心愿已了，死亦瞑目，何用悲伤?”绝情高声道。

几人迅速来抬两位老人的尸体，可是无论如何也不能够拆开两人的双手，这下众人都有些急了，忙向绝情求助地道：“少侠，这可怎么办?”

绝情想了想，道：“既然你们两村已经和解，仇恨怨隙起自祖山，他们是为化解这段怨隙而死，那何用将他们拆开？便将他们二人合葬于祖山上岂不更好？相信这也是二位老人的心愿！你们意下如何呢?”

众人一愣，你望着我，我望着你，最后异口同声道：“好，就这么办!”

绝情脸上微微绽出一丝温和的笑意。

绝情回到姜家，尤一贴已在姜家等候了，姜小玉见绝情回来，禁不住满脸喜色，欢喜地道：“公子，你真的让他们罢手和好了！真是太好了!”

绝情一愣，不由得向尤一贴望了一眼。

尤一贴淡色一笑，道：“是我告诉她的，只是实话实说，并没有夸张！”

绝情这才释然，问道：“你什么时候来的呢？”

“我来的时候，你正站在大木筏上，然后我就先到这里来了！”尤一贴毫不掩饰地道。

“那你怎会知道结果？”绝情讶然问道。

“若是连你都无法让他们两村和好，那世上恐怕没有几个人能有这个力量了，我相信你一定会使两村有一个最好的结局！”尤一贴自信地道。

“你的确像是一个江湖豪侠，而不应是个郎中！”绝情摇头笑道。

“这世上其实也没有什么真正的身份界限，郎中像豪侠并不为过，就像你一样，本是个病人，却变成了大夫，这不是很神奇吗？其实听姜姑娘所说的，你去做一个渔民也挺称职的，做一个厨子也不错，这些什么病人、大夫、渔夫、厨子、豪侠全只不过是一个身份的界限。想要打破男女和凡俗的界限或许要难些，但想要打破身份的界限却是一件比较容易的事情，难道公子不觉得吗？”尤一贴浅浅一叹道。

“你好像有很深重的心事？”绝情淡然问道。

尤一贴哂然一笑，长身而起，道：“我的年龄已快过半百，心思自然是多了一些，倒令公子见笑了！”

“心思是由我而起的吗？”绝情隐隐感觉到了一些什么，便问道。

“公子果然是心思细密，聪慧过人。不错！从公子今日的豪情之中，让我想起了故人，才会心有所感。逝者如斯，河水悠悠，淘尽多少豪情壮志，滔尽多少前尘旧梦。人的一生，就像是一场难醒的梦一般，河水无尽无期，生命是否也无尽无期呢？抑或是在这种形式的生命终结之后，再以另一种生命出现？抑或生命的终结便是梦醒时分呢？这的确是一件让人心烦的事情！”尤一贴感叹地道。

“尤大夫真是想得太多了，事实也是如此。庄周不也曾有究竟我是梦蝶，还是蝶梦是我的疑问吗？没有什么人能够告诉我们真正的答案，每个人只能够用自己的心，自己的感观去体验生命。就算生命终结之后，化作另一种生命，那也是一种我们所不熟知的生命，无法告诉我们经验。若说生命的终结便是梦醒的时候，对于一个梦醒的生命来说，我们全都变得虚幻，只是一道抹之不去的痕迹，便像我们无法向梦中之人告诉我们这一生的经历一般，我们仍不会知道，生命终结、梦醒之后会是怎样的一种场面，这便是生命的悲哀！”绝情悠然道。

“公子所说的确有理，这的确是一种悲哀，每个生命或每一个梦中人的悲哀！”尤一贴感叹地道。

“更悲哀的是，明明知道这是一种悲哀，还要浪费精力和心神去追索去考虑，但每个人都是如此，并不是一个人、两个人的悲哀，恐怕所有的人总喜欢为一个虚无缥渺而空洞的目标去花上一生的精力，花上一辈子的时间。这是多么可笑啊，又是多么可怜啊！”绝情吸了一口气，似乎对世人大感怜悯地悠然道。

姜小玉和姜成大不由得呆住了，尤一贴却苦涩地一笑，道：“公子骂得好，骂得好。这就是佛家所参的无相禅，世间的万事万物皆为障，七情六欲全都归于红尘世俗之中。生命本是空无的，存在的只有一点意念，只有一片空灵。无情、无爱、无欲、无欢、无喜、无悲、无忧、无嗔、无癫，一切若止水，一切若空寂之天。但这是佛，而我们只是人，凡俗之流。我们被这个红尘，这个纷繁的世界给锁住了！”

绝情恬然一笑，道：“尤大夫所说的并不是佛，那仍是一个人，真正的佛已不叫佛，那只能代表着一点意念，无相禅，乃万物皆空。空世情、空世物、空天、空地、空自己，天不再是天，地不再是地，情已不再叫情，物已不是物，我已不是我，一念不存，一丝不剩。真正之大无相，更有万物皆是我，万物皆不是我，我就是我，我亦不是我，天地是我，天地亦不是我的境界。那时，肉身再不是限制，那不叫生命的终结，那应叫生命的延续，肉身虽死，而我却犹在，可寄之木而非木，可寄之天而非天，可寄之水火，但却非水火。与天地同存，与世俗同在，那才叫真正的佛家最高之境，也便是武人所追求的最高境界，超出天道轮回，脱体循入天道之中，与天地同在的法门！”

尤一贴呆立良久，才长长地吁了一口气，苦涩地笑道：“‘万物皆是我，万物皆不是我，天地是我，亦不是我'，说得多好！可是又有什么人能达到这种境界呢？又有什么人可以悟通天地之间这道法门呢？"

姜小玉和姜成大虽然对佛家不是很了解，但绝情的意思却能够听懂，更知道说什么，禁不住全都痴痴地想着，毫无声息。

"一个能超脱自己的人，不一定能够超脱天地，这就是大限。古之仙凡有别，便在于谁能真正地超脱自己，谁能真正地超脱天地，谁仍被自己所局限！超脱天地者为神，超脱自己者也可为仙，跳不出红尘者却是凡俗！"说到这里，绝情淡淡一笑，接着道，"我们都扯得太远了，对于这些无益的事情费尽脑汁是不智之举。今日尤大夫来，我想给你一点东西！"

"哦？"尤一贴一愣。

绝情淡淡一笑，道："这几日，我默写了一本《医经》，想来对尤大夫会有用处的。"

"《医经》？"尤一贴惊问道。

"不错，名为葛洪当年所撰的《玉函方》中的一些重要秘方，因时间所限，我便只默下其中一部分，总结成十五卷，相信对你是有用处的！"绝情认真地道。

"葛老神仙的《玉函方》，这可是秘藏于宫廷的绝本，公子是怎么得到的呢？"尤一贴神色间显出无比的喜悦道。

绝情苦涩地一笑，道："我不知道，似乎与生俱来，便存在我的记忆之中，这可能是我那段未知的过去留下来的财富。每个人都有过去，但我却没有！"

尤一贴不由得一呆，疑惑地道："公子是不是这次重伤之下，失去了记忆呢？否则一个人怎会没有过去呢？"

绝情微显惆怅地叹了一口气，道："我并没有因这次重伤而失去什么，失去的或许只有一把剑和一柄刀而已！"

"这就奇怪了，那公子怎么会记不起过去呢？"尤一贴不解地道。

"不，我也曾想到过去，那是一片黑暗的记忆，给我的印象是，每一天都只有苦难的磨炼与没有感情的驯养。那是一段让人害怕的记忆，所以我就把它忘掉了，想起它，只会有无限的痛苦和烦恼，有它，等于没有！”绝情解释道。

屋内的人全都变得沉默，谁也想不到这样一个年轻人，竟会有这样一段害怕想起的记忆。

这时，姜小玉从里屋捧出一大卷写满了蝇头小字的纸，交给尤一贴。

尤一贴拿到手中，放眼一看，身体禁不住颤抖了一下，那端纸的手一松，竟让几卷纸全都掉到了地上。

“尤大夫，你怎么了?”姜小玉骇然问道。

尤一贴的脸上闪过一丝伤感的神色，长长地吁了一口气，有些疑惑地问道：“这字是谁写的呢?”

姜小玉有些不解地道：“当然是公子所写的啊，难道我还会写出这般的字不成?”

尤一贴拾起纸卷，绝情也觉得尤一贴的神情大异刚才，而他神态的震惊更显出事情并不同于寻常，不由得问道：“这字有什么问题吗?”

尤一贴抬头一阵苦笑，道：“公子的字真像我一位故人的字迹，铁画银钩，笔走龙蛇，简直是一模一样。只可惜，故人何在今难知！”

“哦，真的很像你那位故人的字体吗?”绝情奇问道。

尤一贴怆然一笑，走出屋来，伸手便取过一根茅草杆，将那几卷纸小心翼翼地摊开，让那上面的蝇头小字对着阳光放在屋外的一块青石之上，然后一声长啸，手中的茅草杆飞划而出，身子也跟着若魔蛇一般狂舞起来。空气中传来一阵阵呼啸的风声，只见茅草杆四处纷飞！时而若万点飞蝇洒入空中；时而若巫山云雾，茫然一片；时而若流星破空；时而若长弓刺日。

绝情与姜小玉也出了屋，见此情景，绝情双眼注视着青石旁的蝇头小字上，眼神变得迷茫起来，神色也变得有些怪异。

姜小玉更想不到平时脾气古怪的尤大夫，这一刻竟然成了一个不凡的武林高手，虽然她并不懂其中的招式，但凭着一个女孩子的直觉，知道尤一贴的武功与那本经书有关。

绝情淡然翻过一页。

尤一贴的身形一变，那茅草杆之上竟带有沉闷的风雷之声，似传于地底，又似来自九霄，来自天外。每一个动作都是那么精细，那么优雅而沉稳，那根茅草杆所划过的轨迹，更是让人心惊魄动，虽然并不是攻击人，却让人感觉到到丝丝扣紧的内在契机与那无穷无尽的变幻。

绝情再翻一页。

尤一贴的身形再变，茅草杆不再如大刀阔斧般飞掠，而是似百合花相继绽放一般，配合着一种极为奇特的步子，让茅草杆不断地吞吐，所指的地方因为脚步的运动，似乎成了无处不到，看似范围细小，但却有着万千的玄机。任何一个角度，任何一寸空间，都可能成为这茅草杆所攻击的目标，但茅草杆始终只在一两尺左右的空间里吞吐、闪射。

绝情再翻一页时，脸色更显得有些难看，惊异的神情更无法掩饰。

尤一贴身子霎时变得无比轻缓，像是醉汉一般，悠闲散漫地划动着手中的茅草杆。但每当茅草杆落尽之间的一刹那，他的身子总会突然一转，茅草杆的速度比之那正常划动的速度更快上一百倍，然后回收时又成了那悠闲散漫之势，让人感觉到那种状态怪异至极。

姜小玉渐渐似乎明白了什么，因为绝情每翻一页时，尤一贴必改一种反应。而尤一贴的神情是那么投入，那一根小小的茅草杆，只让人想到刀光剑影，那种肃杀森然之气。

尤一贴不仅懂武功，而且还绝对是个高手，难得而又可怕的高手。

绝情的心变得沉重起来，不是因为尤一贴的武功高绝，也不是因为他是个可怕的高手，而是因为尤一贴所使的正是几路剑法，虽然手中只是一根茅草杆，却尽显剑法之神髓。而令绝情吃惊的也不是这些，而是尤一贴的每一路剑法都是从他默写经书中的笔画演化而出的。是那么精准到位，像是下了数十年的苦功一般。就算是一位绝世的高手，明知道这些字体笔画之中蕴涵了玄机莫测的剑法，至少也要花上数年时间才有可能将这一路的剑式悟出，而真正发挥到尤一贴的水准。没有十几年的时间，那是绝对不可能成功的，除非有绝情这类熟知的师傅亲传、指点。可是尤一贴只是看一眼，就能完全将之演化出来，只有一个可能，那就是他的确对这种笔迹太了解了，对这几路剑法太熟悉了，但这怎么可能？绝情简直有些不敢相信这是事实，可这正是一个不可否认的事实！

当绝情翻过最后一页时，尤一贴一声长吟，身子冲天而起，如蛇螺一般飞旋而下，那根茅草杆竟“哧……”地一声轻响，尽数插入土中，三尺多长的茅草杆，连尾部一起深深地穿入了土中，这是多么不能令人相信的事实啊！

茅草杆没有折断，绝情知道。

“这不是我熟知的剑法，这招叫什么？”绝情神色间有些惊讶和震骇地问道。尤一贴的武功高出了他的想象之外，而且高出很多。只最后那一式，在江湖之中能够破解的人，只怕不会超过十个！那种惊世骇俗的功力，更是无比惊人。

“不错，这不是他的剑法，这是我的剑法，天下之间也只有我一个人会，这一剑便叫‘铁异游’！”尤一贴伤感而怆然地道。

“铁异游?!”绝情喃喃地念道，“好古怪的名字。”

姜小玉便像呆鸡一般，愣愣地望着那仍隐隐可见的茅草杆尾部，她做梦都不会相信，有人能将这小指粗、被风雨浸泡了数年的腐朽茅草杆在一掷之下，入地三尺。这几乎是一个神话，那种易碎易折的东西想入地三尺，便像是一块豆腐把一个铁板切成碎片一般。

“不错，是叫‘铁异游’！”尤一贴重复道。

“铁异游？铁异游？尤一贴？尤一贴？铁异游？……”绝情恍然道，“你的名字是假的，你应该叫铁异游，对吗？”

尤一贴露出一丝酸涩，道：“铁异游早就死了，活着的只是尤一贴！”

绝情这一刻竟真的读懂了尤一贴的心境，道：“你的故人又叫什么名字呢？”

尤一贴黯然道：“他叫黄海！”

“啊，‘哑剑’黄海！”绝情一声惊呼。

“不错，他正是二十多年前的‘哑剑’黄海！”尤一贴定定地望着绝情，希望从他的眼神之中找到一丝共识。

绝情苦涩地一笑，道："我恐怕会令你失望，因为我只听说过这人的名字，在去年八月之后便没有再听到过他的消息，有人传说他是陷入了南朝萧衍的皇宫之中，却没有人知道是真是假!"

"他被陷入南朝的皇宫之中?"尤一贴神色大变，问道。

"我也只是听说，那是他最后一次出现在江湖，而且闹出极大风波的一次。或许他没有被困皇宫也说不定!"绝情不敢肯定地道。

尤一贴的激情似乎一下子消了许多，自语道："看来，你真的是不认识他了，可是为什么会懂这些剑法呢?这不可能呀，难道是谁拿了他当年的字体苦练之后再传给你的……"

绝情的神色也有些茫然，心中暗自嘀咕："为什么这么多人都说我长得和蔡风一模一样呢?两人长得像也还好，可为什么他说这笔迹中的剑法是黄海的?而黄海又是蔡风的亲人之一，那定是蔡风也会这些剑法。岂不是说，自己不仅长得与蔡风一模一样，而且武功也与他有很多相同之处。可这怎么可能?世间的巧合怎会有这般神奇呢?"想到这里，脑袋"嗡"地一下，身上的经脉似乎一下子错动了一般，忍不住一阵呻吟，冷汗自额上滑落。

"怎么了?公子!"姜小玉骇然地望着绝情那惨白的脸色，担心地问道。

绝情缓缓地蹲下身来，眼中露出无比痛苦之色，然后盘膝坐下，双掌向上仰起，眼观鼻，鼻观心，提气上冲，神色这才缓和了许多。

尤一贴的神色更显得无比惊异，他拿起那本绝情手写的经书，迅速翻开，赫然找到一行字："魔教异人注：魔教有异术，可制成药人，此种药人身具奇毒，制脑，使其失忆只受控其主，若药人思变，则其七筋八脉皆抽，浑身穴位皆闭，面色惨白瞬转赤，额部晦黑，面浮白光，时有灰黑之色浮现……"

尤一贴越看越惊，可是又有稍许惑然不解之色。

终于，绝情长长地吁了一口气，长身而起。

"公子，你没事吧?"姜小玉担心地问道。

“我没事，我的脸色是不是很难看?”绝情平静地一笑，问道。

“现在好多了，刚才的确好可怕!”姜小玉有些怯怯地道。

“公子刚才是不是在想自己的过去或自己的身份?”尤一贴吸了一口气，缓和了一下脸色问道。

“你怎么知道?”绝情奇问道。

“我只是在猜测而已。”尤一贴含糊地笑道，旋又转换口气道，“公子刚才看样子是七筋八脉抽动错位，穴位皆闭，你现在好些了吗?”

绝情惊讶地望了望尤一贴，微有些敬佩地道：“尤大夫的眼力真好，居然一眼便看出了我的症状所在!”

尤一贴面上挂着一丝淡笑，心中却沉得好深好深，也变得无比凝重起来。

姜小玉听到尤一贴如此一说，不由得又担心起来，关心地问道：“你真的没事吗?”

绝情伸手拍了拍姜小玉的肩膀，道：“你看我像有事的人吗?”

尤一贴却在此同时扭过头去，深深地吸了一口气，神情变得无比的激动，但又自眼中射出无比的忧虑之色，只是在当他扭过头来望向绝情之时，神色又变得极为平静了。

“尤大夫，这本《医经》便给你了，明天我就要离开这里，算是我们相识一场的心意吧。”绝情淡淡一笑道。

“公子明天就走吗? 我也好长时间都没有去江湖中走一走了，或许过一段时间也会出去透透风，吹吹气之类的。”尤一贴故作轻松地道。

姜小玉神色一黯，幽怨地道：“公子明天真的要走吗?”

“我说过，在十天之后，我便会离开，外面还有很多事情要等着我去做，我的主人已经在几天前召唤过我，必是等着我去与他相会。因此，我不能耽误太长的时间。”绝情毫不犹豫地道。

“姜姑娘，男儿志在四方，前程为重，又岂能因小失大呢? 你也不必难过，有缘自有相逢日，何愁相逢路太远呢?”尤一贴开口劝道。

绝情哂然一笑，道：“小玉的大恩，我会永铭于心的，我孑然一身，没有什么好相赠的，今日赠《医经》给尤大夫，我其实还有个心愿，那就是让尤大夫传你医术。”说着扭头转向尤一贴，又笑道，“尤大夫不会说我用心不良吧？我看姜姑娘资质极好，又有爱心，学医绝对适合于她！”

尤一贴一呆，随即爽然笑道：“只要姜姑娘不嫌我医道浅薄，我倒是乐意相授！”

姜小玉也是一愣，凄然一笑，道：“多谢公子美意，能学得医术，小玉自是求之不得。”说着重重地跪下，磕头道，“师父在上，请受弟子一拜！”

尤一贴“啊呀”一笑，道：“快起来，何用这么多繁文缛节！”说着一把拉起姜小玉。

“小玉，你怎么给他磕头呢？”小范气喘吁吁地跑来，不解地问道。

姜小玉笑了笑，道：“他现在是我的师父了，我要向他学医！”

小范一愣，却仍先向绝情恭恭敬敬地行了个礼，无比敬慕地道：“乡亲们请河神去先河神庙的地址，好为你塑金身！”

绝情和姜小玉及尤一贴不由得全都呆住了，又大感好笑。

“河神？你叫公子什么？”姜小玉好笑地问道。

“公子可不是一般的人，他是上天派给我们的神，能飞天，能踏波而行，更可点化世人。朱家村和我们村的所有乡亲们都说公子是河神，一定要为他立庙，塑金身！”小范一本正经地道，神色间无比虔诚。

姜小玉愕然地望了望绝情，忍不住娇笑起来。

“小玉，你怎么能不尊重河神呢？有什么好笑的，两个村里的所有人都看到公子踏波而行的神姿，那飞天入地的本领，难道还会假？公子一席教诲立刻警醒两村之人，化解开我们两村数百年来的恩怨。唐老太爷和朱老太爷同时升天，至死不倒，还以手相握，若不是河神之功，怎会有此奇事？”小范严肃地道。

姜小玉从来没有见过小范这么认真的态度，但听到唐老太爷死了，不由得骇然问道：“姑父什么时候逝世的？怎么会这样？”

“你去了不就知道了？朱家村的朱青衫老爷子和你姑父是一起升天的，谁也不能让他们把手分开，因此按河神的意思，在祖山之上将他们俩合葬！”小范解释道。

姜小玉不由得一呆，又向绝情望了望，道：“公子，我们一起去吧？”

绝情哂然一笑，道：“我不想去。”

“河神怎能不去呢？两村的人都在望着呢！”小范有些着急地道。

“因为我并不是什么河神，乡亲们的心意在下心领了！”绝情解释道。

“公子，你就去吧，就算你真的不是河神，你也是我们两村的大恩人呀。你若不去，乡亲们都会心里不安的，你难道希望让乡亲们失望吗？”姜小玉催道。

尤一贴淡淡一笑，道：“公子，你就去一趟吧，反正也不会有太多的麻烦，立个河神庙也好，让他们一心向佛，也会使他们少了许多没有必要的纠纷。这也是为他们自己好，当他们又闹纠纷之时，就会想到你这个不是神河的河神，肯定会起到很大的作用！”

小范有些期待地望着绝情，绝情不由得微微摇了摇头，叹道：“好吧，真还有些麻烦。”

尤一贴和姜小玉等不由得笑了起来。

第六十九章　以死护主

“妈的，把我给担心死了，现在终于可以轻松一下了。”杨鸿之说着就向草地上一坐，在山坡上半枯的草皮中躺了下来。

“现在好了，尉太爷终于肯出兵了，不过，这下可把我给累死了。”

“咣当……”一阵铁块相击的声音，凌通将背上的麻袋向地上一放，在草皮上坐了下来。

“你不是很厉害吗，怎么也累成这个样子？”杨鸿之打趣道。

“好哇，你还说！你这大哥是怎么当的？让做弟弟的背这么一大袋子铁块，还敢取笑我？现在你背好了。”凌通没好气地道。

杨鸿之叹了口气，忍不住骂道：“真他娘的一群杀千万的，将我们的宝贝马儿也害死了，否则，就不用我们这么费力地自己背了。”

凌通也忍不住大叫可惜，但却无可奈何。从这里到村中还有几十里路，两人背着近百斤重的铁块，不累才怪。凌通不由得又有些担心地问道：“尉太爷会不会真的出兵呢？”

杨鸿之没好气地道：“那还有假？人家老太爷说的话可是金口玉言，说一句算一句，岂会骗人？”

“可是他们什么时候能到呢？”凌通仍不放心地问道。

杨鸿之想了想，道：“王捕头告诉我，可能是在午时以后出兵。反正天黑之前会赶到村里，那就一定会是今天到了。再说当兵的也要吃饭，也得准备啰，你以为说上哪里就能立刻上哪里呀。”

凌通想了想，也觉的确如此，人家领兵来剿匪可不是儿戏，自然要事先作些准备。可又不由得可惜道：“早知道跟他们一起出发好了。”

“哼，想得倒美，咱们还得购买这些活宝，哪能跟人家一起走哦，何况我们还要先回村让三叔他们做好准备，怎能不先行呢?”杨鸿之取笑道。

凌通讨了个没趣，正在这时，眼角出现一队快马。

“糟糕，怎么会是他们呢?”凌通待马再行近一些，一拍手有些焦虑地道。

杨鸿之此时也看清了那快马之上的人，禁不住色变地道：“他们被人追击!”

“我知道，他们刚刚救了我们一命，看来是要帮他一帮了。”凌通道，同时一拉杨鸿之，两人隐入灌木丛中。

前面五匹马上坐着的正是凌通进城前的救命恩人——那老者与小女孩诸人。

“怎么办?贼人有十几个，连他们都不是对手，我们能行吗?”杨鸿之有些着急地道。

“不行也得行呀，你将这些铁块扛回家吧，我去救他们。”凌通坚决地道。

“什么话，我一个人回去怎向二叔和二婶交代呢?何况，这么重的铁块，我一个人能扛得回家吗?”杨鸿之微恼道。

“不好，他们行到那死谷中去了，这下可更惨了!”凌通失声道。

“怎么办?”杨鸿之也失去了分寸地问道。

“铁块放在这儿，下次再来拿，救人要紧。走!我们上谷顶!”说着当先一人向谷顶奔去。

杨鸿之无可奈何地望了麻袋一眼，只好尾随而去了。

“哼，萧隐城，现在看你还有什么地方可去?”

众马全都聚集于死谷之中，那老者和小女孩及三名精悍汉子的坐骑在谷中打着旋儿，身上的衣衫也被划破数道，血似乎仍在流淌，但却并没有丝毫慌乱的情绪。

“你们到底是什么人？为何要苦苦相逼？”那祥和的老者这一刻似乎有些微怒地叱问道。

“你不必知道我们是谁，只要我知道你是萧隐城，是我们要找的人便行了。我们在这里已经等了很久！”那为首的汉子冷然道。

“你们专门在这里等我们？”萧隐城冷然道。

“不错！”那人神色傲然道。

那小女孩却有些焦虑地向四周环视了一眼，却发现这里三面都是崖石，虽然不高，可不是马儿所能跨上的，就是人爬，也要费上一番力气，显然是一个死谷，只有进来的那一个出口。

“是成王派你们来的？”萧隐城冷冷地问道。

“你想猜谁便猜谁，我没有必要告诉你！死亡，是你唯一的结局，你只能怪自己不该北上！”那人语意极冷地道。

萧隐城的脸色变得极为难看，眼中两道冷厉得让人心寒之厉芒扫向那十几匹健马之上的汉子。语意若寒冰一般从口中迸出道：“既然，你们也知道我们此行的目的，看来真的是有备而来，你们到底想怎样？”

“很简单，只需交出你怀中的那封信便可！”那居于马首的汉子淡然笑道。

萧隐城与身边几位汉子的脸色都变得极为难看，知道的的确确是中了别人的埋伏，因为他行动的每一步完完全全被敌人所算计。

“哈哈哈……”萧隐城禁不住发出一阵长笑，却显得有些苦涩。

“死到临头，你还笑什么？”那汉子冷冷地道，眼神之中竟蕴涵了少许的怜悯。

“我笑自己蠢，竟没想到你是郑王的人！”萧隐城怆然道。

这次轮到那马上的为首汉子变色了，变得有些难看，他冷笑道：“你还不算蠢。不过，你却永远都不会有机会说出去，给我杀！一个不留！”

萧隐城的脸色变得很难看，向身边的汉子道："志新，带灵儿快走！"

"管家，你走！由我们在这里挡住他们！"那三名汉子沉声道，同时策马便向那十几名骑手逼去。

萧隐城知道如果这样下去，自己一行的确是难以幸免，于是伸手向小女孩道："灵儿，我们走！"

小女孩极为乖巧，忙把小手伸入萧隐城的大手中，同时向坐下的健马踢了一脚！

"唏津津——"萧隐城坐下的健马与小女孩所骑之马顿时如疯了一般，向那堵住出口的敌人冲去，而萧隐城牵着小女孩也同时跃起，如若大鸟一般向背后的山崖跃去。

"想走？只怕没这么容易！"那几名追兵一阵冷笑，全都向萧隐城扑去。

"狗贼，先过我这一关！"那三名汉子一声暴吼，刀光掠成一片淡云，跃离马背，向纵跃空中的追兵扑去。

"哼，不知死活！"十几条人影全都自马背上跃起，没有一个是庸手。

"当当当……"那三名汉子重重地坠落地上，三柄刀毕竟无法对抗这十几人的攻击，只不过对方志不在迅速杀死这三人，而是不让萧隐城逃走，所以在这三名汉子一落地之时，他们便迅速越过三人的头顶向山崖奔去，只留下五人缠住这三名汉子，七位追萧隐城的人也全都不是好惹的，只看那纵跃的速度便知道。

萧隐城一手提着小女孩，依然快若灵猴，纵跃于山壁之间。

那七人的速度却也不慢，散开自萧隐城的旁边追去。

萧隐城一只手爬山并不是很方便，幸亏这些人并没有带弓箭，想必是从城中追出。在城中，不允许任何人带着弓箭行走。而今这种乱世之中，刀和剑是通用、流行的，但弓箭却是禁止带入城中的。所以这些人并没有带弓箭，否则，只怕萧隐城和小女孩早就成了刺猬了。

"轰——"一声爆响在死谷中传开，由于三面都是山石所围，声音显得特别洪亮。

这声响是自那十数匹战马之间爆开的，健马全都惊嘶着四散而开。

“轰——轰——”又是两声爆响。

“唏津津……”健马一阵骚乱，惊嘶着向谷外跑去。

那原本弥漫着浓浓杀气的山谷，这一刻却漫上了一层淡淡的青烟，还有四散而飞的碎竹片。

所有的人都大惊，皆不明白发生了什么事情，健马已经全都涌出了谷外，留下来的只有十几人在谷中。

萧隐城一惊，只见头顶又飞来一道黑影，却很快自他的身边掠过。

“轰——”声音又在一名追兵的身边爆开。

“呀——”一声惨叫自那人的口中传来，偌大的身躯便如石头一般滚了下去。

“哈哈哈，炸死你这乌龟王八蛋！”一声微带童稚的笑声自崖顶传来，却是凌通的声音。

萧隐城抬头一望，正看到凌通再次举起一支大爆竹，点燃引线向那领头的汉子抛去，心头不由得大喜。

“小鬼，你找死！老子……”那汉子还没说完，那大爆竹已向他落手欲抓的石头上坠来，他的身形忙向一旁横移。

“轰——”碎竹片若小刀一般射来。

“呀——”那汉子一声闷哼，脸上被碎片划破几道长长的血槽。

“他娘的……”

“敢骂你老子，老子好心招待，你却是软的不吃，那老子就给你吃硬的！”凌通举起一块大石头向那张口欲骂的人砸去！

磨盘大的石头拖起一阵风声，翻滚而下。

那人一声惊叫，忙向横移，但哪有石头快？虽然没有砸到头顶，却砸在横伸的手上。一阵剧痛自手心传来，一下子没抓稳崖石，竟跟在石头之后滚了下去。

“兄弟们，大家都来搬石头砸呀，把这几个欺负老人和小孩的坏蛋砸死好了!”凌通举手一呼。

那五个人眼见就要追上萧隐城，哪想到半路上居然杀出这样一个野小子，一上来就伤了两人，怎叫他们不又惊又怒？只可惜这是在陡峭的山崖崖壁之上，使他们浑身的武功根本没有多大的用处，反而被一个小孩子欺负。而此刻，这小孩再呼同伴来搬石头下砸，自己五人岂有命在？

那小女孩却高兴得大呼：“是你？快，快把这些坏人全都砸死!”

小女孩这么一呼，更让那几名贼人大惊，心想：“不好！原来那小鬼与萧隐城是一伙的，这下可就更糟了!”

“轰轰……”几块大石头以雷霆万钧之势向追击萧隐城的五人滚去。

那五人大骇，身形快速移开，一下子落后了萧隐城一大截。

“哈哈哈，这些乌龟王八居然还赖在上面不下去，兄弟们给我再砸!”凌通高呼道。

崖底的几人听到那几声爆竹的巨响，本来都心神不宁，不知道出了什么事，此刻才明白过来，那三名萧隐城的亲信精神大振，出刀也更狠。不过，与他们交手的五人也不是易与的角色，虽然心神为凌通的突然出现所夺，却并没有很大的影响，只不过让那三名刀手暂时扳回了劣势而已。

“下去!”那领头的汉子无可奈何地愤怒道。

其余四人自然也明白眼前的局势，他们亦不知道崖顶敌人的虚实，但只要崖顶有人为萧隐城接应，那他们只能是无功而返，这一点他们还是很清楚的。

“嗖——”“呀——”一声惨叫，一名正准备下滑的汉子，被一支短箭给射穿了脑门。

“老子让你尝尝这毒矢的味道，看你们这些王八蛋以后还敢不敢欺负老人和小孩!”凌通大骂道，又从背后掏出一支短矢，向手中的小弓弩上套去。

崖壁上剩下的几名汉子一看，顿时魂飞魄散，石头和爆竹还勉强可以躲开，而这短矢可不是好玩的，那种速度，又是短距离俯射，他们又很难在这种陡崖之上立稳脚跟，岂不只能眼睁睁地望着对方将自己当成活靶？

“嗖——”“呀——”短矢一出，又有一名汉子若石头一般滚了下去，虽然没有射中他的要害，可自这三丈多高的崖上滚下去，不死也只能剩下半条人命了。

萧隐城这一刻，只不过离崖顶还有一丈多高而已。可这一段山崖却是比下面的都陡峭几倍，几乎是成倒角而出，崖顶是向外伸出的。而萧隐城若想爬上去的话，身子也便悬空了，根本就不可能爬得上去。若不是手中有个小女孩，他还有可能纵得上去，可是这一刻，他却无法攀上。

凌通见此情形，也知道萧隐城是不可能攀上来的，不由得心中一急。

“嘚嘚……”一阵马蹄之声自凌通的身后传来。

萧隐城也感觉到了，不由得脸色大变。

“抓到了，太好了。快！把马缰解下一根！”凌通欢喜地道。

骑马赶来的人正是杨鸿之，他身后还牵着三匹健马，却是刚才自谷中冲出的马匹。原来，凌通一看到谷内的形势，便隐隐猜到会转变成这样一个局面，而刚才出于好玩，他在城中买了几个大爆竹和一张小弩机，便想出这种驱马出谷的方法，这等于断掉了那些追兵的大腿一般，而又让杨鸿之守在谷口，顺手牵羊地弄上几匹马来骑骑，自然便可以很快摆脱这些追兵。

“只弄来了这四匹，其他的都抓不住，让它们给跑了！”杨鸿之说完便从马背之上跃下。

“没关系，快斩下一条马缰！”凌通急道。

杨鸿之知道凌通人虽小，但鬼点子还不少，便依言斩下一根马缰。

凌通又吩咐道：“抛石头砸那些王八蛋，我来拉人！”说着，将手中的马缰放了下去。

萧隐城本以为前来的是敌人，却没想到竟是凌通的同伴，这一刻见垂下马缰，心中大喜，伸手一拉觉得很稳，便道：“灵儿，你先上！”

那小女孩双手握紧马缰，凌通根本毫不费力地便将她拉了上来。

“谢谢你了。”那小女孩感激地道。

凌通淡淡地笑道：“咱们又见面了。”说着再次垂下马缰。

“轰轰——”杨鸿之举起大石头，毫不客气地向山谷之中砸去。

萧隐城轻轻一带马缰，身子若大鸟一般升上山崖，见到已备好几匹健马，不由得感激地道：“多谢公子相救之恩！”

“咱们各救一次，这恩也就不用谢了！”凌通淡笑道。

萧隐城尴尬地一笑。

“呀——”一声惨叫传来，却是萧隐城的一名随从，此刻再一次转入劣势，已被一剑刺穿喉咙，而他的刀也刺入了对方的胸膛。

“志新！”萧隐城一声悲呼。

“管家，你与小姐快走，将来替我们报仇！”那两名汉子依然凶如疯虎一般，吼道。

凌通望了望谷中的情形，见那三名自崖上爬下去的汉子也加入了战圈，知道那两人再无生还之机，不由得叹了口气道：“我们走吧，别让他们追来了！”

萧隐城眼中满是愤怒的杀机，但却知道眼前的局势已定，再不可能挽回，只得悲声道：“你们放心，我定会为你们讨回公道！”

“谢谢总管……呀……”那两人身上中了两刀，可依然凶猛无比。

“走！”杨鸿之迅速翻上马背，对于他来说，越早离开这里越好。

凌通已迅速接好了马缰，也翻身上马，回头向小女孩问道：“你会不会自己上马？”

那小女孩有些不屑地翻上马背，身法却轻灵无比。

萧隐城回头望了死谷一眼，泪光隐显，但依然翻身上了马背，问道：“不知公子住在何处？”

“哦，我嘛，不远。如果你要去的话，不妨今晚便在我们村里住下！”凌通应道，说着一夹马腹向村中奔去。

"公子，我想求你一件事情!"萧隐城策马突然问道。

凌通马速稍缓，一愣，反问道:"不知道老爷子所说的是什么事情?"

"老朽在这里便先谢谢公子好心了!"萧隐城说完又指了指一旁的小女孩，接着道，"这是老朽的侄孙女萧灵，本想来见识一下北国的风土人情，可是此刻却让她跟着我受到敌人的追杀，担惊受怕，我想请公子代我将之照顾一下。待老朽事毕后，便立刻回头来接她，不知公子可有为难之处?"

"我?"凌通一指自己的鼻尖，有些怀疑地反问道。

"叔公，你不要灵儿了?灵儿不怕危险!"那小女孩差点没急得哭出来。

凌通和杨鸿之不由得都瞪大眼睛望了望萧灵，又望了望萧隐城，只感到有些极不可思议。

"灵儿，叔公知道你不怕危险，但前面也不知道还有多少埋伏，有你在身边，叔公怎么会放得下心呢?而且，叔公又不能分神照顾你，只是想你在这里等一段日子，过些时日，叔公自然会派人来接你的!"萧隐城道。

萧灵眼眶中泪水直打转，但却没有哭出来。

凌通插口道:"是呀，这些坏人可是杀人不眨眼的，既然此地有埋伏，那后面也许还有很多的埋伏，你叔公要照顾你，便会给了那些坏人有机可乘。那时候，你和你叔公两人都没有活命的机会，岂不更坏?"

"灵儿，听话哦。"萧隐城道。

"先到我们村里去再说吧!"凌通向马后抽了一鞭道。

郑王府。

昌义之的脸上有些得色，淡漠地望着窗外，道:"这次是志在必得，绝不能让它落入外人之手，若是让靖康王所得，那么王爷便只能放下心思!"

"平北侯有什么话不妨直说，本王的心思难道你还会不明白吗?"

说话的正是郑王萧百年，他手中轻捧着一杯清香扑鼻的龙井。

昌义之淡淡地一笑，道："下官的确是有个想法，只不知王爷想不想冒这个险?"

萧百年讶然地望了他一眼，向身后的几名侍女打了个眼色，那几名侍女极为知趣地退了出去。

"侯爷不妨说来听听。"萧百年淡淡地道。

昌义之神色霎时变得无比深沉，道："下官想将计就计，再来个偷梁换柱，不知道王爷以为如何?"

萧百年的眸子之中闪过一丝淡淡的厉芒，急切地道："侯爷何不说清楚些，何为将计就计？何为偷梁换柱?"

"下官想，咱们若是能够截下靖康王的书信，用我们的使臣送到刘家，而我们也同样来办上一场热热闹闹的婚事，而这对象依然是刘家的千金，这岂不是将计就计。而那本《长生诀》，则定会与刘家的小姐一起，可却不是给靖康王，却是送给王爷你！你说这样是不是很有趣呢?"昌义之的脸上微显得意之色地道。

萧百年淡淡地一笑，道："刘家可是大家族，他们会把女儿随随便便就这么嫁出去吗？他难道不会派人前来我南朝相会?"

"哈哈，这些应是极为简单之事，我们大可买通靖康王府中的人，在半途之中拦住他们的使者。这之中，我们只要稍稍动一动脑子便可以摆平，更何况北女南嫁，刘家又怎敢大张旗鼓地嫁女呢？北朝的人岂不会说那是动摇民心、心存反叛？谅刘家也没这个胆子！而我们又大可让这样一批送亲和迎亲的队伍在半途中消失，到时刘家只会将账算在靖康王的头上，而王爷却安安稳稳地捧着《长生诀》，说不定还能人宝双收呢!"昌义之邪笑道。

"要是靖康王察觉那又要如何呢?"萧百年疑问道。

"王爷何必太过忧虑，只要我们让他们失踪得干净利落，又怎会出什么纰漏呢？更何况，不冒风险如何能成就大事？我们大可派出大军在魏梁交界之处大做文章，到时即使他们知道出了问题，也只会疑神疑鬼，又怎会想到王爷你呢？再有，靖康王根本不敢把事情闹大，若事情闹大了，让皇上知道后，《长生诀》他也不可能再据为私有，这是他的一块心病，你说，这岂不是志在必得吗?”昌义之捋须淡笑道。

“照侯爷如此推算，的确是志在必得，但我们怎么知道刘家一定会将《长生诀》混在嫁妆中送出呢?”萧百年反问道。

“这已是我们唯一的路了，若是《长生诀》不是放在嫁妆之中，我们便是无论怎样也没有用。因为，我们势力生在南方，不可能倾巢赴北深入刘府，硬抢硬夺，那样，《长生诀》永远也不可能属于王爷，所以我们必须赌，哪怕我们明知可能会输，仍要赌上一把。因为我们已经没有选择的余地，这一切只是对于刘家来说!”昌义之提醒道。

萧百年淡淡地吸了一口气，道：“的确，对于刘家来说，只给了我这么一个机会，我们也只能赌上一赌了，可《长生诀》真的这么有用吗?”

昌义之也吸了一口气，道：“这一点谁也不太清楚，只听说这是一本极为难懂的奇书，上面所载的是一种不易译出的文字。是以，以刘家的力量仍无法悟出其中奥秘。而靖康王当年曾身入魏朝与刘家相交，更有约在先，是以刘家很可能会将这部《长生诀》作为嫁妆，他们既悟不出，不如交由别人去参悟。这是通过刘家内部得到的消息!”

“是呀，传说这部书为黄帝之师广成子以甲骨篆刻写而成，全书共有七千四百种字形，被破译而出的不过小半。却不知道这是真是假，只要本王得此书，立刻请来天下最好的学者，聚数百人的脑力定要将之破译!”萧百年目中充满了期待和希望地道。

“下官也听到这个传闻，此部《长生诀》乃道家第一奇书，因为靖康王是道教中人，所以下官认为刘家会将此书南送，到时候如能成功，拿来一观便知!”昌义之附和道。

“如此说来也有道理，那侯爷认为应该怎样才能够将事情顺利地进行呢?”萧百年询问道。

“这个，必须要有一个具体的计划和方案，才能够保得万一。一切都需要好好安排，不然，将会一步失算落空！”昌义之悠然道。

萧百年淡淡地打量了昌义之一眼，笑道：“看侯爷的样子，似乎已成竹在胸，不如此事便由侯爷你亲手打理如何？”

“既然王爷如此说，下官也不必客气，这件事情我想一定能够办妥！”昌义之自信地道。

“如此一来，自是再好不过了，若有什么用得上本王的地方，但说无妨。大家一起将问题解决，成功与否，本王今后都不会亏待你的！”萧百年嘿嘿一笑道。

“下官自然明白，现在便先行告退了！”昌义之深沉地道。

北部捷报频传，孝明帝早早地便上得朝来，这可能是他有史以来，对于朝政最勤的一次。此因北方告捷，破六韩拔陵的属下猛将赵天武战死，而鲜于修礼投魏，几可肯定破六韩拔陵的大势已去，只不过是近日之事而已。朝中却为如何安置降军，如何处理难民的事而操心，这是一个极为重要的问题。

阿那壤的残暴，柔然军的疯狂，北部六镇中，只要他们所到之处，必是焦土一片，柔然人天生便带有攻击和掠杀破坏的野性。北方六镇的百姓，不管是不是起义军，都会遭到他们无情的攻击，因此难民人数已比义军还要多，目前破六韩拔陵的降军已达七八万之众，面对如此多的降军已够费一番脑子了。

满朝的文武大臣都眉头紧锁，似在考虑如何安置这一些人马。

孝明帝神情却显得极为委顿，似乎昨夜通宵未眠一般，有些不耐烦地问道：“众爱卿有何看法不妨说出来，现在大家必须就这些问题想出一个对策，若大家都这样不说话，朕不如回后宫歇息去算了！”

众臣一呆，心中大为愕然，但知道皇上今日能这么早就上朝已经是极不简单，而说出这样的话来，也并不为奇。只是有少数几人忍不住皱了皱眉头。

咸阳刺史卢元聿站了出来，沉声道："臣有本要奏！"

孝明帝一副有气无力的样子道："卢爱卿有何事要奏呀？"

"臣所奏之事乃是歧州告急，逆贼莫折大提之子莫折念生自称天子，再次破掉数座城池，直逼歧州，歧州告危，还请皇上派兵支援！"卢元聿禀道。

孝明帝一听又是战败的消息，不由得微恼，斥道："朕今日不想听不好的消息。今日谈论的是要如何安顿难民和降军之事，卢爱卿你请退下吧！"

"皇上，军破如山倒，小患不防将酿大乱呀，皇上！"卢元聿急声道，声音微微颤抖，却仍未退下。

"卢爱卿是在诅骂我军，说我军一定会败吗？"孝明帝冷冷地问道。

卢元聿惊得冷汗直出，骇然跪倒，颤声道："臣不敢，臣绝无此意，皇上请明鉴呀！"

"是呀，皇上，卢大人也只是为了国家社稷着想，一时急得糊涂了，才会语无伦次，还请皇上开恩！"李崇也上前解说道。

孝明帝望了望两人，淡淡地道："都起来吧，朕也知道卢爱卿是忠心为国，退到一旁去吧，今日只谈安排义军之事！"

"谢皇上开恩，谢皇上开恩！"卢元聿感激地向李崇望了一眼，大声谢恩，心悸地退至一旁。

在朝中，还没有人敢太过得罪卢元聿，谁不知道范阳卢家一门三位公子，极得天子之宠。卢道裕得孝文帝所赐乐浪长公主，卢道虔得孝文帝所赐济南长公主，而卢元聿得孝文帝所赐义阳长公主。而义阳长公主算起来乃是孝明帝元诩之姑姑，谁要是得罪了卢元聿，不仅是得罪一方刺史，更得罪了几位公主，也便是得罪了皇上和几位亲王，所以谁也不敢在这个时候落井下石，那只会自讨苦吃。

"李爱卿可有什么办法或是什么好主意？"孝明帝淡淡地问道。

"微臣认为，这帮起义军，我们必须分散开来，否则，他们人数太众，只怕又会是一个祸患，若是他们不乱倒好，可是我们必须防患于未然，尽可能减少他们对朝廷的威胁！”李崇淡淡地道。

“李爱卿所言有理，众卿家可还有何建议，不妨说出来！”孝明帝微微点点头道。

“皇上，微臣倒不这么认为！”尔朱天光大步跨出来，沉声道。

“哦，尔朱爱卿又有何见解呢？”孝明帝眼中神光一震，稍稍打起一些精神来问道。

“微臣看来，这股降军的确是一批不可忽视的力量，我们这一刻要花上许多精力去安置他们，不若将之整编成组，分散开来插入各所军营之中，以这些人去与其他各路起义军拼命，一来可以减少我们为安置他们所费的力气，二来可振自己的军容，助强我们的实力。这样又给其他几路义军造成了压力，岂不是一举多得？”尔朱天光微感得意地道。

孝明帝不由得一愣。

上党王无天穆也出来应声道：“尔朱大将军所说的确有理，我们这样一来的确军容更大，而这批起义军降兵都是在沙场之中出生入死过的人，打仗也更有经验，这的确是一个极好的办法！”

“两位爱卿所说的也有道理，这样一来，的确是大振我军的阵容！”孝明帝点头赞许道。

“皇上，微臣觉得不妥！”李崇又奏道。

“李爱卿觉得有何不妥呢？”孝明帝问道。

“这群降军其心未定，且因是降军，在气势、斗志方面定然很弱，而这群人当中定有许多人厌战之情绪极重，编入军中之后，难出全力，只会影响军心。这且不说，降军之所以降，便是乱后思定，虽然其中会有些深怀野心之人，且这些降军具有煽动性，但在他们仍未调整好心态的情况下，便将他们编入军中，定会适得其反。一个不好，他们会在军中起到破坏作用，而这一批降军若这么快便编入军中，会对后来的降军造成很大的压力，会让他们产生逃避的念头，定会有许多人进行逃窜，那样就会在日后造成四处流匪纷起的局面……"

"李大人多虑了，我们把降军分编成组，插入各营之中，他们的力量很小，根本不足以造成什么损伤!"尔朱天光打断李崇的话道。

"敢问尔朱将军，降军有八万人之众，就是每五十人为一组，也有一千六百组，而后更有很多降军。我们各军有多少营？每营至少有一千人，就目前这八万人来说，我们便必须要有一百六十万的军队才能够容下。若是再有两万降军，我们岂不是要两百万军队才可以容下吗？而朝中之军，何来两百万之众？就是有一百五十万都不可能。若按每组一百人的大队计算，也至少有八百多队。每营只有千人之众，而有一百人不保险，可能靠不住的，若单只这一百人对一千人还好说！但就怕在正与敌人交锋之时，这一群人来个窝里反，那岂不是祸患无穷吗？当然，这些人并不是每个人都会思反，但若是敌人用离间之计，更以内奸打入军中，挑起这一群心存怨言的人，那又会是怎样一个收场呢？谁能够保证这些人不会再一次叛变，做内应？打个折扣，这八万多人中若有一半人能被挑动，那么我们也会损失上四十多万的大军，这样岂不是因小而失大？试问，谁能担当几十万大军失败的后果？几十万大军失利，便会造成城池失守，更影响全军的士气、斗志，增添敌军的气焰，这是何等可怕之局呀!"李崇淡然分析道。

李崇如此一分析，倒的确把朝中所有人给镇住了，那一系列的数字也的确够惊人的。事实上他的话也并不是全都危言耸听，任谁也不能不仔细慎重地去考虑其后果。

"李大人之话不觉得过于偏激了吗？只要我们将这些人编入营中之后，再派上自己的人打入其中，加以约束，他们的一举一动不就被我们了若指掌吗？何愁敌人可插入其中？"无天穆冷冷地道。

"每个人都有自己的脑子，若是我们派人对他们的行动看得太严，恐怕他们更会疑心生暗鬼，所谓用人不疑，疑人不用，若是他们发现我们对其不放心，只会让他们更有非议，思变之心会更增，我们的军势之强盛也不会在意这么几万之众。我们大可先让他们安居，再从中招兵，岂不比这样全篇一律的行为更有效吗？虽然，这样一来要多费了些手脚，却绝对不是多余的！”李崇反驳道。

“几位爱卿所说都有理，这之中却有一些矛盾，不知哪位爱卿还有什么建议？”孝明帝打了个呵欠道。

“皇上，微臣有一个折中之法！”郑俨跨上前来道。

“郑爱卿又有何法不妨说出来让朕听听。”孝明帝高兴地问道。

郑俨悠然道：“微臣刚才听了几位大人的意见，觉得双方都没有错。只是有些小小的偏差，臣想，对这些降军，我们可以征求他们的意见，若他们愿意入军的话，我们不妨将他们收入营中，若他们有些不愿从军，也不用勉强，便送他们回乡为民好了。这样一来便显出皇上之龙恩浩荡，也给他们其中的一些人一个发展的机会，这些起义军中有不少的人才，他们无非是想求得富贵、功名，我们这样给他们机会，他们定会感恩，也会尽力去立功创业，同时也可分散这些起义军的实力。厉害的人都加入军中，光靠那些盲流之类的人也起不了多大的作用，不知皇上和几位大人的意见如何呢？”

“嗯，郑爱卿之话的确有理，就按郑爱卿所说去办，愿从军者从军，不愿从军者为民！”孝明帝赞道。

“皇上，虽然如此，但这些起义降军，仍不能不分散而置，否则依然会成为一个隐患呀！”李崇出言道。

“皇上，李大人所说甚是，这些起义降军的确应分散他们，任何地方，这几万人都可能出现乱子。一个不好，又会酿成叛乱可就麻烦了！”徐纥也出言道。

“就按李爱卿、徐爱卿和郑爱卿所奏，将那些起义降军分散于何地便由三位爱卿去想办法，朕现在要去后宫歇息了，今后若有降军依然按今日之法安排，不必朕亲自处理，退朝！”孝明帝急不可待地道。

卢元聿本想再奏，而孝明帝已叫退朝，只好跟着退了出去，心中却抹上了一层阴影。

凌通突然似有所觉，拖住马缰，刹住马势低声道：“大家小心，我感到似乎有点不对劲!”

杨鸿之与萧隐城不由得一呆，奇问道：“山还是山，路还是路，这有何不对呢?”

“老爷子你不知，这条路很少有人来，虽然离我们村子只不过七八里山路，而最近因为闹流匪，我们不会在远离村子五里之外的地方狩猎，这条路就几乎是人迹已绝。而我从村子出来的时候特将一杆小松树横在路中，此刻，小松树却被推到崖下去了。”说着凌通一指那不过一丈多高的小山崖道。

众人顺着他所指的方向看去，果然发现了一株歪倒的小松树，可仍有些不明白为什么单凭这一点便肯定有不对的地方。

“这松树显然是人扔下山崖的，若是我们村中人根本没有必要，也不会这样做，这是我们村中的规矩!”凌通补充道。

“不错，若是我们村中人移开的，马匹过后，也定会将之放回原处，而这次却没有放好，应该不是我们村中人干的!”杨鸿之附和道。

“野兽更不可能这样做，这一定是人做的手脚。附近几个村中之人的脾性我都清楚，他们就是要移开，也不会将之扔远，顶多移到路旁，让出道路走过便行了。而这次小松树是被人扔下山崖的，山崖离这路边也有一丈多远，要抛下去需要用极大的力气，附近几个村之人不会有这份闲情。何况，他们大多几乎集于我们村子，流于村外的人极少。那便只有一个可能，就是大批外人进入了这个范围!”凌通说着跃下马背，向前缓走几步，脸色微变。

“凌公子，有什么不妥吗?”萧隐城问道。

“这次真的不妙，有马进村了，而且好像有很多马匹!”凌通肯定地道。

杨鸿之和萧隐城的脸色也“刷”的一下变了。

“你怎么知道?”杨鸿之有些疑惑地问道。

“近几天，因为四处闹流匪，都说是北方流入的马贼，因此，我瞒着大家在各个路口重要的地方洒上了一些细灰，有的地方则拉上一些烂草，这些烂草在水中都泡过很长时间，快腐烂了，若是马蹄踩在上面应会留下一些蹄印。而早晨我从这里出去的时候，此地并没有蹄印，这一刻却显出被许多马匹踏过的痕迹。显然这些马也是刚刚踏进不久，蹄印才会这么清晰！”凌通微微有些变色道。

“肯定又是那几个狗贼追来了！”萧灵翘着小嘴道。

“不会，他们怎会这么快？而且他们不应该如此清楚这条还算隐秘的山道呀，定是那群马贼从这里进村了！”杨鸿之猜测地道。

“我也这么认为，那我们快些回村吧！”凌通急忙道。

“但若是贼人仍没有进村，只是在这里埋伏等待机会，那我们岂不是很容易坠入他们所布的陷阱之中？”萧隐城提醒道。

“也对，我们便从别的路进村，谅这些人也奈何不了我们！”凌通自信地道。说着迅速跃上马背，策马向来路退了回去。

几人都策马紧跟，刚刚走过一个山坳，凌通便一声低呼：“不好，那几个恶贼追来了！”

杨鸿之和萧隐城这时也已发现，那七名追兵向这边飞骑追来，众人没有想到这几人如此快速便找到了马匹，随即又追击了过来！

“我们快走！”凌通惊呼着迅速策马疾驰。

“臭小子，待老子抓着你后，定将你抽筋扒皮！”那为首的汉子怒喝道。

萧隐城担心地道：“这样岂不害了你们村子里的人？”

凌通道：“入了村再想办法，这几个人怎会跑出我们的手心，就是要引他们入村！”

杨鸿之的脸色有些难看，但他也不再多说什么，疾催坐下的马匹，向村子里冲去。

那七个人再不打话，闷头便追。

“乡亲们，快准备弓箭射死这几个王八蛋!”凌通提高声音虚张声势地喊道。

那几名追兵果然心有顾忌，这山道之中，若是对方在暗中设有埋伏，以劲箭相射，那倒的确不是一件怎么好玩的事，而且也很麻烦，因此，数骑马速自然一缓。

凌通见那几人中计，不由得催马更疾，笑道：“再过四里路便到了我们村，到时就真的叫人射死他们好了!”

萧隐城这才明白凌通只是虚张声势，心中不由得对这精灵古怪的小孩重新估计。打一开始，凌通所表现的就是超乎异常的聪明和机智，那种小心谨慎之态，就是大人也不一定能够与之相比。他哪里想到，凌通所练的乃是佛门的第一奇学“无相神功”，虽然所学只不过是“小无相神功”的基本功法，但依然有着无比神妙的作用。

“无相神功”本是空灵之学，其基本功法本就是要化出一片有空灵之境的灵台，静性平心，化身于无相来体验红尘世俗。这样自然便有一种洗脑开智之功，使人的智慧潜力不断开发出来。凌通所修习的“小无相神功”基本功法正有这种开智的作用，使他思维运行速度快于常人，而他有一片空灵的灵台存于本心，看问题便像是通过旁观者之眼一般。所以表现出来的聪明和机智自不是可用常理来测度的。便像人们当初无法想象蔡风为什么思路会如此敏捷，考虑问题会如此周全，所表现出来超乎常理的聪明及那超凡的见识一般。只怕当初烦难大师创出“无相神功”之时也没有想到会有这般功效的。

第七十章　以智敌众

凌通虽不过十四岁，但修习“无相神功”也快有两年之久了，其智慧自然超出了他这个年龄的范围，无怪乎萧隐城会大感吃惊和难以想象。

萧灵忍不住笑了起来，赞道：“通哥哥可真聪明！”

凌通大感兴奋，得意地道：“这几个王八蛋想跟我斗，还不够档次！”

萧隐城大觉好笑，心道：“小孩子毕竟是小孩子，经不得夸奖！”

杨鸿之却笑骂道：“别瞎吹牛了，要是这样，你干吗不调转马头去和他们打上一场！”

凌通嫩脸一红，嘿嘿一笑道：“君子不跟牛斗力，上兵伐谋，诸葛爷爷当年打江山用的是脑子而不是手，你明白吗?”

众人不由得大感好笑，竟没将七名追来的好手放在眼里。不过说话间，马速丝毫不减，萧隐城心头一动，问道：“听公子谈吐不俗，想来令尊定是位博学隐者了?”

“老爷子见笑了，我爹倒不是什么博学的隐者，只是个普通的猎人而已。我也只是在一位伯父那里偶识几个字。”凌通学着大人的样子极为谦虚地回应道。

“公子太谦虚了！”萧隐城笑道。

凌通突然高呼：“三叔、四叔、六叔，你们都在，太好了，快放箭射死那七个王八蛋！”

萧隐城一惊，却哪里见到有人来？但见凌通喊得那般煞有其事，不免竟信以为真，却不知该不该问。

那七人刚才见是凌通的诡计，心下恼怒不已，不过也拿这小子没办法，只得闷头追赶。刚追近一些距离，这一刻见凌通连人的称呼都喊出来了，声音显得那般激动和欢喜，他们心头一惊，以为这次定是真的，忙带住马缰，还真怕坠入这小子的陷阱之中。可是过了片刻，眼见凌通等人就要消失在那山口之处，仍没看到动静，才知道又上当受骗了，只气得破口大骂，却难奈何凌通。

转过山脚，脱出那几个追兵的视线，凌通小声提醒道："走路边，小心一点，别踏上那短草之处！"说着领头引马向灌木丛中绕去。

杨鸿之自然清楚，萧隐城也猜到定是这大路中间有陷阱之类的，顺从地跟在凌通之后，在灌木丛边行了十来米，才行入正道。策马疾奔，行不多时，便听得两声凄惨的马嘶和两声惨叫及一片惊呼。

"哈哈哈……这些笨蛋又去掉了两个！"凌通得意一笑，头也不回地引马疾奔。

"有两人被害死了吗?"萧灵疑问道。

"这帮人的武功了得，只怕他们没有这么容易死！"萧隐城微忧道。

"他们自然是死不了，我们这陷阱并没有设置可以让人致命的装置，只是在山路边沿放置了许多开口的石灰包，当陷阱上有重物落至时，便触动了设在陷阱中央的绳子，而绳子则牵动悬于坑口的石灰包，掉入坑中的人和马定会瞎掉眼睛，就是眼睛不瞎，也不是一两天所能好的，这便是他们的下场！"凌通笑着解释道。

"原来如此，我还以为是用来猎兽的陷阱！"萧隐城笑道。

"小心！"凌通刹住马蹄道。

众人忙把马匹全都停住，萧隐城惊问道："怎么了?"

"没什么，大家小心，别让马腿绊上了路旁的细线，牵着马慢慢地跨过去！"凌通指着地上细小得不注意根本就不能发现的线绳道。

萧隐城立刻明白这又是一处陷阱，依言缓缓牵马行过，跨过三四条细线之后，全都跃上马背。

凌通向杨鸿之道："鸿之哥，你回村叫三叔他们准备一下，我便在此地看看那些王八蛋有什么绝活，不用担心，我一会儿就回来！”

“好！”杨鸿之应了一声，策马便向林中驰去。

“老爷子，我们这就来把那几个王八蛋送上西天怎么样？”

“公子有此兴致，老朽自当奉陪，只怕那几个人极为厉害，老朽怕会伤了公子！”萧隐城有些担心地道。

凌通哂然一笑，问道：“老爷子认为自己能够对付几个？可得说实话哦。”

萧隐城苦笑道：“老朽恐怕只能够对付两个，多了可能很难！”

“真爽，那咱们便有得一拼了，走！我们先在那块石头后面看看戏再说！”凌通兴奋地搓着手道。旋又记起了什么似的，扭头向萧灵问道：“小妹妹你怕不怕，不如你先跟那位大哥回村吧？”

萧灵嘴巴一撇，不高兴地道：“谁说我小啦？我为什么要怕？就不走！”

凌通大感好笑，道：“好吧，算你大，你不怕，来吧。”说着策马穿过林荫小道，至不远处的一块石头之后下马，将三匹马全都系在树上。

萧隐城有些担心地问道：“公子有把握吗？这些人可不是一般角色！”

凌通自信地笑了一笑，道：“大不了情况不对，我们便一块儿上西天求见佛祖收留啰。不过，到时见机行事就成了！”

萧隐城老脸一红，也不再多说什么，心想：“反正自己的命是这小娃所救，就是再送出去，也不过是还给人家而已！”正想着，一阵马蹄之声传入耳中，果然只有五骑追来，看来那两个人至少也如凌通所说，眼睛瞎掉了。

萧灵显得有些紧张，禁不住抓紧萧隐城与凌通的手。

“你怕吗？”凌通轻声凑到她耳边问道。

萧灵小脸一红，白了凌通一眼，眼神之中竟有些羞怯。

凌通不由得大感有趣，小声问道：“你今年几岁了？”

“不告诉你！”萧灵放开凌通的手顽皮地道。

“哗——哗——”

那几人果然触动了横在地上的细线，松林似乎全都震动了起来，其实动起来的只是这条林荫小道。

几块巨大的竹板自两边的树林间飞撞而至，那些竹板全都以削得很尖的竹子编成，四四方方的，每根尖刃之间相隔半尺之宽，这一撞之力，便若陨石下坠一般。

那几人大骇之下，身子斜斜掠起，可是刚刚掠起，又跟着一排劲箭射至，更要命的却是天上有一张大网飞罩而下！

这三道机关配合得极为默契，便在大网完全脱离松枝之时，天上又洒下了一片茫茫的白雾，却又是石灰之类的杂物。石灰的烧制，至南北朝陶弘景才真的有所突破，但并不叫石灰，陶弘景的著作中，有这样一段文字："石垩。近山生石，青白色，在灶中烧烬，以水混之，即热蒸而解。"详见李时珍《本草纲目》卷九，石灰条；本人在此书中写出用石灰等物，实已有些与时间不相符。此时，陶弘景的石灰烧制法犹未曾传至北方。

马儿一阵惨嘶，竟被那几排巨竹撞穿肌肤，刺入马股。那几块巨竹却并未能对这五人造成什么大的损害，主要是那一簇劲箭和大网及石灰，虽然箭不过十数支，却让几人都受了些小伤，大网向这几人罩落，那几人全都惊呼着向一旁滚去，眼前却是白茫茫的一片，大骇之下，赶紧闭着双眼在地上滚动，却是落在了那竹板之上，又禁不住发出一阵惨呼，原来巨竹之上全都装有倒钩，竟将他们划得皮开肉绽。

凌通眼中闪过一丝嘲弄之色，萧隐城和萧灵却惊呆了，他们哪里想到这机关如此厉害？对付那些绝顶高手自是无用，但对付这种普通的高手却是有效得很。特别是在晚上，便是一流高手也会着了道儿。其最可怕的当然是石灰，这种东西入眼，遇水即溶，很可能便会烧瞎眼睛，这可不是闹着玩的。

凌通从怀中掏出在城里买来的一张小弩机，上了一支短矢，对准那个闭着眼乱窜的汉子射去。

那人也着实了得，听得弩机一声轻响，竟向一旁避去，但毕竟受眼睛的影响，躲过了要害，却也射入了胸中，忍不住发出一声惨叫。

另外几人全被大网罩住，在网中一气乱挣，手中的兵刃都来不及抽出来，便张口大骂起来，可是那散在空中的石灰差点未全都涌入口中，顿时吓得都闭上嘴巴，屏住呼吸。

凌通不由得向一旁的萧灵笑问道："厉害吧？"

"厉害！"萧灵有些惊骇地点点头道。

"你今年几岁了？"凌通不经意地又重复着刚才所问之话。

"十三……哦，你蒙我，看我不教训教训你！"萧灵瞬即醒悟过来，娇声道。一派天真烂漫之态，逗得凌通大乐。

萧隐城也忍不住轻笑起来。

"萧隐城，你这卑鄙小人，竟要出这等诡计！"一个在网中挣扎的汉子怒骂道。

"哈哈哈，难道你们就不是卑鄙小人吗？以多欺少，算什么英雄？对付卑鄙小人便只有用这种方法才行，因为你们不配享受英雄的法则！"凌通不屑地还骂道。

"你这个小王八蛋，小杂种，总有一天老子会扒下你的皮！"那汉子咬牙切齿地骂道。

"哈哈哈，瞧你这副龟孙子的样子，还有往后吗？你今天都过不去，何谈往后？"凌通见那些石灰泡末渐渐沉下，笑骂道。又扭头向萧隐城问道："老爷子可愿意杀这种落水狗？"

"那是必须杀的，这世上是没有人情和道理可讲的，你不杀人人便杀你！"萧隐城坚决地道。

"好，说得好，有位蔡大哥便经常说，世间的英雄是有个限度的，不以手段论英雄，只以成败论英雄！不择其手段，只为达到目的。乱世之中的英雄，应该是猎人，只有真正的猎人才能够生存得更好。乱世之中也只有两种区分人的方法，一种便是猎人，一种便是猎物。不是猎人，则是猎物，这是一种规则，生存的规则！没有任何人可以改变，对待任何猎物都绝不能仁慈，特别是狼！越是凶猛的野兽，便越要狠！"凌通说完后，神色禁不住有些黯然，想到蔡风的失踪，心中暗想："究竟蔡大哥在乱世之中是猎人还是猎物呢?”又想到流落江湖的凌能丽，心中禁不住一阵感伤。

“说得好！世上再也没有比这更实在的禅理，乱世之中除了猎人便是猎物，谁能成为猎人，谁便是英雄，想不到在这山野之中竟能听到这般言辞!”萧隐城感慨万千地道，说着便大踏步地向那几人行去。

那几人也明显地感到了萧隐城身上的杀气，不由得呼道：“萧隐城，就算你杀了我们，你也不会有好日子过，我们的其他兄弟定会很快找上你，将你碎尸万段!”

“是吗？以后的事以后再说吧，你已经没有机会看到了!”萧隐城冷冷地道，同时向那网中之人逼去。

“呀——”当萧隐城行至那被凌通射中的汉子身边时，那人竟然猛地挥刀斩出，那人依然没死，这一招大大地出乎萧隐城的意料之外。

萧隐城的注意力全都集中在那网中几人的身上，却没想到这人仍能出手。但他毕竟是一个好手，临危不乱，身形疾退，手中的剑疾切而出。

对方根本就看不见萧隐城的兵器，只一副同归于尽的打法，根本不在意萧隐城的剑。

“呀——”

萧隐城一声闷哼，竟被对方在腿上划了一刀，自己的剑却也刺入了对方的咽喉。

“叔公！老爷子!”萧灵和凌通同时惊呼出声。

“哈哈哈……”那被网住几人的眼睛依然睁不开，虽然及时闭上了眼睛，但仍然有少许的石灰混入眼中。这一刻知道萧隐城受伤，全都得意地大笑起来，竟似乎丝毫不将生死放在心上。

凌通不由得对这几人大为佩服，但也知道若不杀这几人，定会祸患无穷。

萧隐城却大怒，飞扑而上，手中的长剑便像一道幻舞的青蛇，在对方毫无反抗的情况下，划破了他们的咽喉。

四人惨叫着歪倒在地。

凌通心头微微有些不忍，道："走吧，我们先回村再说吧！"

萧隐城将剑上的血迹在几人的衣上擦拭干净，望着地上的石灰和鲜血，这两种极端的颜色夹在一起，的确是很特别，很刺眼。

"叔公，你伤得怎样了？"萧灵关心地跑上前问道。

萧隐城一瘸一拐地行了过来，淡淡地一笑道："没什么大碍，只伤了一点皮肉而已！"

凌通稍稍放心了一些，正在这时，却听到远处传来杨鸿之的呼喊之声："凌通，快走，马贼杀进村了！"

凌通脸色大变，急道："我去看看！"飞身掠上马背回首便向村中跑去。

"凌公子！"萧隐城一急，也跃上马背，萧灵亦忙掠上马背，却不知是追还是不追。

杨鸿之伏在马背之上，脸色苍白，背上竟插了一支劲箭，口中仍不住地呼道："快走！快走！"

"鸿之哥，我爹、我娘、三叔他们呢？"凌通急切地问道。

"我不知道，村里死了很多人，他们这就追来了，我们先快走！"杨鸿之催道。

凌通神色变得很难看，道："我不走，你先走，我要回村里看看！"

"他们都很厉害，又有弓箭，你一个人打不过他们的，我们还是先走吧！"杨鸿之露出一丝痛苦之色道。

凌通在杨鸿之的马后抽了一鞭，自己却策马向村中闯去。

"凌通，凌通，你不能去！"杨鸿之控制不住马身，与凌通向两个不同的方向冲去，口中却大喊道。

"叔公，我们去看看吧，他会很危险的！"萧灵关心地道。

"你不要去，你在附近躲着等叔公，叔公很快就会回来的！"萧隐城道。

"不，叔公，我要去看看嘛！"萧灵不依地道。

“灵儿听话，叔公照顾不了你，那里很危险，知道吗？”萧隐城叱道。

“不，他不也是小孩子吗？不是也救了我和叔公的命吗？我一定要去！”萧灵认真地道，一夹马腹竟向村中跑去。

“灵儿，灵儿！”萧隐城急喊道。

地上一片狼藉，到处血迹斑斑。

“四婶！”凌通飞跃下马背，向一具伏在地上的尸体奔去，口中悲惨地呼道。

“六叔！”凌通发现不远处又有一具胸口仍在流血的尸体，嘶声呼道。跑过去紧紧地扶住那人，道：“六叔，你醒醒呀，六叔，六叔……”

那人竟奇迹般地睁开了眼睛，见是凌通，竟微微一笑，艰涩地道：“通……儿……”却一下歪过头去，倒在凌通的怀中。

“六叔，六叔，呜……”凌通喊了两声，竟抱着尸体哭出声来。

“通哥哥！”萧灵的声音远远地传来，凌通心神一震，醒悟过来，立即放下尸体向自己的家里奔去。一路上却见到好几具尸体，也有马贼的尸体，但多半是乡亲们的尸体。

闯入家门，却发现里面一片狼藉，乱七八糟，没有半个人影。

凌通在床底找到自己的小箱子，这小箱子竟然没有动过，迅速翻出短矢和那柄短剑，还有一袋铜钱。

“通哥哥，你在哪里，你没事吧？”门外响起了萧灵关切的呼喊之声。

凌通擦去眼中的泪水，掠了出去。

萧灵却吓了一大跳，见凌通满目都是杀机，骇然问道：“通哥哥，你没事吧？”

“我没事，你怎么跟来了？”凌通问道。

“我担心你会有危险！”萧灵关心地道。

凌通心头一惊，道：“你先去避一避，我去找那些狗贼算账！”

“我也跟你去，多个人多份力量！”萧灵不依地道。

“灵儿，灵儿，你这死丫头！”萧隐城气恼地骂道。

“救命……啊……你这恶魔……”声音从吉龙的家中传来。

凌通心头一凉，身子快若灵燕一般向吉龙的家中掠去。

萧灵和萧隐城一呆，他们没有想到凌通的身法会如此快捷，虽然知道凌通可能会武功，也没想到身法竟达到了这种境界。

“轰——”凌通一脚踹开大门，却见一个高大的汉子正按住吉龙的老婆翠花，正在撕扯着她的衣服，并发出一阵淫邪的笑声。

那人听到这一声响，惊了一跳，扭头却发现只不过是个小孩子，心中一宽，怒吼道：“小杂种，竟敢来坏大爷的兴致！”

凌通眼角扫到翠花那犹在晃动的大乳房和那不整的衣衫，不由得怒骂道：“畜生！”

翠花见来者是凌通，慌忙推开那汉子的手掌，用手掩住双乳，缩在一角。

“小鬼，敢骂老子，老子掐死你！”那汉了长身而起，向凌通扑来。

凌通的目中快射出火花来，本来已握得很紧很紧的拳头，便在这时候挥了出去。

“啪——”“呀——”

那汉子一声惨叫，凌通的拳头正击在他的拳头之上，而他的整条手臂却断裂成几截。

“呀——”凌通一声怒吼，小小的身子飞跃而起，双拳“轰——”的一下击在那汉子的两耳之上。

“呀——”那汉子还未曾从手臂的疼痛中醒过神来，便已被凌通击碎了脑袋，鲜血自七窍之中流淌而出。

此汉子乐极生悲，他根本没有想到这样一个小孩竟会身怀如此可怕的武功，若是他全力以赴，也不会这般三招两式便被凌通所杀，只是打开始便没将凌通放在眼里，出手几乎没用什么力气，而凌通却是夹怒一拳，几乎凝聚了全身所有的力气。人在愤怒之时的力道几乎比平时大得超过一倍。凌通这一拳岂是他这随便一挡所能相抗衡的？而凌通更乘对方重创之时再度出手，对方神经几乎痛得快麻木了，如何能够阻拦第二击？只有一死了。

“翠花姐，你没事吧?”凌通关心地问道。

“我没事，他们都向西村去了!”翠花心有余悸地道，目光中有种说不尽的感激之意。

凌通一听，忙道：“我这就去西村，你先去南山躲一躲，在我经常练功的地方若有个蒙面人来了，你就叫他来帮我。”

“南山?”翠花奇问道。

凌通一愣，才想到村中人并不知道剑痴，忙道：“不错，那人叫剑痴。”

翠花此刻好像失去了主心骨似的，茫然地点点头，便向外跑去。

萧灵跃入屋子刚好撞上翠花，两人倒相互吓了一大跳!

“是自己人!”凌通忙道。

萧灵一看地上那七窍流血的汉子，骇然道：“是你杀的?”

凌通淡淡一点头，便奔了出去。

翠花冲出屋后，踉跄地便向南山跑去。

“凌公子，贼人呢?”萧隐城惊问道。

“到西村去了!”说着便向西村飞掠而去。

“上马吧!”萧灵策马而至伸手道。

凌通飞身跃上马背，两马三人向西村急驰而去。

“嗖嗖嗖……”劲箭飞掠而至。

凌通一声怒喝，手中的短剑横切直挡，将掠向面门的三支劲箭尽数斩落，之后脚在马鞍上一点，身子若钻天的怪蛇，扭曲成一道美丽的弧线，向那劲箭发出的方向掠去。

“好身法!”萧隐城挡开两支劲箭，忍不住赞叹道。

“好！通哥哥!”萧灵也忍不住欢呼道。

“嗞……”一把铜钱若暗夜的蝙蝠一般向那几人飞射而去。

“叮叮叮……”一连串脆响，夹着几声闷哼，那几人显然并没有完全将铜钱挡开。

“去死吧!”凌通在飞临他们上空之时，一声暴喝，身子再一扭曲，短剑自袖中滑出，一片炫目的光芒闪过，凌通的身子若一条盘成饼状的大蛇自空中降下。

那几人大骇，没想到这小鬼的武功竟如此可怕，剑法竟如此玄妙，但没有任何思考的机会，便需出手应付。

“叮叮叮……”五声轻脆的金铁交鸣之声响过，凌通的双脚已点了出去。

那五人更是大骇，凌通的腿法之凌厉也超出了他们的想象！他们哪里知道，凌通平时拼命地习练，只是这双手和这双脚而已，每一脚、每一拳的力道早已经可以随心地融入全身的力道。

“啪啪！”两声爆响，夹着两声闷哼，凌通的身形倒飞出一丈！然后飘然落地，但挡住他两脚的那两人腕骨却被踢碎。

他们本来就已经中了镖，刚才挡住凌通一剑，就已牵动了伤口，而凌通的脚又来得太快，仓促间，他们根本就没有准备好，只好以手相挡，可仓促之间又哪能抵挡得了凌通的脚劲？禁不住惨哼着飞跌而出。

“嘿嘿……”剩下的三名未倒之刀手反应也超乎寻常的敏捷，就在凌通的脚刚一着地之时，便已飞扑而至，三柄钢刀从三个方位斜斩而下。

萧隐城一声冷哼，身子随健马的冲势向那三人飞撞而至，便像是一颗巨大的肉球，拖起一道凌厉至极的劲风。

那三人心中微骇，萧隐城的身形比他们的刀更快，他们若想斩杀凌通，便很可能被萧隐城撞得骨折筋断而亡，所以，他们不得不全都改变刀势向萧隐城斩去。

萧隐城人在空中，洒下一片剑雨，星星点点有若满天的珠花洒落，煞是好看。

凌通却没有任何心情看这炫目的动作，他的身子滴溜溜一转，若秋风扫落叶般，将手中的短剑划了出去。

“叮叮叮……”萧隐城的剑被三人挡了开去，但凌通由底下切来的短剑却没有人能够躲开。

闷哼声中，三人颓然倒地，小腹被切开，甚至连肠子都被割断。

萧灵一声惊呼，她哪里见过如此惨状？凌通也是破天荒第一遭近距离杀人，但他心中已被怒火和仇恨所充斥，根本就不在意这些。

“小心！”萧灵忙呼叫一声，身子向一旁的老树之后跃去。

凌通身畔响起一阵弓弦的疾响，忙就地一滚，抓起一具尸体，挡在身前，只觉得手上一震，射过来的劲箭全都刺入那尸体之中。身后的战马却一阵惨嘶，向一旁飞奔而去。虽然健马并未被射杀，但是因中箭而受惊，便变得有些狂乱了。

萧隐城的身子也迅速缩至树干之后，对方骑着战马而至，五匹战马列成一队，如发疯般地向凌通撞来。

凌通一声怒吼，手中的尸体像是用掷石机掷出的石头，飞砸而出。

战马受劲风一激，“唏津津——”一声长嘶，人立而起，差点没把背上的骑者摔下马来。

凌通追随在尸体之后，毫不畏怯地临空向那几名马贼扑去。

山野显得异常的寂静，起伏若波涛的小山坡，在眼底延续成一片苍茫的秋海。

微黄的秋叶，微微轻风，只有树叶的轻响，甚至连鸟雀的叫声也没有了。

的确静得有些异常。

长孙敬武心头升起了一层淡淡的阴影，向一旁的卫队队长吩咐道：“让大家小心一些，这里恐怕有些不对劲！”

“属下也觉得这一带似乎有些不妙，实在是太静了，不如让大家先坐下来休息一会儿，待属下派人前去探探路吧？”那卫队队长附声道。

“好吧，还是小心一些为妙！”元权也道。

“大家小心戒备，保护好公子和小姐！”那卫队队长高声吩咐道。

长孙敬武行至马车边，恭敬地道：“请小姐稍稍休息一下，待属下们探明情况立刻便起程！”

“有劳长孙教头了！”车内传来一声轻柔娇脆甜美的回应。

“我都快闷死了，让我出来走走。”从另一辆马车中跃出一个少年，怨道。

“公子，你怎么出来了？外面风大。”车旁的小役急道。

“好哇，你是说我弱不禁风吗？”那少年怒叱道。

“不，不敢，奴才不敢！”那小役一惊，慌忙解释道。

“哼，我爹在与莫折念生那反贼交战，出入沙场，勇不可当！我怎能这样缩在车子里面？还是个男子汉吗？岂不坏了我爹的名头？”那少年责怨道。

“公子所说极是，男儿当自强，但男儿有所为也有所不为，能屈能伸。这里仍有莫折念生的眼线，我们安排公子坐在马车中便是要避人耳目，出了这一段路，过了咸阳，公子就可以乘马任驰了！”元权接道。

“难道你们以为我会怕那个莫折念生？”少年不服气地道。

元权应道：“谁都知道公子绝不会怕莫折念生，但是我们必须要考虑到他的那些起义军。咱们双拳难敌四手。死！有什么可怕，砍掉脑袋不过碗口大个疤，十八年后又是一条好汉。但是就怕死不了，而成为莫折念生的工具，那时候因为一个人而害了整个城池中的百姓，害了数万大军，就不好了！”元权分析道。

“我又怎会害这么多人呢？你在骗我！”少年有些傻痴痴地道。

“我为什么要骗公子？要是莫折念生派人来抓住了公子和小姐，再拿去威胁都督，岂不是害了都督？害了全体大军？害了歧州城中的百姓吗？”元权微责道。

那少年脸上一阵青一阵白，怯怯地问道：“可是如果我整天躲在车中，别人不会笑我是缩头乌龟吗？”

“男子汉大丈夫以大局为重，何怕别人笑话？越王勾践不是为吴王做过马夫吗？忍辱负重才叫男子汉、真英雄，所以公子还是坐回车中为妙！”元权又道。

少年听了，傻傻地一笑道：“还是你好，我这就上车，我这就上车，我是真英雄，真好汉！”

元权微微松了一口气，楼风月也松了口气。眼前这少年可真是一个极难伺候的主儿，看上去是极为聪明之人，但却是脾性倔犟得可胜过十头老牛，要是谁无法用道理来说服他，他就会永远闹个没完没了。而谁也不敢对他动粗，人家毕竟是大都督元志的儿子。娇公子最难伺候，一路上谁的话都不听，就是他母亲的话也不例外，最害怕的人便只有他爹元志。而这一刻，离开了元志，这少年犹如成了入水的鱼儿。幸好，他还颇讲道理，一路上已闹了十来次，众人渐渐摸清楚了他的心性。

坐在前面一辆马车中的元小姐叹了口气，道："方义这么闹，真不知该如何办才好！"

"小姐不用担心，公子是一个讲理之人。"长孙敬武安慰道。

"乱贼猖獗，也不知道我爹和我娘现在怎样了？"元小姐又担心地道。

"小姐何用担心，以都督之英明神武，又岂怕区区乱贼？"长孙敬武继续安慰道。

"对了，长孙教头，叶媚姐姐近来还好吗？"那车内又传来了元小姐温柔而娇媚的声音。

长孙敬武神色微微黯然道："小姐这两年来都很少开心过，人也比以前清瘦多了，不过精神倒还挺好的。"

"叶媚姐姐怎么会如此不开心呢？"车中少女又奇问道。

"这事说来话长，还得从两年前的事情说起，总的来说，都是一个'情'字害人。以后，你见到我家小姐时，便自己问她吧。"长孙敬武叹了口气道。

车中的少女不再作声，似乎在思索着长孙敬武的话意。良久才悠然问道："听说，叶媚姐姐是因为一个叫蔡风的人，才会不开心的，这是真的吗？"

长孙敬武一愣，奇问道："你怎么会知道？"

"当然是权叔叔告诉我的，不过我只是猜测而已，因为权叔叔在说起叶媚姐姐的时候，曾多次提到蔡风这个人。所以我便在猜测，蔡风可能是与叶媚姐姐有关。"车中少女得意地道。

“小姐真是冰雪聪明，居然能一猜即中！不错，我家小姐不开心的确是因为蔡风这个人！”长孙敬武吸了口气黯然道。

“蔡风是叶媚姐姐的心上人吗？”车中少女天真地问道。

长孙敬武苦笑道：“我对男女感情可不知道哦，我也不知道蔡风是不是我家小姐的心上人。不过，大概也应该是吧。”

“以叶媚姐姐的才貌，能被她看上的人，自然定是非凡人物。这个蔡风长得很帅吗？”那少女好奇地问道。

长孙敬武不由得大感好笑，道：“蔡风的确是一个非凡的人物，虽然不一定是最帅的，但也不会差。而且聪明绝顶，在我见过的所有人之中，只怕要算他最莫测高深，难知深浅。”

“哦？”车内的少女显出一丝微微兴奋的状态，低应了一声。

长孙敬武摇头微微叹了口气，对这些年轻的少男少女感到很是陌生。

“长孙教头，情况似乎有些不对，派出去的兄弟，怎会在这个时候依然没有回来报告呢？可能是出了差错！”那卫队队长有些疑虑地说道。

“展雄，我们一共有多少兄弟？”车中的少女开口问道。

“回小姐话，卫队一共有一百名兄弟，再加上二十名仆役及长孙教头带来的兄弟，一共有一百三十人！”那卫队队长恭敬地道。

“一百三十人难道还会怕吗？这里是什么地方呢？前面是哪一座城池？”那少女又问道。

“前方五十里是武功城，我们此刻离扶风也有四十余里。这里是一片山岭，官道极窄！”长孙敬武补充道。

车内少女沉吟了片刻，道：“看来这里的确是对方埋伏的好地方，若是埋伏三五百人，应该是有可能的，而且完全可以不惊动两地的守城军！吩咐大家小心，只怕此刻我们已经走入了贼人的包围圈中！”

“小姐明鉴，我们是否仍应赶路呢？”展雄恭敬地问道。

“你刚才派出了几名兄弟？”车内又传来少女的问话声。

“十名兄弟，可是没有一人回来！”展雄答道。

“若照你这么说，对方定然知道我们开始怀疑他们的存在了，而我们在这里停歇了这么久，他们居然没有动作，肯定有些不妙。他们既然知道我们发现了他们的存在，那他们的埋伏便没有什么用处了。但他们仍没有大举侵犯，大概只有一个原因，那就是：他们觉得并无足够的把握胜过我们，若是他们有足够的人手，大可不必要如此缩首藏尾，定是在等待着什么！”车内的少女分析道。

话音未落，又接着道：“看来此次如想安全脱身，唯有破釜沉舟赌上一赌了！”